講談社文庫

江戸は浅草5

春の捕物

知野みさき

JN046734

講談社

【目次】

本作品に登場する浅草・六軒長屋の面々

真《しん》一《いち》郎《ろう》

儲からぬ矢師を辞め、身の振り方に悩んでいたところを久兵衛に拾われ、用心棒兼雑用係として六軒長屋に。美男とは言い難いが、長身で行動力がある。

多《た》香《か》

面打師。日中は矢場で矢取り女として働き、夜中に大福寺で面を打つ出自不明の美女。

大《だい》介《すけ》

笛師。小柄で童顔の洒落者。あまり仕事はせず、女たちに甘えてヒモのように暮らしている。

鈴《すず》

盲目（全盲ではないが、うっすらとしか見えない）の胡弓弾き。男が苦手。

守《もり》蔵《ぞう》

錠前師。錠前や鍵作りだけでなく、解錠が仕事の鍵師でもある。からくり箱なども手掛けるこだわりの職人。

久《きゅう》兵《べ》衛《え》

両替商の隠居で六軒町・久兵衛長屋（六軒長屋）の大家。

江戸は浅草5

春《はる》の捕物《とりもの》

第一話　横恋慕《よこれんぼ》

真一郎《しんいちろう》の十手目の乙矢《おとや》が中白《なかしろ》に突き刺さると、友部《ともべ》一馬《かずま》が小さな舌打ちを漏らした。

「友部」

道場主の梶原英之《かじわらひでゆき》がたしなめるのへ、眉を八の字にして不服を唱える。

「しかし、引き分けってのはどうも……」

「次の楽しみにするがよい」

「はい」

霜月《しもつき》は八日。

関口水道町《せきぐちすいどうちょう》にある梶原弓術道場では、刈谷《かりや》弓術道場との仕合が行われている。

真一郎に続いて射場を離れると、友部が囁《ささや》いた。

「やはり十手じゃ足りなかったな」

「ですが、こういう場は俺はどうも慣れやせん」

真一郎は日頃から刈谷小五郎《こごろう》が営む道場に出入りしているが、矢師として弓矢の手入れをするためであり、道場の門人ではない。だが、弓術の腕前は如月《きさらぎ》の「花見の宴《うたげ》」で知られており、此度《こたび》は友部を始め、双方の門人に望まれてやって来た。とはいえ門人ではないがゆえに、仕合の勝敗にかかわらぬ「前座の余興」の弓士としてだ。

前の仕合は精鋭のみが引き合ったが、此度はできる限り多くの門人に仕合の機会を与えたいと刈谷と梶原が話し合い、十手までに勝敗がつかねば引き分けと決めていた。

「今日こそ汚名返上したかったんだが」

「何を仰《おつしや》います。前の仕合は友部さまの勝ちだったじゃねぇですか」

「矢馳舟《やばせぶね》はお前さんの勝ちだと言ったろう。よって、一勝二敗二引き分けだ」

道場で友部と引き合ったのは今日で三度目で、一度目は刈谷道場で引き分け、二度目は梶原道場で友部が勝った。だが、どうやら友部は如月の花見の宴と神無月《かんなづき》の矢馳舟も仕合に数えているらしい。花見の宴はともかく、矢馳舟では引き分けだったのだが、のちに真一郎の射が多香《たか》を救ったことから、友部は真一郎の勝ちだと言っていた。

「矢馳舟は引き分けですぜ」

「うむ」と頷《うなず》いたのは、友部の同輩の浅木祐之輔《あさぎゆうのすけ》だ。「矢馳舟は引き分けでよかろう。だが、うちでの勝ちは勝ちといえるかどうか」

「なんだと？」

「お前は、刈谷道場を訪ねた折には己の弓矢を持って行っただろう。対して、真一郎さんはうちの弓矢を借りて引いたと聞いた。慣れぬ弓矢で九手目まで、十七本も続けて中白に当てたのだ。お前に同じことができるか、友部？」

「う……ならば次は矢馳舟の時のように、各々得意の弓矢で勝負しようではないか」

「はあ」

「浅木、お前もまた見に来るといい。見るだけだがな。ひひひひひ」

「折が合えば是非ゆこう。お前が負けを喫するところを、この目でしかと見届けてやる」

「む」

友部と浅木は共に三十路《みそじ》で、真一郎より一つ年上の武士だ。冗談交じりの気安いやり取りも、同い年、同じ主君を持つ者なればこそである。

くすりとしながら弓を置き、刈谷道場の門人たちが座っている一番端に向かうと、やはり端の方にいた橘《たちばな》清二郎《せいじろう》が嬉《うれ》しげに話しかけてきた。

「見事な射でした」

「ありがとうございます」

「浅木さんの手は、まだ悪いのですか？」

「そのようです」

辻斬《つじぎ》りならぬ辻射りにて二人の男を殺《あや》めた浅木は、皆《みんな》の説得で自訴を諦めた。また、せめてもの償いとして主君の天野《あまの》銀之丞《ぎんのじょう》に暇乞《いとまご》いを申し出るも、許されず、代わりに「利き手の負傷」により「向こう三年」の弓術を禁じられた。以来、九箇月余りが経《た》ったが、真面目な浅木は天野の言いつけを守り、楊弓《ようきゅう》でさえ「弓術の内」として安田屋《やすだや》にも顔を出していない。道場にも無沙汰を続けていたが、今日は真一郎が余興で引くと聞いて見物に来たという。

「友部さんも凄腕《すごうで》ですが、また浅木さんと真一郎さんの勝負も見てみたいです」

「私も今一度、浅木さまと仕合ってみたいですよ」

「そうですか。楽しみだなぁ」

無邪気に微笑《ほほえ》む橘は、まだ十八歳の若者だ。背丈は五尺四寸ほどで、目鼻立ちは並、しかし溌剌《はつらつ》とした明るい顔や声に育ちや人柄の良さが表れている。名前から察せられるように次男の冷や飯食いで、ほぼ毎日欠かさず刈谷道場に顔を出し、弓術の稽古に励んでいる。

「人の仕合の前に、自分の仕合を楽しめよ」

横から口を挟んだのは、八木直右衛門《やぎなおえもん》だ。五十路《いそじ》前後の八木はとうに隠居していて、橘同様、毎日のように刈谷道場に通っている。

祖父と孫ほど年の離れた二人だが、よく顔を合わせるからか仲が良い。

「楽しみたいのは山々ですが、いつもと勝手が違うので、今から手に汗が」

「うむ。ここはちと騒がしいの」

というのも、田畑に囲まれている刈谷道場と違い、梶原道場は町中にあった。射場の垣根が低いこともあって、仕合となると表に見物客が鈴なりになっている。人目にさらされるのも稽古の内だそうだが、弓士はもちろん、通りすがりの振り売りや町娘の姿もちらほら見えるため、慣れぬ者には居心地が悪い。殊に橘は、他道場との仕合は此度が初めてだ。

刈谷と梶原が前もって、腕前に応じて相手と「当たり」を決めており、真一郎と友部は中白のみであったが、橘とその相手は二の黒までが当たりとなっていた。

張り詰めた面持ちの橘は二の白、一の黒、中白、一の黒、一の黒、中白と当てていった。だが、四手目の甲矢《はや》が三の白へと外れた。乙矢は中白に当たったものの、相手は一本も外さなかったために、四手目にして早くも勝敗が着いてしまった。

肩を落として帰って来た橘に、八木がこそっと声をかける。

「初めてにしてはようやったぞ。中白に三度も当てたでな。向こうはたった一度だ」

八木の言う通り、相手は中白には一本しか当てていない。

「それでも当たりは当たり、外れは外れですから。私が未熟者なだけで……」

悔しげに唇を噛《か》んだものの、橘はすぐに気を取り直して次の仕合に見入った。

八木の当たりは二の白までだったが、七手目までほぼ中白に当て、八手目の乙矢を相手が外して勝ちを得た。

役目や家業の都合もあって、仕合に挑んだのは両道場から十三人ずつ。

梶原道場は友部を含めた勝ちが五人、楊弓場・安田屋の房次郎《ふさじろう》を含めた引き分けが四人で、五勝四敗四引き分けと、僅差で勝ちを得た。

「私が外さなければ……」

再びしょんぼりした橘を八木が慰める。

「ははは、そう思っとるのはおぬしだけではない。また明日から稽古に励もうではないか」

「はい。これからもっと、仕合の稽古をしてもらえませんか？」

「うむ。見物客はどうにもならんが、稽古だけならいくらでも——いや、どうにもならんことはないか。あちらの房次郎さんは浅草《あさくさ》で楊弓場を営んでいるんだったな、真一郎？」

「ええ」

「橘、ここは一つ、真一郎と楊弓場で遊んで来てはどうだ？　矢場の女子《おなご》に慣れておけば、町娘の見物など恐るるに足らずだぞ」

「そ、そんな、八木さん。からかわないでくださいよ」

「なんだ、橘？　もしやおぬしは、楊弓場に行ったことがないのか？」

「や、八木さんはあるんですか？」

「若い頃はよく通っとった」

にやりとして八木が応えるのへ、真一郎もつい微笑を漏らす。

「私でよければ、いつでもお伴《とも》いたします」

「もう、真一郎さんまで……」

顔を赤らめた橘へ温かい目を向けてから、八木は真一郎に問うた。

のものか?」

「ところで真一郎、先ほどのあれはなんだ? おはぎがどうとか聞こえたが、浅草の菓子屋

仕合の後、忘れぬうちにと浅木に重箱を渡したところを見られていたようである。

重箱の中身は梅《うめ》のおはぎだ。矢馳舟で天野が気に入り、用人・後藤吉十郎《ごとうきちじゅうろう》へ土産とする筈《はず》だったが、事件のどたばたで忘れられてしまった。甘い物好きの後藤のために、のちに改めて頼まれて、今日の仕合に合わせて梅に作ってもらったのだ。

「うちの大家のおかみさんお手製のおはぎです。炉開きの折に作った栗《くり》と干し柿を入れたおはぎでして、天野さまも用人さまも甘い物がお好きだそうで、頼まれていたのです」

「栗と干し柿が入ったおはぎとな?」

目を輝かせた八木もまた甘い物好きであることを、ここしばらくの付き合いで真一郎は知っていた。

「八木さまの分もお持ちしました」

「なんと」

「味見として、二つだけですが……」

「二つで充分だ。いやはや、ありがたい。儂《わし》は甘い物に目がなくてな」

「存じております」

「皆さんご存じですよ」

図らずも声が重なって、真一郎は橘と見交わして微笑んだ。

四日後。

朝のうちに頼まれた届け物の他、特に仕事のなかった真一郎は、昼餉《ひるげ》ののち、掻巻《かいまき》に包《くる》まってごろごろしていた。

遊びに行くには懐が寂しく、そぞろ歩きには寒い。

ここ六軒町《ろっけんちょう》の六軒長屋——久兵衛《きゅうべえ》長屋——には、その名の通り六軒しか家がない。

向かいの三軒の内、大家の久兵衛は別宅、面打師にして矢取り女の多香は安田屋、胡弓《こきゅう》弾きの鈴《すず》はお座敷《ざしき》に出ていて今は留守にしている。こちら三軒の錠前師兼鍵師の守蔵《もりぞう》は家にこもって仕事、隣りの笛師の大介《だいすけ》は昨晩上野《うえの》の女のもとで過ごし、朝帰りしてからずっと眠り込んでいるようだ。

真一郎は昨年如月に、上方へ行く道中で久兵衛に出会って店子《たなこ》となった。掏《す》られた路銀を稼ぐため、久兵衛のもとで形ばかりの用心棒兼なんでも屋を始めたが、長屋の皆と——殊に多香と——親しむにつれ上方への意気込みは薄れ、いまや江戸は浅草に留《とど》まる気でいる。

……いや、浅草じゃねぇやな。

天井を見上げつつ、真一郎は微笑んだ。

以前暮らしていた、職人気質《かたぎ》の者が多い神田《かんだ》よりも、賑《にぎ》やかな行楽地でありながら、どこかのんびりしている浅草の方が己の性に合っている。だが、浅草に留まりたいと願うようになった源は六軒長屋の皆だった。この二年ほどの間にいくつもの事件を通して、男女の仲を深めた多香はもちろんのこと、共に過ごすことが多い大介や久兵衛に加え、無愛想な守蔵や男を苦手としている鈴まで打ち解けてきた。

しかしながら、久兵衛は昨年還暦を迎え、守蔵も再来年には五十路ともう若くない。浅草に生まれ育った大介はともかく、手込めにされた過去ゆえに男を避けている鈴とて、いずれは嫁にゆくやもしれず、実は伊賀者《いがもの》の末裔《まつえい》の多香もまた、有事には浅草どころか江戸を去るやもしれなかった。

――何はともあれ、あんたに黙って消えやしない――

矢馳舟での事件で真一郎はひとまず多香の「命の恩人」となり、多香は刀匠・行平《ゆきひら》の妻問いを断って、もしもの折にも黙って消えぬと約束してくれた。

だが、いずれにせよ有事は避けられぬと多香は考えているようだ。想《おも》いが通じたと喜んだのも束《つか》の間《ま》で、多香の「約束」は宙ぶらりんとなっている己の再びの妻問いと相まって、時に――こう、何をするでもなくぼんやりしていると――真一郎の気を沈ませた。

思わず眉をひそめたものの、真一郎はすぐに気を取り直した。

何も定まっていない先行きよりも、日々の暮らしをまずはなんとかせねばならぬ。

両替商・両備屋《りょうびや》の隠居の久兵衛は、吝嗇家《りんしょくか》からはほど遠く、気前が良い方ではあるが、人を甘やかすことはない。用心棒代や遣いの駄賃はけちらぬものの、家賃はしっかり取り立てる。矢師のみでは立ちゆかぬ真一郎は、久兵衛や町の者からの雑用で暮らしを立てているのだが、冬に入って久兵衛の外出はめっきり減った。もう半月余りで師走とあって、町の者も財布の紐《ひも》を締め始めたため、こうして暇を持て余す日が増えてきた。

散歩がてら、刈谷道場へ「御用聞き」に行こうかと身を起こしてみるも、外の寒さを思い出し、再び掻巻の中に舞い戻る。

ちと早《はえ》ぇが今日はもう見切りをつけて、湯屋で碁か将棋でも打つとするか……

などと迷いつつ、更に四半刻《しはんとき》が過ぎた頃、表からおずおずした女の声がした。

「ごめんくださいまし……矢師の真一郎さんはおいでですか？」

慌てて起き上がり、急ぎ掻巻を丸めて、真一郎は引き戸を開いた。

「へぇ、俺が矢師の真一郎です」

戸惑い顔で長屋を見回している女は袖頭巾を被《かぶ》り、格子柄の袷《あわせ》を昼夜帯としごき帯でお端折《はしょ》りしている。顔つきからすると、おそらくまだ十六、七歳だと思われた。

背丈は大介と同じくらいゆえ、およそ五尺二寸。細く丸みのない身体《からだ》つきだが、はっきりした面立ちとやや勝ち気な目が愛らしい。

真一郎を認めて、女は安堵《あんど》の表情を浮かべた。戸惑い顔だったのは、ここ六軒長屋には並の長屋のような賑やかさがないからだろう。

「神田の安曇堂《あずみどう》の花《はな》と申します。矢を注文しに参りました」

六尺近い真一郎を見上げて、だが動じることなく花は言った。

「はあ、そりゃどうも……」

もごもご応えつつ、真一郎は戸口を開け放して花を上がりかまちに促した。

「今、火を入れやす」

「それには及びません。長居はいたしませんから」

真一郎の家には枕屏風《まくらびょうぶ》がない。家の中をそれとなく眺めて、無造作に丸めた掻巻に目を留めると、花は微《かす》かに眉をひそめた。

今更ながら、独り身の男の家にいることを意識したのか、膝に置いた巾着を握りしめた花からやや離れて、真一郎も上がりかまちに腰を下ろす。

「どのような矢をご所望で？」

「三尺の的矢を一対、お願いいたします」

「的矢を一対ですね。矢尺は三尺。承知しやした」

「試しの注文です。使ってみて気に入るようなら、また注文いたします」

「そうですか。ええと、神田の安曇堂というと――」

「菓子屋です。妻恋町《つまごいちょう》の」

「菓子屋、ですか」

「なんですか？　菓子屋の娘が矢を注文したらいけませんか？」

背筋をぴんと伸ばして問い返す様は凜々《りり》しく、若衆のようだ。

「いいえ、ちっとも。すいやせん。お花さんがあんまりしっかりしているもんだから、もっとその、お武家さま相手の――武具屋か小道具屋の娘さんかと思ったんでさ」

「私は武家奉公しておりましたから」

「なるほど、道理で」

行儀見習いを兼ねた武家奉公は、良家に嫁がせるための箔付《はくづ》けでもある。安曇堂という菓子屋は知らないが、そこそこ大きな店らしいと踏んで、真一郎はもっともらしく頷いた。

「けれども、菓子屋からの注文は珍しい――いや、初めてです。矢はどちらさまがお使いになるんです？」

「私の……許婚《いいなずけ》です」

ようやく娘らしい恥じらいを見せた花へ、真一郎は微笑んだ。

「お許婚が弓士なんですね」

「ええ。それで先日、梶原道場へ一緒に仕合を見に行ったのです。余興の真一郎さんの仕合も見ました。私の許婚よりずっとお上手でした」

「それほどでも」

世辞とは思えぬ称賛がこそばゆく、真一郎は謙遜しながら口元を更に緩めた。

「仕合の後で梶原道場の方にお訊《たず》ねしたら、刈谷道場に出入りしている矢師だと教えてくださいました。それなら許婚への贈り物にしようかと――その、あの人も真一郎さんには関心を持ったようでしたので」

「もしかして、お花さんも弓引きなんじゃねぇですか？」

「えっ？」

「ほら、その左手」

巾着を握りしめていた手はもう緩んでいたが、左手の親指の付け根の方が微かに盛り上がってたこになっている。

さっと左手を隠して、花は頬をほんのり染めた。

「お、お恥ずかしい。こんなところにたこを作って……」

「なんも恥ずかしいこたありやせんぜ。俺も慣れねぇうちは、変なところにまめやらたこやら作っていやした」

手の内が定まってくればそうでもないが、慣れぬうちは弓手《ゆんで》の親指や小指の付け根にはまめやたこができやすい。

聞けば花の父親も婿にして町人弓士で、娘の婿にも弓士を望んだ。父親は弓術を愛するあまり、かつて安曇堂に婿入りするにあたって、家に矢場を作ることを約束させたという。

「とはいえ、そう広い家ではありませんから、縁側に的を一つ置いて矢場としたんです」

だが、縁側とはいえ、道場と同じく的まで十五間あるというから大したものだ。

「そんなら、雨風かかわりなく稽古ができるじゃねぇですか。羨ましいな」

真一郎が言うと、花は初めてそれと判《わか》る笑みを浮かべた。

楽しげに稽古をする父親を見て、花は幼き頃から弓術を学びたがったが、母親と祖父母の反対により十二歳まで叶《かな》わなかったそうである。しかしながら、息子が生まれなかったことに加え、祖父母が他界してから母親が折れて、この四年ほど花は望むがままに父親から弓術を教わり、暇を見つけては稽古をしてきた。

「手の内が悪いと、父からもよく言われます。いろいろ工夫しているのですが、難しいですね……ああ、でも、あのお若い方くらいなら当てられますよ」

「お若い方？」

「ほら、仕合で四手目の甲矢を外した方です」

「ああ、橘さまか。橘さまは、あの日が初めてのよその仕合でしてね。少々硬くなっていたんです。いつもはもっと当てますよ」

「そうなんですか？　私より年上で、ずっと長く稽古をされているんでしょうに、そんな風には見えませんでした」

「見物客もたくさんいやしたからね。お花さんみてぇな娘さんもちらほらと……橘さまは真面目なお方だから、ああいう騒がしいのは慣れてないんでさ」

しょんぼりしていた姿を思い出しつつ、橘の名誉のために真一郎は庇《かば》った。

「でも、武士たるもの、いついかなる時でも力を発揮できるよう精進していただかないと」

「手厳しいな」

「真一郎さんは、町の人なのにちっとも動じていなかったじゃありませんか。それとも、もしやご浪人なんですか？」

「まさか。俺はまあ、勝ち負けにかかわりがねぇ気楽な身ですし、ただの年の功——橘さまより場数を踏んでいるだけでさ。けど、稽古と仕合じゃ大違いなんですや。お花さんも仕合ってみりゃあ判りやす」

「それはそうやもしれませんが……し、仕方ないではありませんか。女は仕合どころか、道場に通わせてももらえないのですから」

唇を嚙んでうつむく花に、真一郎は慌てた。

探せば女の弓士もいなくはなかろうが、少なくとも己は出会ったことがない。女がたしなむ武術といえば薙刀《なぎなた》くらいで、主だった武術の道場では、女には道場への出入りさえ禁じているところが少なくなかった。

「まあ、その、女の武芸者ってのはそういやせんから……」

多香を思い浮かべつつ、慰めにならぬことをつぶやいてから、真一郎は話を変えた。

「ええと、先ほどいろいろ工夫していると仰いやしたが、お花さんは猟弓《さつゆみ》を引いたことがありやすか？」

「いえ。うちにあるのは的弓だけです」

「的に当てるだけなら、お花さんのような細っこい人は、猟弓や鯨半弓《げいはんきゅう》の方が引きやすいやもしれやせん。型にこだわるなら半弓でも」

家に上がって、真一郎は壁にかけていた籠弓《こめゆみ》を花に差し出した。

「こいつはちと小せぇですが、矢を工夫すれば、十五間先なら充分当たりやす」

およそ七尺五寸の的弓に比べ、半弓は六尺、鯨半弓は三尺、籠弓は二尺余りしかない。猟弓の材料や形はまちまちだが、長さは鯨半弓と同じく三尺ほどのものが多い。

立ち上がって、興味深げに籠弓を構えた花へ、真一郎は続けた。

「俺は常陸《ひたち》の笠間《かさま》の出でして、弓は矢場で覚えました。ああいや、矢場といっても楊弓場じゃねぇです。土地の猟師が集まるむさ苦しいところで、的弓を持って来るやつなんざ、滅多にいなかった。江戸に来てからちぃとばかし道場に通いやしたが、五味七道なんて俺には面倒臭いばかりでして、どうも馴染《なじ》めませんでした」

「面倒臭いだなんて……ふふ」

呆《あき》れ声でつぶやいてから、花は小さく噴き出した。

「けど、獲物は礼法なんて知りやせん。甲矢だろうが乙矢だろうが、当てなきゃ逃げられるだけでさ。いや、逃げるだけならいいが、熊や猪《いのしし》なんかは時に手向かって来て、猟師がやられちまうこともありやす。それに、猟だろうが的当てだろうが、当たらなきゃ面白くねぇでしょう？」

「そうですね」

頷いてから、花は目を輝かせて今一度上がりかまちに——先ほどより少しばかり真一郎に近いところに座り直した。

「これも梶原道場の方から聞いたのですけれど、真一郎さんはなんでも屋でもあるんでしょう？　でしたら、私を武具屋に連れて行ってもらえませんか？」

「武具屋に？」

「ええ。それで、猟弓を見繕ってもらえませんか？　私は的弓しか知りませんし、女一人では武具屋なんて入りにくいですもの。案内賃は、ちゃんとお支払いいたしますから」

「俺は構いやせんが……武具屋なら、お許婚とお出かけになっては？」

「でも、あの人より真一郎さんの方が弓矢にお詳しいもの。それに、どうせならこっそり稽古して、あの人を驚かせてやりたいです」

「はあ」

五日後に神田で待ち合わせると決めてから、花は来た時とは打って変わった弾んだ声で暇を告げた。

花と二人して表へ出ると、久兵衛と連れ立って帰って来た鈴が問うた。

「……お客さんですか？」

「ああ、矢の注文に来てくだすったんだ」

鈴の声を聞きつけたからか、大介も起きて表へ出て来た。

大介は背丈はやや物足りないが、実はもう二十三歳でありながら、見た目は花と変わらぬ十六、七歳で、あくびをする姿さえ絵になる美男だ。

だが、花は大介はちらりと見やっただけで、すぐに真一郎に向き直って微笑んだ。

「では真一郎さん、どうぞよしなに」


久兵衛は、夏と冬は梅と愛猫の桃《もも》が住む別宅で過ごすことが多い。

そんな久兵衛が寒い中わざわざ長屋へ戻って来たのは、己への頼みごとに違いなかった。

「寄り合いで耳にしたんだが、お梅にちょっかい出しとる者がいるらしい。真一郎、ちと探ってみてくれ」

「判りやした」

「くれぐれも、お梅に気取られぬようにな」

「へえ」

案の定、仕事の話であったが、梅のこととは思いも寄らなかった。

「で、そいつはどこのどいつなんで？」

「知らん。知らんからお前に探って来いと言うておるのだ」

声を荒らげはしなかったが、いつになく苛立《いらだ》っているようだ。

八木には「おかみ」と伝えたが、梅はいうなれば「妾《めかけ》」であった。

真一郎は委細を知らぬが、久兵衛と梅は若き頃、久兵衛が亡妻と祝言を挙げる前に出会った。だが、久兵衛は両備屋の跡取りだったがゆえに、家の都合で梅と一緒になることは叶わなかったようである。

店がある銀座町《ぎんざちょう》から離れた浅草に梅を囲い、亡妻との息子・重太郎《しげたろう》が無事店を継いでから、久兵衛は浅草に住まいを移した。とはいえ、おそらく店や重太郎への体面から、表向きは六軒長屋に住んでいることにして、梅の住む屋敷《やしき》はあくまで「別宅」としている。

「それにしても、お梅さんに横恋慕《よこれんぼ》たぁ、太《ふて》ぇ野郎だな」

久兵衛と共に、真一郎の家に上がり込んだ大介が言った。

「ああ、きっとよそ者だろう」

というのは、還暦を過ぎた久兵衛は浅草に隠居してから既に十年余りで、いまや浅草の顔役の一人であるからだ。隠居前から梅は「久兵衛の女」と知られているがゆえに、浅草で梅に「ちょっかい」を出す者がいるとは思えない。

別宅に戻る久兵衛と入れ替わりに帰って来た多香も、話を聞いて小首をかしげた。

「お梅さんにねぇ？　たとえそうだとしても、お梅さんは久兵衛さん一筋で、浮気することまずないよ。とっととお梅さんに問うてみりゃあいいのに、そうしないってのは、久兵衛さんの方にやましいことがあるんじゃないかい？」

「まさか……」

と言いつつ思わず顎に手をやったのは、久兵衛も梅一筋のようでいて、時に寄り合い仲間や親友の孫福《そんぷく》と連れ立って、花街に繰り出すことがあるからだ。

翌日の昼下がり、真一郎は暇を持て余している大介を誘い、浅草今戸町《あさくさいまどちょう》の別宅に向かった。茶会に呼ばれている久兵衛が留守の間に、大介と世間話を装って、梅にそれとなく心当たりを問うてみるつもりである。

「久兵衛さんとお梅さんよりもよぅ、真《しん》さんとお多香さんはどうなんだい？」

「どうもこうも……」

「どうもこうも？」

件《くだん》の約束を思い出して真一郎は言いよどんだが、あれとて己への情が深まった証《あかし》には違いない。また、多香とはつい十日ほど前に舟宿・おいて屋で肌身を合わせたこともあって、真一郎は己に言い聞かせるごとく頷いた。

「まあ、それなりに悪かねぇ」

「なんだそりゃ」

呆れ顔で真一郎を見上げてから、大介はにやりとした。

「久兵衛さんみてぇにゃいかねぇだろうが、真さんもここらでちっと、お多香さんをじらしてみちゃどうだい？　俺がお多香さんに告げ口してやろうか？」

「告げ口って、いってぇ何を？」

「昨日の、お花さんて娘のことをさ。今度一緒に武具屋に行くんだろ？　許婚より、真さんの方が的当てがうまくて、弓矢にも詳しいんだろ？　お花さんはほんとは仕合で真さんに一目惚《ひとめぼ》れして、わざわざ訪ねて来たんじゃねぇのかい？」

どうやら昨日は花が訪ねてすぐに目覚めて、盗み聞きしていたようである。

「莫迦《ばか》を言うな。そもそも、あのお多香が焼き餅なんか焼くもんか」

「判らねぇぞ、いひひひひ」

からかい口調で笑った大介を、真一郎は通りの端に押しやった。

「なんだよぅ」

「しっ。お梅さんだ」

今戸橋を渡り終えたところであった。

二人して急ぎ大川《おおかわ》よりの店の陰に身を寄せると、やがて梅が男と連れ立って今戸橋を南へ渡って行く。

「よく見つけたな。流石《さすが》、真さん。目端が利くや」

「男に見覚えがあるか？」

「いんや。俺は知らねぇ顔だ」

店の陰からちらりと見えた横顔は、久兵衛と同じくらい老けていた。背丈はほぼ五尺の久兵衛より三寸は高く、腹は少し出ているものの、歳《とし》の割には軽い足取りで背筋もしゃんとしている。仙斎茶色《せんさいちゃいろ》の着物を始め、身なりも整っていることから、そこそこ裕福な身分だと真一郎は踏んだ。

二十間ほど離れて、真一郎たちは二人を追った。

梅が振り返れば、六尺近い己はすぐに目に留まろう。だが浅草界隈《かいわい》にいる限り、己や大介が通りをうろついていてもおかしくなく、いくらでも誤魔化しが利く。

二人はつかず離れずで、話も弾んでいるようではあるが、人目を気にしている様子はまったくない。

「あんだけ大っぴらに歩いてるってこた、やましいことはなさそうだなぁ」

何やらがっかりした声で大介がつぶやいた。

二人は六軒町を通り過ぎ、山之宿町《やまのしゆくまち》、花川戸町《はなかわどちよう》と南へのんびり歩いて行く。浅草の者ではないとすれば、仲見世《なかみせ》や浅草寺《せんそうじ》を案内するのかとも思ったが、雷門《かみなりもん》へ向かうこともなく、材木町《ざいもくちよう》、駒形町《こまがたちよう》と更に南へ進んだ。

諏訪町《すわちょう》に差しかかると、梅が男を茶屋へいざなった。

出会茶屋でも待合茶屋でもない、至ってまっとうな茶屋である。表の縁台は年寄りには寒いのだろう。暖簾《のれん》をくぐって二人は店の中へ消えた。

歩いている間はそうでもないが、立ち止まると通りを抜けていく風が頰に冷たい。

「うう、寒い」

「お前なぁ」

風よけに己の陰に隠れた大介へ、真一郎は苦笑を浮かべた。

「だって、真さん、言ったじゃねぇか。お梅さんちでお桃と炬燵《こたつ》にあたりながら、おやつを食おうって」

「うん。だがまあ、こういう日もあらぁ。運がいいのか、悪いのか……」

半刻足らずで二人は茶屋から出て来たが、遠目からでもにこにこと御機嫌なことが窺《うかが》える。

時折、互いに耳打ちするがごとく、顔を近付けて話すようになったのも気にかかった。

「やっぱりなんだか怪しいな」と、大介。

「ううむ……」

やがて差しかかった八幡宮前《はちまんぐうまえ》の茶屋・枡乃屋《ますのや》では鈴が胡弓を弾いていたが、梅は再び何やら男に囁き、鈴には目もくれずに――むしろ顔を背けるようにして通り過ぎる。

御蔵前《おくらまえ》を流して神田川《かんだがわ》の近くまで来ると、今度は男が梅を平右衛門町《へいえもんちょう》に促した。

平右衛門町は茅町《かやちょう》を挟んで上下に分かれており、西側が上平右衛門町《かみへいえもんちょう》、東側が下平右衛門《しもへいえもん》町《ちょう》で、多香の「伊賀者」仲間である粂七《くめしち》が番頭を務める出会茶屋・浜田《はまだ》は西側にある。梅たちが向かったのは東側の下平右衛門町だったが、此度二人がくぐったのは柳橋《やなぎばし》の近くの「緑《みど》川《かわ》」という名の旅籠《はたご》の暖簾だ。

「ううむ」と、真一郎たちは揃《そろ》って唸《うな》った。

緑川は浜田と違ってまっとうな、しかもなかなか値の張る旅籠だ。とはいえ、旅籠は旅籠、部屋を閨事《ねやごと》に使う客はけして少なくないだろう。

だが、此度は梅はほんのしばしで表へ出て来て、真一郎を安堵させた。

「大介、お前はお梅さんを追ってくれ。俺はやつを探ってみる」

「合点だ」

頷いて、大介は来た道を戻る梅の後をつけて行く。

「さて……」

寒さに丸めていた背中を伸ばして、真一郎は緑川の暖簾に近付いた。

別宅でおやつにあずかる気は満々だったが、成りゆきによってはこういうこと——尾行や訊《き》き込み——もあろうかと考えて、真一郎はそれなりに身なりを整えて来た。

また、見かけ倒しでも「用心棒」を務めてきたおかげで、こういった身にそぐわぬ場所でも臆することなく振る舞えるようになっている。

梅を見送って一旦中へ引っ込んだ番頭を、追うようにして真一郎は暖簾をくぐった。

「すみません。ちとお訊ねしたいことがあります」

「なんでしょう？」

「今しがた出て行った女の人と連れ立って帰って来た、お歳を召していて、仙斎茶色の着物を着た御仁のことなんですが……」

「はあ」

「見覚えのある御仁なんですが、どうも思い出せないんです。どちらさまか、教えてもらえませんか？」

「通りすがりの方に、勝手にお客さまのことは明かせませんよ。あなたさまこそ、一体どちらさまでございましょう？」

ちゃんとした旅籠だけに、一筋縄ではいかないようだ。

己と久兵衛の名を正直に明かすかどうか、真一郎が束の間迷う間に、件の男がひょいと奥から玄関に顔を出した。

「ちょいと番頭はん――あっ！」

真一郎を見て、驚き顔になった男が駆け寄って来る。

「真太郎《しんたろう》はん！　真太郎はんでっしゃろ？」

己の名は真「一郎」で「太郎」ではないが、梅の知己なれば、この男の方が己を知っていて、名を間違えて覚えているのやもしれなかった。

「わては哲之介《てつのすけ》や。寺田屋《てらだや》の哲《てつ》――あんたの親父《おやじ》さんの、誠一郎《せいいちろう》はんの昔馴染《むかしなじ》みや。というても、あんたは覚えてへんかもしれへんな。前に会《お》うてから、もう二十年は経ったんちゃうか。あんたのことは誠一郎はんから聞いとんで。江戸で鍔師《つばし》をやっとるそうやな？」

「ええ、まあ……」

ひとまず頷いてみたものの、「寺田屋」にも「哲之介」にも「誠一郎」にもまったく心当たりがない。ましてや「鍔師」となると、「真太郎」は己とは別人に違いなかった。

「本当にお知り合いだったのですね？」

戸惑う真一郎の横から番頭が問うた。

「うん？　そらどういうことや？」

「この方からちょうど、お客さまのことを訊ねられたばかりだったのです」

「すみません」と、真一郎は慌てて頭を下げた。「先ほど、御婦人と一緒のところをお見かけしたんですが、どうも思い出せなくて……」

「御婦人て、あんた、あらお梅はんや。知ってててつけて来たんやないんか？　お梅はんのことは、親父さんから聞いとったんやろう？」

「そ、それは」

「せやけど、わてのことは心配あらへん。わてはあんたの親父さんに頼まれて、お梅はんを訪ねてみたんや」

「父に……？」

「せや。誠一郎はんは、今でもお梅はんのことを気にかけとんのや。なんせお梅はんは、誠一郎はんの初恋の君やし、おかみさんを亡くしてからもう大分経つからなぁ。わてかて、此度久方ぶりに誠一郎はんに会うたわ。ほんで、わてが江戸へ行く言うたら、ちぃと様子を見て来てくれと——ついでに、真太郎はんの居所も探って来てくれと頼まれたんや」

「私の居所を？」

「もう十年も前に、江戸の親類を訪ねてそのまま居付いたと聞いとったが、ほんまは刀工は嫌や、鍔師になりたいんやと、誠一郎はんと喧嘩《けんか》して家を飛び出したんやてな？　それにしても、顔立ちばかりか、親父さんに似て大きゅうなって……もうすっかり江戸者やなぁ。上方言葉は忘れてもうたか？　神田の方にいるようやと親父さんは言うとったが、今は浅草に住んどるんか？」

「はあ」

「浅草のどこや？　わてはしばらく江戸におるんやが、今は知り合いを訪ねて回っているとこや。けど、一通り挨拶回りが終わったら、お梅はんを交えてゆっくり飲もうやないか。お梅はんもお元気やし、あんたもこうして無事に見つかったし、誠一郎はんもええ加減隠居して、また江戸に戻って来るかもしれへんなぁ」

にこにことして言う哲之介へ、真一郎は素早く頭を巡らせた。

「私は、今は山谷浅草町《さんやあさくさちょう》の、孫福和尚のところに世話になっとります」

「孫福和尚？」

「ええ。お梅さんのお知り合いでもありますが、哲之介さんはご存じありませんか？」

「知らんなぁ。せやけど、わては江戸を離れて長いさかい……ほな、暇ができたら孫福和尚とやらのところへ知らせるわ」

「はい。どうぞよしなに」

「ははは、そないな他人行儀はやめてんか？　わてと誠一郎はんとお梅はんの仲や。あんたはわてには甥《おい》っ子みたいなもんやさかい……ほな、またな」

満面の笑顔の哲之介に見送られ、真一郎はぼろが出ぬうちに退散した。

まずは長屋に帰ると、大介も戻っていた。

「お梅さんは帰りは枡乃屋に寄って、お鈴とちょいとおしゃべりしてから、まっすぐ家に帰ったぜ」

「そうか。それなら、哲之介さんと話すために出かけたんだろうな」

「哲之介さん？　もうあいつの正体が判ったのか？　すげぇな、真さん」

「そうでもねぇ。向こうさんの誤解のおかげさ」

哲之介とのやり取りを話すと、大介も閃《ひらめ》いたようだ。

「ってぇこた、誠一郎さんってのはお梅さんの初恋の君か？」

「おそらくな」

梅の初恋の君は真一郎に似た長身で、一人前の鍛人《かぬち》――刀工――になるべく、十八歳で上方の師匠に弟子入りしたと、多香から聞いたことがある。

同様に推察していた真一郎が頷くと、大介も愉《たの》しげに頷き返す。

「なるほどな。しかし、誠一郎さんはよっぽど真さんに面影が似てんだな。息子と間違われるなんてよぅ」

共に器用者であるということはさておき、見目姿で似ているのは身体つきだけだと思っていたが、哲之介の言葉からして、面立ちもそこそこ似ているらしい。また、梅の片想《かたおも》いだったかと思いきや、誠一郎にとっても梅が初恋の相手だったようである。

哲之介の話では、やもめになって長い誠一郎はまたぞろ梅が気にかかっていて、「あわよくば」と思っている節がある。だが、梅はおそらくわきまえていて、哲之介を家に上げることなく、道中や茶屋であくまで「昔馴染み」とのおしゃべりを楽しんだのではなかろうか。

哲之介は久兵衛の名を口にしなかった。

さすれば、孫福同様、梅が久兵衛に出会う前に哲之介は江戸を離れたと思われる。

──だが、お梅さんのことだ。

久兵衛さんのことももう、哲之介さんに伝えてあんだろう……

「まあ、誠一郎さんが江戸に戻って来るとなりゃあ、久兵衛さんはきっとまた、ちっとやきもきするだろうが……」

「また、とばっちりがねぇといいな、真さん」と、大介がにやにやする。

己が梅の初恋の君に似ていると知れたおかげで、六軒長屋の店子になって丸一年、真一郎は梅から遠ざけられていた。

「いひひひひ。それにしても、そんなに似てんなら、真太郎さんの面も拝んでみてぇや。姿かたちが似ている上に、誠『一郎』に『真』太郎たぁ、奇縁だな」

「うむ」

「神田に住んでるってのもよぅ。鍔師なら、杏次《きょうじ》さんが知ってるかもな。哲之介さんに真さんの正体がばれた時のお詫《わ》びに、先に俺が居所を突き止めといてやろうか？」

鍔師の杏次は、大介の師だった音正《おとまさ》の友人で浅草は田町《たまち》に住んでいる。

「そうだな。だが、まずは久兵衛さんに相談してくらぁ」

日が暮れぬうちにと、真一郎は別宅へ急いだ。

しかしながら、玄関先に出て来た梅曰《いわ》く、久兵衛が茶会から帰ってすぐ両備屋から遣いが来て、久兵衛は遣いの者と一緒に出かけたという。

「今日は向こうに泊まるそうよ。何かあったの、真さん？」

「ああ、いや、大したことじゃ……きっと明日、こちらにお戻りになる前に長屋に顔を出すと思いやすから、そん時にでも話しまさ」

「にゃー」

梅の後を追って来た桃を一撫《ひとな》でしてから、真一郎は慌ただしく長屋へ折り返した。


翌日、朝のうちに両備屋から長屋へ遣いが来た。

店でちょっとした難事が起きたそうで、久兵衛は数日両備屋で過ごすそうである。

別宅へも伝えに遣いが出て行くと、真一郎は孫福の家に向かった。

「――という次第で、『真太郎』はここに居候していることになっとります。久兵衛さんが戻って来たら、いの一番にお話ししやすが、久兵衛さんがよしとするまで、俺が偽者とは知られたくねぇんです」

「儂に嘘《うそ》の片棒を担がせるとは、真一郎よ……」

孫福は呆れ顔でつぶやいたが、親友の久兵衛にかかわることゆえ、渋々ながらも頷いた。

だがそんな孫福も、誠一郎や哲之介は知らなかった。

「儂が久兵衛と知りおうたのは、お梅さんが浅草に引っ越して来てからじゃからな。それでもいやはや、もう三十五、六年は前の話じゃ。早いのう……いや、長かったのう……」

束の間懐かしげな目をしたのちに、孫福は眉根を寄せた。

「これ真一郎！　お前さんのせいで、つい年寄りじみたことを言うてしもうたではないか」

「はは、すいやせん」

孫福に暇を告げると、町の者に頼まれた所用をいくつか済ませて、真一郎は長屋へ戻った。

続く二日は矢作りに費やした。

花の注文の矢尺は三尺だ。矢尺は矢束《やつか》――伸ばした弓手の中指の先から喉の真ん中までの長さ――より一寸半から二寸ほど長いと良いといわれている。手の大きさや身体つきにも左右されるが、花の許婚の背丈は五尺四寸から六寸ほどと思われた。

荒矯《あらだめ》した二本の揃った矢竹を小刀で削り、再び、今度はじっくり炭火にあてる。竹を練りつつ更に矯めて箆《の》を作ると、金剛砂と指を使って箆を磨いていく。

火入れも砂ずりも根気がいるが、どちらかというと呑気《のんき》な真一郎の性に合っている。己の指先から手の内で矢竹が「箆」となる様には、職人として胸を満たされてきた。

鉄粉を混ぜた松脂《まつやに》で重心を釣り合わせ、長さを整えてしまうと、真一郎は父親の真吉《しんきち》がそうしていたように筈巻《はずまき》の下となるところへ「真」と隠し銘を入れた。特に何も言われなかったため、矧《はぎ》つけも父親に倣って、筈巻に留紺、末矧《うらはぎ》と本矧《もとはぎ》は藍色の糸を使う。

花との約束の十七日の朝、真一郎は神田に向かった。

神田といっても、武具屋・真永堂《しんえいどう》は神田川の北側の松永町《まつながちょう》にある。花は妻恋町に住んでいるため、待ち合わせは御成街道《おなりかいどう》沿いの旅籠町《はたごちょう》にある茶屋とした。

約束の四ツの鐘が鳴る前に着いたが、花はもう来ていて、真一郎を認めると縁台から立ち上がって手を振った。

「すいやせん。待たせちまいやしたか？」

「詫び言は不要です。私が勝手に楽しみにして、つい早く着いてしまったのです」

頬が赤みを帯びているのは、寒さからだけではなさそうだった。さりとて、大介が言ったように、己に「惚《ほ》れて」のことではあるまい。

そんくらいは、俺にも判る——

好意は確かに感ぜられるが、あくまで腕のある弓士に対してである。縁台でまずは注文の的矢を見せると、更に矢師に対する敬意も加わった。

「これなら、あの人もきっと喜んでくれます。ううん、なんだか贈り物にするのが惜しくなってしまいました……」

「ははは、約束ですぜ。お気に召したら、また注文してくださいよ」

「ええ、もちろんです」

真永堂を訪ねるのは、如月の辻射りの一件以来だ。再び矢師の仕事を始めたことは伝えてあったが、戦国の世は遠い昔となったこのご時世である。花見の宴で真一郎を知った弓士からは直《じか》に注文をもらっており、真一郎も多香からもらった籠弓に満足しているために、あえて武具屋に足を運ぶことがなかった。

暖簾をくぐると、店主の永作《えいさく》が目を丸くした。

「こりゃ真一郎さん、噂《うわさ》をすればなんとやら、だ」

「噂？」

「昨日のことだがね。真一郎さんの矢がないか、注文できないかと、竹内《たけうち》さまが訪ねていらしたんだよ」

「竹内さまというと？」

「天野さまに負けず劣らずの弓術贔屓《ひいき》の旗本さまだ。お前さん、先だって梶原道場で友部さまと仕合ったそうじゃないか。梶原先生も一目置いてる弓士にして矢師だってぇ噂を聞いて、竹内さまはお前さんの矢を試してみたくなったたってんだ。まずは三尺の的矢を一対頼みたいってんで、今日明日にでも倅《せがれ》をそっちへやろうと思ってたんだが、手間が省けた。――そちらの娘さんはどちらさんだい？　真一郎さんのいい人かい？」

「冗談はよしてくだせぇ」

「冗談なもんか。お前さんももういい歳だろう？」

「年明けには三十路になりまさ」

「なんとまあ。初めて会った時には、こちらさんと変わらねぇ背丈だったがなぁ」

「あんときゃまだ、十三でしたからね。こちらの娘さんは、お花さんといいやす。今日はお花さんに合う猟弓か鯨半弓がねぇか、探しに来たんでさ」

「うん？　この人が弓を引くのかい？」

「そうなんで。お花さん、ちと、たこを見してやんなせぇ」

「嫌です。恥ずかしい」

そう言いつつも、花は左手を開いてちらりと永作に見せた。

「ほう。うちの女客はみんな薙刀遣いで、弓引きは初めてだ」

「お花さんちは親父さんも弓引きで、家に的があるんでさ」

「家に的が……だったら、的弓にこだわるこたねぇな。それで猟弓を探しに来たのか」

「その通りで」

「だが、うちには今、猟弓も鯨半弓もねぇんだなぁ……」

弓術は剣術ほど流行《はや》ってないため武具屋で扱っている道具も少なく、江戸では狩りをする者もほとんどいない。半弓は二張あったが、花はそれなら今の的弓でよいと首を振った。

「他の武具屋も訪ねてみやすか？　弓矢を多く置いてる店だと牛込《うしごめ》か麻布《あざぶ》か……どっちも大分歩きやすが、通りすがりに他の店がなくもありやせん」

「そうですね……でもあんまり遅くなっても困るから、次にお願いできませんか？」

「次に？」

「あの、お武家さまは三尺の的矢を一対ご所望なんですよね？」と、花は永作に問うた。

「ああ、そうだ」

「でしたら、私の分をそのお武家さまに譲ります。私の分はまた新しく作ってもらうことにして、真一郎さん、次は違う武具屋に行きましょう」

にやにやする永作に的矢を渡して代金を受け取ると、真一郎たちは表へ出た。

早々に御役御免《おやくごめん》になるのかと思いきや、花は真一郎を少し早い昼餉に誘った。

「元黒門町《もとくろもんちょう》に、人気の一膳飯屋があるのです。昼餉ののちは、刈谷道場に案内してもらえませんか？　刈谷道場は真源寺《しんげんじ》の近くにあると聞いております」

年頃の娘が、ちと軽はずみじゃねぇだろうか？

許婚もいるってぇのに……

が、真一郎はすぐに内心頭を振った。

――和尚じゃあるめぇし、年寄りじみてら。

「俺は構いやせんが……」

「ありがとうございます。道場もそうですが、飯屋も一人では行けませんから。前に見かけたお店で、一度行ってみたかったのです」

嬉しげにはにかむ花へ、真一郎も微笑み返した。

九ツ前だというのに、花が案内した飯屋の縁台は既に一杯だった。だが、一膳飯屋という気安さとおそらく寒さから、皆次々と膳を平らげていく。

ひととき待っただけで縁台に腰かけると、給仕がすかさず膳を運んで来た。

女客もいないことはないのだが、年頃の、ましてや一人客はまず見かけない。味は中の上といったところであったが、外で飯を食べることはあまりないらしく、花は辺りを窺いつつ楽しそうに箸を動かした。

「……真一郎さんは、ずっとお独りなんですか？」

先に食べ終えた真一郎へ、遠慮がちに、だが興味津々に花が問うた。

「ええまあ……けれども、約束している女はいやす」

「約束？」

「その、いずれ一緒になろうという……」

願望を交えて応えると、花は驚きを隠さず問い返す。

「まあ！　どんなお方ですか？」

「それが、俺にはどうももったいねぇ女でしてね。器量好しで頭が切れる上に、武芸が滅法得意なんでさ」

「武芸が？」

「弓術はおそらく俺のが上です。けど、剣術や体術じゃあ、とても敵《かな》いやせん」

「体術でも敵わないというと、その方は、その、大きな方なのですか？」

「いんや。お花さんとそう変わりやせん。けれども、体術ってのは取っ組み合いばかりじゃねぇんでさ。いや、取っ組み合っても俺は勝てねぇだろうなぁ……」

一年前、預かり物の箱を奪おうと長屋へやって来た二人の男を、易々《やすやす》とのしてしまった多香を思い出してつぶやくと、花が噴き出した。

「真一郎さんたら」

「お花さんのお許婚は、どんなお人なんで？」

「親が決めた方なので、まだよく知らないのですけれど、少なくとも、前の方よりはよさそうです」

「前のお許婚は、そんなにいけ好かないやつだったんで？」

「ええ」と、花はむくれ顔になって頷いた。「前の方は、私が的当てをしていると知った途端、『女が武術をたしなむなんて、とんでもない』と、すぐさまお断りになりました」

「あはははは」

「もう！　そんなに笑わなくたっていいじゃありませんか」

「すいやせん。ですが、今のお許婚とは馬が合うんでしょう？　一緒に仕合を見に行くくらいなんだから」

「それは……まだ判りません。まだ、あの人と仕合したことはありませんから」

「ははは、夫婦で仕合うこたねぇでしょう。いや、仕合えるほど負けず劣らずの腕前なら、かえってよかねぇですか？　それなら、いざって時にも助け合えやす」

多香の姉分にしてやはり伊賀者の志乃《しの》は、仲間内の太輔《たすけ》と夫婦になった。

己が多香に負けず劣らずの武芸者だったなら、自分たちはとうに夫婦になっていたやもしれない――などと、つい詮無いことが胸をよぎった。

「ふふふ、いざという時なんて、戦国の世じゃあるまいし――でも、互いに助け合うのが夫婦ですものね。あの人も、真一郎さんみたいにおおらかだといいのですけれど……」

くすくすしながら、花は膳を綺麗《きれい》に平らげた。


飯屋から刈谷道場まで四半里余りあったが、花が思ったより早足で、四半刻とかからずに着いた。

田畑に囲まれていて、仕合でもない刈谷道場はひっそりしている。外からそっと格子窓を覗《のぞ》いてみると、八木の他二人の門人が刈谷を交えて黙々と弓を弾いていた。

「……橘さまはいらしていないようですね」

「橘さまが気になりやすか？」

「こちらの道場で、私が勝てそうなのはあのお方くらいですもの」

「そら頼もしい」と、真一郎はくすりとした。

歳や背丈が近いからか、花は橘が気にかかっているようだ。

「そんなこと言って……本当は莫迦にしていらっしゃるんでしょう？」

「まさかそんな。俺はまだお花さんの腕前を拝んでいやせんから、莫迦にするも何もありやせん」

にっこりとして見せた矢先、刈谷がこちらを振り向いた。

「真一郎ではないか。そんなところで何をしている？」

「はあ、ちと稽古を覗き見に……」

「覗き見だと？」と、八木も弓を片手に、刈谷と共に窓辺にやって来た。「何ゆえそんな真《ま》似《ね》を――むむ、女連れか。おぬしも隅に置けんな」

「そういうお方じゃありやせん」

「ほう、ではどういうお方なのだ？　うん？　そなたはどこかで……？」

「こう見えて、この方も弓引きなんですよ。安曇堂って菓子屋の娘さんなんですが、先だって梶原道場での仕合を見物にいらして、俺が矢師だって聞いて矢を注文してくだすったんです。こちらの道場もちょいと見物したいってんで、ついでに案内してきやした」

「安曇堂……ふむ、菓子屋の娘が弓をのう……」

「ち、父が弓士でして……その、稽古の邪魔をして申し訳ございませんでした。真一郎さん、お暇《いとま》しましょう」

深々と頭を下げて、花は真一郎の袖を引いた。

真一郎も二人に暇を告げて、刈谷道場を後にする。

「……無理を言って、すみませんでした」

戻り道中で、花は気まずそうに真一郎にも頭を下げた。

「なんの、俺ぁちっとも構いやせんぜ。今日は他の人がいたからなんですが、先生と八木さまだって、お二人だけならお花さんを道場に入れてくれたと思いやす。殊に先生は、お武家にも町の者にも、分け隔てなく教えていらっしゃいやすから」

上野広小路《うえのひろこうじ》まで戻ると、花は足を止めた。

「ここからは一人で帰れます。今日はあれこれ我儘《わがまま》を聞いてくださって、ありがとうございました。案内賃はこちらに……矢の代金も先にお支払いしておきます」

花が懐紙に包んだものを取り出したところへ、小走りに駆けて来た女がぶつかった。

「おっと、危ねぇ！」

よろけて転んだ花を庇って、真一郎が下敷きになる。

娘らしい甘やかな香りと、着物の上からでもそれと判る身の柔らかさにどきりとしたのも一瞬だ。真一郎はすぐさま、花と二人して身を起こした。

「ごめんなさい！」

顔を赤らめた花が真一郎へ謝る傍ら、追って来た男が女の肩をつかんだ。

「何も逃げるこたねぇだろう」

「あんたがあんまりしつこいからだよ。とうにお断りした話じゃないのさ」

「そう言わずに――」

「あんたがた」

柄にもないと思いつつ、真一郎は「用心棒」の睨《にら》みを利かせて、共に三十路前後の男女の間に割って入った。

「何を揉《も》めてんだかしりやせんが、往来で迷惑極まりねぇ。人様に怪我《けが》をさせねぇうちに、番屋で決まりをつけちゃあどうです？　なんなら俺も一緒に行きやすぜ」

番屋と聞いて、男は苦虫を嚙み潰したような顔をした。

舌打ちして無言で踵《きびす》を返して行った男を見送ると、女がぺこりと頭を下げた。

「ありがとうございました。助かりました」

「なんの」

「私のせいでお怪我を」

花を庇って転んだ際にこすった手首に、うっすらと血が滲《にじ》んでいた。

「私のせいです、真一郎さん。私が転んでしまったから……」

女よりも先に手ぬぐいを出して、花が言う。

花と真一郎を交互に見やって、女はもごもごと詫び言を口にして去って行った。

かすり傷ゆえに真一郎は遠慮したのだが、花は傷の上から手ぬぐいを巻き付けた。

「すいやせん。今度、洗って返しやすから」

「ええ、今度また」

五日後の再会を約束して花と別れると、真一郎は広小路から東へ向かった。

武家屋敷を抜けた後、立ち並ぶ寺を左右に見ながら浅草広小路に出て、大川橋《おおかわばし》の手前で北へ折れると、見覚えのある背中が見えた。

「お鈴！」

「真さん？」

「今、帰りか？　今日は枡乃屋だったな」

「ええ。真さんは矢を届けに出かけたんでしたね」

「ああ、次の注文ももらって来た」

「そうですか。……よかったですね」

そう言って鈴は微笑んだが、いつもと違って何やらぎこちない。

「何かあったか？」

「ど、どうしてですか？」

「なんだか浮かない顔をしてっからよ」

「なんでもないです。真さんこそ、何かあったんじゃないですか？　なんだか、浮き浮きしているような……」

とっさに花の下敷きになったことを思い出したが、慌てて小さく頭を振った。

「矢の注文が続いたからよ。それだけだ」

「そうですか」

長屋に帰ると、大介や多香もすぐに常ならぬ鈴の様子に気付いたが、二人から問われても鈴は「なんでもないです」と繰り返して首を振った。

真一郎を近所の居酒屋・はし屋に連れ出すと、大介はむくれ顔になってこぼした。

「なんでもねぇ、ってこたねぇだろう」

「そうだな。枡乃屋で何かあったのやもな」

「何かって、なんでぇ？」

「あのな、大介。俺ぁなんでも屋だが、千里眼じゃねぇ」

「だってよぅ、お多香さんにもなんにも言わねぇなんて、おかしいや」

「ああ。だが、俺たちには言いにくかっただけで、今頃、お多香には打ち明けているやもしれねぇぞ？」

「俺たちには言いにくいこと……」

眉根を寄せた大介の猪口《ちょこ》へ、真一郎は酒を注《つ》ぎ足《た》した。

「まあ、なんだ。そう案じずとも、何か手に負えねぇことがあったら、お鈴は必ず誰かに相談するさ。お多香でも久兵衛さんでも、お前でも俺でも守蔵さんにでもよ。なんも言わねぇってこた、お鈴なりに自分でなんとかしようと考えてんだろう。それはそれでいいじゃねぇか。お前が言ったんだぞ。お鈴は目は利かなくても、口は利ける。助けがいるときゃ、そう言うってな」

「むぅ」

口を尖《とが》らせてから、大介は猪口を一息に空にした。

ちろりを手にして小さく溜息《ためいき》をつき、だがすぐに気を取り直したように口を開く。

「そういや、お花さんのことだけどよ」

「お花さん？」

またもや花の身体の重みを思い出してどきりとすると、大介はにやりとした。

「昨日、女に聞いたんだけどよ。妻恋町の安曇堂に嫁入り前の娘はいねぇぜ」

「えっ？」

大介には上野の他、妻恋町からそう遠くない神田明神の近くにも深い仲の女がいる。

「安曇堂は息子二人、娘が一人で、娘はもう五年は前に嫁にいったそうだ。息子は二人とも嫁をもらってて、それぞれ子供もいるんだと。親父さんは小太りで蜜尿病を患っていて、とても弓士にゃ見えねぇってよ。つまり、お花さんの言ったことは、全部作り話さ」

「そんなら、お花さんは何者なんだ？」

「さあな。俺ぁ笛師で、千里眼じゃねぇ」

にやにやしつつ、大介は真一郎の猪口にも酒を注いだ。

「どこの誰かは知らねぇが、女一人でわざわざ長屋を訪ねて来るくれぇだ。許婚がいるってのもきっと嘘で、やっぱり仕合で真さんを見初めたんじゃやねぇかなぁ」

お花さんが弓引きなのは間違《まちげ》ぇねぇが……

「からかうのもいい加減にしろ」

大介をたしなめながらも、真一郎はつい、花の手ぬぐいが巻かれたままの手首を見やった。


一夜明けて、真一郎は銀座町の両備屋へ向かった。

というのも、久兵衛が五日前から一度も浅草に戻っていないらしく、案じた梅に様子見を頼まれたからである。

矢作りにかまけて久兵衛のことは忘れていたが、哲之介について話すにも両備屋の方が都合がいい。ついでに何か旨《うま》いものでも食べさせてもらえぬものかと、九ツ前に両備屋を訪ねたが、あいにく久兵衛は眠っているという。

「ごたごたは片付いたんだが、どうも風邪をこじらせてしまったようでな」

息子にして店主の重太郎が、自ら玄関先に出て来て告げた。

「そうでしたか」

「ちょっと寒気がすると言ってから、あっという間に寝込んでしまった。歳も歳ゆえ、油断ならぬと医者に言われておる。何かあったらこちらから知らせるから、余計な真似は慎んでくれ。長屋の者にもお梅さんにも、そう伝えておいてくれ」

「……承知しやした」

何かあったら——

常日頃、かくしゃくとした姿を見ているだけに、久兵衛が寝込んだ姿は想像し難《にく》い。だが、医者が言うように還暦を過ぎた老人なれば、いつ、何が起きてもおかしくはない。もとより風邪は誰にとっても「万病のもと」で、真一郎の父親は流行り風邪、守蔵の妻は風邪をこじらせて亡くなっている。

行きとは打って変わった重い足取りで、真一郎は浅草へ引き返した。

戻り道中で昼餉を済ませ、長屋には寄らずに別宅を訪ねると、梅は出かけていたが多香が留守居をしていた。

「今日は安田屋じゃなかったのか？」

「そのつもりだったけど、面を早く仕上げちまいたかったからさ」

というのは表向きで、いつになく沈んでいる梅を案じたようだ。仕上げが残っているのは本当だったが、近頃は日が短いことから、面作りは安田屋へ行く前に、朝のうちに済ませてしまうことが多い。

梅は気晴らしを兼ねて、厚揚げを買いに出たという。

「厚揚げの煮物は、久兵衛さんの好物だからねぇ」

「そうか……」

重太郎からの言葉を伝えると、多香も顔を曇らせた。

「両備屋なら医者や薬の心配はないだろうけど、余計な真似は慎め、とはね。見舞いにも行けないってのは、お梅さんには辛《つら》いだろう。まあ、重太郎さんにとっちゃ、お梅さんはあくまで外の女だから致し方ないか……」

「お梅さんは、やっぱり久兵衛さん一筋みてぇだな」

「そうさ。お梅さんに限って、浮気はないと言ったろう」

哲之介の話は、多香に既に明かしてあった。梅のことは信じていたが、多香に再び太鼓判を押されてほっとする。

「――そういえば、あんたが出かけてすぐに、橘さまがいらしたよ」

「橘さまが？」

「矢の注文のついでに、安田屋に誘いに来たって言うから、代わりに私が案内しといたさ」

「橘さまが？　ははは、そうか」

繰り返してから、真一郎は笑い出した。

「仕合の見物客に慣れるために、安田屋で遊んで来たらどうかと、八木さまが仰ったんだ」

「うん、向後《こうご》の仕合のためだと仰ってたよ」

多香は安田屋に休むことを伝えるべく、昼前に一度店を訪ねるつもりだった。ゆえに、真一郎の留守に落胆した橘に、ついでの案内を買って出た。

「店の決まりごとやらお金のことやら、案じていらしてね。だからあんたと一緒に行きたかったんだろうけど、私が道中でちゃんと教えておいたからさ。店でも、房次郎さんに直に頼んできたから、案ずることたないよ」

「そうか。房次郎さんなら安心だ。ありがとうよ、お多香」

「ついでだもの。それに、なんとも可愛《かわい》らしいお人だね、橘さまは」

「ああ。気さくでまっすぐなお人だ。けど、そうか。俺が案内して差し上げたかった。せっかく浅草までおいでくだすったのに」

「でも、あんたと比べられるよりも、お一人の方がいい『修行』になるに違いないよ」

「それもそうか」

しばし炬燵で桃と戯れてから、梅への言伝《ことづて》を多香に託して、真一郎は長屋へ帰った。

大介と鈴、守蔵にも久兵衛の様子を伝えると、三人とも多香と同じく憂い顔になる。

「どうしよう。久兵衛さんに何かあったら……」

「言うな、お鈴。つるかめつるかめ。久兵衛さんなら、きっとすぐに良くなるさ」

大介の言葉には頷いたものの、鈴は昨日よりも一層思い悩んだ様子で家に引き取った。

守蔵から煮売屋への遣いを請け負って、真一郎と大介は丼と湯桶《ゆおけ》を抱えて、まずは湯屋・日《ひ》の出湯《でゆ》へ向かった。

湯船に浸《つ》かってから、大介が問うた。

「お多香さんから、何か聞いたかい？」

「何かって――お鈴のことなら、なんにも」

別宅で炬燵にあたりながら問うてみたが、鈴は多香にも何も話していなかった。

「そうか。もしやお鈴は、なんらかのつてか虫の知らせで、久兵衛さんのことを先に知っていたのかもな。もしも久兵衛さんがいなくなったら、長屋はどうなっちまうんだろう……」

「こら大介、お前まで縁起でもねぇ。つるかめつるかめ」

「うう、すまねぇ。つるかめつるかめ」

縁起直しを唱えたものの、不安は判らぬでもない。

重太郎は、真一郎はまだしも梅さえもよく思っていないようだ。となると、久兵衛亡き後、長屋や別宅は人手に渡り、皆、離れ離れになるやもしれない。

「……久兵衛さんのことだ。もう二、三日すりゃあ戻って来るさ」

「そうだな、真さん」

充分温まったのち、真一郎たちは日の出湯を後にした。

帰りしな、煮売屋で自分たちの分もたっぷり煮物を買うと、入れ違いに夫婦と思《おぼ》しき若い男女がやって来た。

仲睦《むつ》まじい二人を見やって、大介が言った。

「そうだ、真さん。忘れるとこだった」

「なんだ、大介？」

「俺ぁ今日は、広小路まで昼飯を食いに出たんだが――見ちまったんだよ」

「何を見たんだ？　もったいぶるなよ」

「お多香さんがさ、あの二人みてぇに往来でいちゃいちゃしてるとこをさ」

そう言って大介はにやにやしたが、真一郎は一蹴した。

「嘘をつくな。お多香がそんな真似をするもんか」

「嘘じゃねぇよう。ああいや、いちゃいちゃってのは、ちと大げさだけどよ。こう、道の端っこに寄って、二人で顔を突き合わせて何やらこそこそ、ひそひそ……相手は頭巾を被っていたが、俺の方を向いてたから顔は見えた。俺と変わらねぇ年頃の武芸者だ。着流しだったが、脇差しを差していたからな」

「そら、橘さまだ」

「橘さま？」

「刈谷道場の門人のお武家さまさ。矢を注文するついでに、安田屋に行きたかったそうなんだが、俺が留守にしてたんで、お多香が代わりに案内してってたのさ」

「なんだ、そうだったのか。──つまんねぇな」

肩をすくめた大介に苦笑を返して、真一郎は家路へ促した。


三日後。

花に会う日を明日に控えて、真一郎が的矢に仕上げを施していると、八ツを半刻ほど過ぎて大介が帰って来た。

「真さん！」

「なんだ、大介？」

返事を聞くや否や大介は引き戸を開き、草履を脱ぎ捨てて上がり込んだ。

「お鈴が──」

「お鈴がどうした？」

腰を浮かせた真一郎と反対に、向かいに座り込むと、むすっとして口を開く。

「お鈴が……その、男と……」

「お鈴に男が？」

「ま、まだそうと決まった訳じゃねぇ」

大介は八ツ過ぎに暇潰しを兼ねて、帰りは鈴と戻るつもりで枡乃屋へ向かった。ところが枡乃屋の女将《おかみ》のとし曰く、鈴は一足先に、とある男と共に帰ったそうである。

「背丈は俺とあまり変わらず、けど俺より少し年上の、紺鼠《こんねず》の着物を着た男らしい」

「それだけじゃあ、誰だかさっぱり判らねぇ。お前と同じくらいの背丈で、紺鼠の着物を着ている野郎なら、そこらでいくらでも見つからぁ。年上ってのはどれくらいだ？　二十五、六か？　それとも十八、九か？」

大介は実年齢は二十三歳、だが見た目は十六、七歳である。鈴は二十一歳だが、細身でやや若く見えるがゆえに、十八、九歳の男と釣り合いが取れなくもない。

「そうか……どっちだろう？」

頼りなく首をひねってから、大介は続けた。

「歳はさておき、そいつは店に来たのは初めてだが、お鈴と親しげで、ゆっくり話したいとお鈴の方から誘って、いつもより早く仕舞いにしたってんだ」

「ふうむ」

もっともらしく相槌《あいづち》を打ってから、真一郎は苦笑を浮かべた。

「それで、なんだ？　俺にその男のことを探って欲しいのか？」

「そ、そうだ。変な男だったら困るからな」

「変な男？」

「お鈴の心をもてあそんだり、踏みにじったり……身体目当てってこともあんだろう」

「だが、あのお鈴だぜ。おとしさんにも親しげに見えるほど打ち解けている野郎なら、よほどいいやつなんだろう」

十五歳でゆきずりの男に手込めにされてから、鈴は男を嫌い、恐れて暮らしてきた。同じ長屋の店子として真一郎たちとは打ち解けているものの、出稽古では男に教えておらず、お座敷でも枡乃屋でも男客には用心している。

「莫迦野郎。あのお鈴だから、騙《だま》されてるってこともあらぁ。女たらしなら、お鈴みてぇなうぶな女を騙すなんざ朝飯前だ。でもってそういう野郎は、傍目《はため》には大体いいやつなのさ」

だったら、お前がさっさと名乗りをあげりゃあいいものを――

鈴に惚《ほ》れ込《こ》んでいるくせに、大介には鈴と一緒になる気がないと言う。

大介は吉原《よしわら》生まれの吉原育ちで、七歳で引き取られた先も、女に事欠くことがなかった音正の家だった。色事を身近に暮らしてきたからか、大介は己を「色しかねぇ」、鈴にはふさわしからぬ男だと思い込んでいて、自らその証を立てるがごとく、紐同然に上野と神田の二人の女とねんごろでいて悪びれない。一方、笛に関しては職人としても奏者としてもなかなかの腕前で、時にちゃっかりしているものの、情に厚く、気立てが良いことは、長屋では皆が承知している。

「このところ浮かない顔をしていたのは、きっとそいつのせいだ。男慣れしてねぇお鈴のことだ。男の顔色、いや声色なんかに、逐一振り回されてんじゃねぇだろうか？」

お前こそ、お鈴の顔色や声色に、逐一振り回されていやがるくせに……

内心くすりとしたが、真一郎とて鈴の「男」は気にかかる。

「判った。まずはお鈴が帰って来たら、それとなく訊いてみようや」

「おう」

そう二人で頷き合ったところへ、鈴が守蔵と連れ立って帰って来た。

「帰り道で見かけてな」

守蔵は、今日は朝から鍛冶屋へ出かけていた。

「もう、お外は風が冷たくて……風がないだけで、長屋は暖かく思えます」

守蔵の横で微笑んだ鈴の顔からは、ここしばらくの屈託が消えている。

微かに眉をひそめた大介を横目に、真一郎は問うた。

「お鈴、今日は枡乃屋じゃなかったのか？」

「枡乃屋でしたよ。——あ、もしかして、寄ってくれたんですか？」

「うん。ついさっき、所用の帰りに通りかかってな。けど、店の外にも中にもお鈴の姿が見当たらなかったんで、俺の思い違いだったかと……」

「今日は少し早くに切り上げたんです」

「そうだったのか。まあ、こんだけ寒かったらしょうがねぇ。でも、それにしちゃあ、帰りが遅かったな？」

「それは……今日はちょっと所用がありまして」

「所用？」

「ええ」

目を落として頷く鈴を見て、大介が眉間の皺《しわ》を深くする。

と、今度は多香が、梅と連れ立って木戸をくぐって来た。

「この寒いのに、みんな表で何してんのさ？」

「お鈴と守蔵さんが、ちょうど帰って来たところでよ」

「ふうん……でもまあ、ちょうどいい。少し遅いけど、みんなでおやつにしようよ。お梅さんが、八千代屋《やちよや》でみんなの分も大福を買ってくれたんだよ」

聖天町《しょうでんちょう》にある菓子屋・八千代屋の大福は、多香の好物である。

久兵衛が寝込んでいると伝えてからこの三日、ますます塞いでいる梅のために、多香は別宅に泊まり込んでいた。間の二日は安田屋に仕事に行ったが、今日はまた面作りを理由に休んで、梅を気晴らしに連れ出したらしい。

みんなで多香の家に上がり込むと、真一郎は多香と手分けして、火鉢と炬燵のために炭火を起こした。

「煮物も持って来たから、後でみんなで食べてちょうだいな」と、梅。

「そりゃ、ありがてぇ」

「夕餉《ゆうげ》の手間が省けます」

喜ぶ大介と鈴の声を聞きながら、多香がふと戸口を見やった。

「どうした、お多香？」

「しっ！」

はっとして皆が静まり返ると、近付いて来た足音が戸口の前で止まった。

「これ、みんな、儂だ。今、帰ったぞ」

「久兵衛さん！」

土間にいた真一郎が戸を開くと、綿入れを着込んだ久兵衛が立っている。

「ほれ、大介。足もしっかりついとるぞ」

怖がりの大介へ足を見せて、久兵衛はにやりとした。

「やはり、お梅もこっちに来とったか。土産に大福を買って来たでな。少し遅いが、炙《あぶ》って皆でおやつにせんか？　――うん？　こっちも大福か。あはははは」

「あなた……」

笑い出した久兵衛から、梅は目を潤ませて大福の包みを受け取った。

「心配かけたな。本調子までまだちぃとあるが、ほれ、この通り、良くなったでな。重太郎にはもう一晩泊まっていけと言われたが、早くこっちへ――その、早くお前やお桃の顔が見たくて、駕籠《かご》を飛ばして帰って来たんだ」

長屋を通り過ぎてまっすぐ別宅へ向かったが、梅が留守だったため、折り返して帰って来たそうである。

「ご無事でようございました」

「うむ」

微笑み合う二人に、真一郎たちも皆、安堵する。

――と。

「ごめんくださいい」と、木戸の方から橘の声がした。


「橘さま――に八木さま。ええと、これはどうしたことで？」

「こいつが的矢の注文に行くと言うんでな。儂も暇潰しについて来た」

「さようで」

「道すがら大福を買《こ》うて来たでな。少し遅いがおやつにせんか？」

「はあ、どうもありがとうございます」

訪ねて来たのが武士だと知って、久兵衛が表へ出て来た。

「大家の久兵衛と申します。真一郎、お前の家では狭かろう。儂の家を使うがいい。お武家さま、どうぞこちらへ。今、火をお入れします」

久兵衛が二人を自分の家に案内すると、多香がすかさず十能で炭を運んで来る。長火鉢に炭を入れて、手際よく五徳の上に網を置いた多香へ、八木がにっこりとする。

「こりゃ気が利くの。今時分の大福は、少々炙った方が旨いでな」

「すぐにお茶をお持ちいたします」

「や、すまぬ」

「ああ、お多香さん。先日はお世話になりました」

八木の横で、橘が多香へはにかんだ。

「お多香さんの口添えで、房次郎さんにも安田屋の皆さんにもよくしていただき、楽しいひとときを過ごすことができました」

「それはようございました」

一礼して多香が一旦引き取ると、八木が声をひそめて問うた。

「あの女子があれか？　矢取りをしとるという真一郎の女か？」

「八木さま」

呆れ声と共に頷くと、橘は真一郎を見やった。

「すみません、真一郎さん。安田屋の女性《にょしょう》たちから、お二人のことを聞きまして、その、道中の話の種につい」

「お気になさらずに。まあ、そういう間柄ではありますし……」

「あれは花見の宴で、おぬしについておった女子だな？」

「さようです」

「共に暮らしておるのに、祝言《しゅうげん》は挙げておらんのか？」

「そうしたいのは山々なんですが、ずっと渋られているんです。共に暮らしているといっても、長屋が同じなだけで、家は違うんですよ」

隣りにいる皆に聞かせるつもりで、真一郎は言った。

「ほう。そういう間柄でありながら夫婦にならず、同じ長屋に住みながら家は別とは、なんとも」

「いえんの。それが当世風なのか？」

「いえ。おそらく私に甲斐性《かいしょう》がないだけかと……」

「は、ははは、なるほどそうか。そうであったか」

「八木さま。いくらなんでもあんまりですよ。――そうだ、真一郎さん」

再び呆れ声で言ってから、橘は話を変えた。

「仕合の日、帰りしな八木さまにおはぎをおすそ分けしていただいたのですが、大層美味《おい》しゅうございました」

「橘が、あまりにも気を落としておったでな。ああいう時は甘い物が一番じゃ」

大福を自ら網に載せながら、八木が微笑む。

「それにしても、あれは旨かった」

「ええ、本当に。それで、叶うなら是非、作り方を教えてもらえないでしょうか？　母に話したら、そんなに美味しかったのならば、栗が手に入るうちに家でも作ってみたいと乗り気になりましてね。もちろん母もおはぎは作りますが、小豆や砂糖の加減で、大分味が変わってきますから。あのおはぎは、こちらの大家さんのおかみさんのお手製なんですよね？」

「ええ。それなら、おかみさんを呼んで来ます。ちょうど今、長屋に来ておりますから」

「うん？」と、八木が小首をかしげた。「長屋に来ておるとはどういうことだ？　大家とおかみも一緒に住んでおらんのか？」

「あ、いや、ここはこの通り小さな長屋ですから、大家さんとおかみさんは日中はこちらにちょいちょい顔は出しますが、お住まいは今戸町に別にあるんです」

「ああ、だからここも空いておったのか」

「そうなんです」

隣りから梅を連れて来ると、追って多香が茶を運んで来た。

橘が矢立を取り出すのへ、多香が小皿に水を注いで渡す。

「や、助かります」

梅が恐れ入りつつ伝えるおはぎの作り方を、橘はにこにこしながら書き留める。

橘は常から矢立と紙を持ち歩いているそうで、その流麗な手には目を見張るばかりだ。

梅が引き取ると、広げられたままの紙を見やって、真一郎は称賛を口にした。

「驚きました。橘さまがこれほど達筆であられるとは……」

「筆だけではないぞ。こいつは詩歌《しいか》にも秀でておってな。若いのに、なんとも味のある歌を詠む上、漢詩にも通じておるのだ」

誇らしげに言う八木もまた、詩歌をたしなんでいるらしい。

八木が目を細めて微かに焼き跡のついた大福へ手を伸ばし、真一郎たちにも勧めた。

「ついでに、学問所では評判の算術者で、朝顔やら椿《つばき》やら、花木の栽培もお手のものだ」

「多芸は無芸といわれる所以《ゆえん》です」と、橘は苦笑を浮かべた。「しがない冷や飯食いですからね。朝顔も椿も、代書も算術も、いい小遣い稼ぎになるのですよ」

「無芸だなんてとんでもない。どれも一朝一夕には会得できない芸です」

なんでも屋として、やはり「多芸は無芸」と思われがちな真一郎は、思わぬ才を持つ橘にますます親しみを覚えた。

「真一郎さんほど、一芸に秀でていたらよかったのですが……」

「うむ。真一郎は世が世なら戦で手柄を山ほど立てて、どこぞの家に取り立てられておっただろうな」

「ありがたきお言葉ですが、戦はごめんです。仇討《あだう》ちならまだしも、戦で見ず知らずの者と殺し合うなんて、私にはとてもできません」

「そうだな。お互い、太平の世に生まれてよかったの。儂はもう、狩りに行くのも億劫《おっくう》になってしもうた。道場の的当てだけで充分だ。──おっと、それでこいつの的矢だが」

「私のではありませんよ。舅《しゅうと》への贈り物にしたいのです」

「舅──というと、橘さまには奥さまがいらしたんで？」

思わず声を高くした真一郎へ、橘は慌てて首を振った。

「い、いいえ、私はまだ独り身です。ですが、ようやく婿入りが決まりそうなのです」

「そりゃ、おめでとうございます！」

「気が早いやもしれませんが、舅となるお方が弓士でしてね。それで、婿にも弓士を望んでいらして、私のところへ話がきたんですよ。近々ご挨拶にお伺いするので、まずは真一郎さんの的矢を手土産にしようと思い立ったのです」

橘の家は養生所の医師で、婿入り先は賄頭《まかないがしら》だという。石高は相手の方がやや上ゆえに、橘にはこの上ない縁談らしい。

「そういうことなら、腕によりをかけて作ります」

「お願いしますよ」

微笑んで、橘はほんのり頰を染めた。

「じ、実はその娘さん──つまり私の妻となる方ですが──その方も弓術をたしなまれているんです」

「えっ？」

「お父上もその昔、婿入りして家督を継がれたのですが、婿入りの際、屋敷に矢場を作らせたそうです。それが婿入りにあたっての約束だったとか。ですから、娘さんもおうちの矢場で、お父上から手ほどきを受けていらっしゃると聞きました」

「――あの、もしや、その娘さまのお名前は、花さまではありませんか？」

閃いて問うてみると、橘が目を丸くした。

「いかにもその方の名は『はな』――華江《はなえ》といいますが、どうしてご存じで？　真一郎さんは千里眼ですか？」

「まさか。つい先日、似たような触れ込みの菓子屋の娘さんが矢の注文に来たんです。ですが、のちにその菓子屋には、同じ年頃の娘はいないと知れまして――」

「む！　では、やはりあの娘はそうだったか」

「ええ、八木さま。八木さまが四日前に、道場で見かけたあの娘さんです」

「そうではないかと思ったのだ。儂は実は、そのことでおぬしらに話をせねばならぬと思ってついて来たのだ」

「えっ？」

橘と声が重なった。

「ど、どういうことですか？」

「どうもこうも、橘、おぬしの縁談相手の竹内家の娘は、四日前、真一郎と共に道場を訪ねて来たのだ。儂は、あの華江という娘を見知っておった。春先に親類の小芝《こしば》家の又甥に、竹内家から婿入りの話があってな。父親は役目で忙しく、祖父である儂の弟は足を悪くしておるゆえ、又甥に頼まれて、儂が一緒に娘の顔を見に行ったのだ」

仲人の計らいで、華江が習い事へ出かけたところを待ち伏せて、こっそり見目姿を確かめたという。

「一度きりのことゆえ、道場で見かけた時はしかとは思い出せなんだ。だが、あの娘が嘘をついていることはすぐに判った。安曇堂は道場の帰りにたまに寄るが、あすこの娘は一人きりで、とうに嫁にいった大年増だ。それでもあの娘が真一郎に想いを懸けていて、嘘も恋心ゆえならば、儂も野暮は言うまいと黙っておったのだ」

「そうだったんで……」

つぶやいた真一郎へ、八木が厳しく頷いて見せる。

「だが、のちにふと、竹内家の娘に似ていたと思い当たってな。次に真一郎に会うたら、今少し詳しゅう訊いてみようと思案していたところ、橘が竹内家から縁談がきた、舅となる竹内殿のために、おぬしに的矢を注文に行くと言うではないか。ならば、渡りに船とついて来たのだ。こうしたことは、道場や往来では話しにくいでな。それに、三人いちどきに話した方が手っ取り早い」

橘と真一郎を交互に見やって、八木は続けた。

「真一郎、おぬしも知っての通り、あの娘は顔かたちはまあ良い方だ。だが、橘、その人柄については、儂は又甥に縁談があった折に、あれこれ噂を耳にした。あの娘は弓術にかまけておるせいか、家のことは何もできんらしい。一人では米も炊けぬ、着物の縫い方どころか繕い方も知らぬようだ。いくら女中がいるとはいえ、やらぬのとできぬのでは大違いだぞ。ましてや、橘に縁談を持ちかけておきながら、町娘を装って、真一郎に色目を使うなど言語道断。とんでもないお転婆だ。はしたないにもほどがある」

八木が言い切ると同時に、表から男の声がした。

「こ、この無礼者！」

がらりと引き戸が開いて、小太りの老侍が土間に仁王立ちになった。

八木よりやや白髪が多いが、歳も背丈も八木と変わらぬように見える。

「黙って聞いておれば――小芝の倅の大伯父ならば、おぬしは八木だな？」

「いかにも。して、そう言うおぬしは何者だ？」

すっくと立ち上がって、八木は誰何《すいか》した。

「竹内直芳《なおよし》さまが近習《きんじゅ》、井手《いで》政高《まさたか》じゃ」

「八木直右衛門だ」

「お転婆だの、はしたないだの、華江さまをようも誹謗《ひぼう》しおったな！」

「まことのことしか申しておらん！　華江さまとやらに問うてみるがいい。儂はこの目でしかと見たぞ。あの娘は町娘を装って、ここにおる真一郎を騙して逢瀬《おうせ》に連れ出したのだ！」

「む……」と、井手が言葉に詰まった。

逢瀬じゃねぇ——

胸中で真一郎がつぶやく間に、井手が言い返した。

「じゃが、華江さまがお転婆なら、おぬしの又甥は肝の小さい腰抜けじゃ！　華江さまのお姿を見て一度は婿入りを諾したにもかかわらず、華江さまが弓術をたしなむと聞いた途端に手のひらを返しおって」

「む……」

今度は八木が言葉に詰まったところを見ると、以前「女が武術をたしなむなんて、とんでもない」と華江を振ったのは、八木の又甥だったらしい。

「武家の娘が武芸を学んで、何が悪い！　大方、おぬしの又甥は見掛け倒しの弓士であろう。華江さまと仕合えば負けると踏んで、早々に尻尾を巻いて逃げおったのだ！」

「見掛け倒しだと？　あいつは幼少の砌《みぎり》より、弓術のみならず、剣術も柔術も欠かさず稽古してきたのだぞ！　付け焼き刃の女子《おなご》なぞ、あいつの相手になるものか！」

「ふん！　多芸は無芸というでのう。あれもこれもと手を出して、結句《けく》、一芸に秀でることがなかったために、冷や飯食いのままなのじゃろう」

「なんだと？」

「八木さま！」

「井手！」

顔を赤くして睨み合う八木と井手を、橘と井手の後ろにいた男が止めた。

「殿……」

「殿──というと、た、竹内さまで？」

橘が慌てて頭を下げたところへ、「父上！」と更に声が追って来た。

「華江？　何ゆえここに？」

「母上に聞いたのです。父上と爺《じい》が真一郎さんのもとへ出かけたと──」

呆然《ぼうぜん》とする男たちの向こうに、花こと華江の顔が覗いた。


六軒長屋は他の長屋より戸数が少ない分、井戸端や厠《かわや》、向かい合う家々の間が広い。木戸に近い真一郎と鈴の家は九尺二間だが、残り四人の家は二間四方とやはり並の長屋より広い造りになっている。

久兵衛の家に長屋の六人が集うことは珍しくないが、数は同じでも、己を除く五人が武家方となると、二間四方でも随分狭く感じた。八木に橋、井手はともかく、四十路《よそじ》前後と思しき竹内は五尺六寸余り背丈があって、真一郎よりずっと隆々としている。

八木と竹内、橋と井手がそれぞれ向かい合い、真一郎と華江が末席に座ると、まずは竹内が詫び言を口にした。

「井手の無礼をお許しください」

「儂もつい、かっとなってしまった」

落ち着きを取り戻して、八木も言った。

「又甥の武芸はどこに出しても恥ずかしくないが、華江殿が弓術をたしなむと聞いただけで、一度は諾した婿入り話をなかったこととしたのは、あいつの狭量、緩怠だった」

「当方も、娘に弓術を仕込んだことを過ちとは思いませんが、娘が町娘を装って、年頃の娘、ましてや武家の娘にあるまじき振る舞いをしていたのは、紛れもない事実……」

じろりと竹内に睨まれて、華江が首をすくめてうつむいた。

だが、殊勝な顔をしたのはほんの束の間で、竹内に促されると、華江は背筋を伸ばして事の次第を話し始めた。

梶原道場での仕合の日、華江は一人で、町娘を装って見物に訪れた。

「許婚と一緒だったというのは嘘です。私はただ、橋さまのお顔を拝してみたかったのです。

私ばかり覗き見されるのは、あんまりですもの。弓術のお手並みも、是非この目で拝見いたしたくて」

「華江」

あけすけな物言いを竹内はそれとなくたしなめたが、華江は覚悟を決めたように澄ましたままだ。

「仕合のことは、父上と爺が話しているところへ、ちょうど通りかかって聞きました」

「ちょうど通りかかって、な……」と、竹内が苦笑を浮かべる。

「仕合を見に行くと言えば、きっと止められたでしょう。ですから、女中から着物と頭巾を借りて、一人でこっそりお伺いしました。真一郎さんを訪ねた時も……真一郎さん、ごめんなさい。菓子屋の娘だというのも、許婚がいるというのも嘘でした」

「……ですが、的矢を贈ろうとお考えになっていたのは、橘さまなのでしょう？」

「私に的矢を？」と、橘も問う。

「ええ。ご挨拶の折の、いい贈り物になると思ったのです。初めに頼んだ矢は、結句、父のものになってしまいましたが」

武具屋の真永堂で父親の名を聞いた華江は、店主の永作と話すうちに、真一郎や父親に己の所業がばれるのではないかと肝を冷やしつつ、的矢を譲り、早々に店を後にしたという。

「この莫迦娘め。お前の所業なら、初めから筒抜けだ」

「初めから？」

「うむ」

刈谷道場が梶原道場と仕合を行うと聞いたのは井手で、竹内も是非、橘の腕前を見てみたいと思ったそうである。しかしながら、日取りを聞いて都合が悪いと断念した矢先、華江の盗み聞きに気付いた。

「それから、お前が何やらそわそわしておったから、淑江《よしえ》——ああ、私の妻ですが——と井手に目配りしておくよう命じていたのだ。案の定、お前は皆に習い事の日取りを偽って、町娘に化けて一人で出かけおったな。仕合の日だけではないぞ。この長屋を訪ねた日も、真永堂や一膳飯屋、刈谷道場へ行った日も、井手はお前の後をつけていたのだが、お前は浮かれていてちっとも気付かなかった」

竹内は再び苦笑を浮かべたが、華江は顔を赤くして唇を噛んだ。

「う、浮かれてなど……」

「そうか？　井手はこのところのお前の様子から、お前が実は、この真一郎という男に岡惚《おかぼ》れしているのではないかと疑って、万が一にも過ちがあってはならぬと、ずっと案じておったのだぞ」

「そ、そんな。過ちなんてありません」

「そうです。何も、一つもありません」と、真一郎も慌てて華江と共に首を振る。

「ふむ……私が今日ここへやって来たのは、真一郎さんと腹を割って話すためだ。刈谷道場の矢師と聞いて思い出したでな。おぬしは春に『花見の宴』とやらで、梶原道場の者を見事三人も負かしただろう？」

「ええ、まあ」

「真永堂から届けられた的矢も、実によかった。飾り気はないが、まっすぐなのにしなやかさがあり、この上なく引きやすい――聞いたところによると、おぬしは江戸の者ではないそうだが、もしや、かつては誰ぞに仕えていたのではないか？」

「えっ？」

「つまり国で食い詰めて、やむなく身分を捨て、江戸で矢師として身を立てようと……」

「とと、とんでもねぇ――あ、と、とんでもありません！」

真一郎が言い直すと、竹内は束の間きょとんとしてから笑い出した。

「はははははは。何、もしも華江もおぬしも本気で惚れ合《お》うているのなら、おぬしが浪人だろうが町人だろうが、手がないこともないと、あれこれ思案しておったのだ。だがそうか。私の思い過ごしであったか」

町人でも武家の養子となれば、武家方と婚姻することができる。ただし、このような養子縁組はよほどの信頼か金がなければ成り立たぬため、竹内は自ら真一郎を見定めにやって来たらしい。

「お、思い過ごしもいいところです、父上。真一郎さんには『いずれ一緒になろう』と、約束を交わした方がいらっしゃるのですから。見目麗しく、頭が切れる上に、武芸が滅法得意な方だそうです」

「ほう」

竹内が応える傍らで、八木と橘が口角を上げた。

「ですから真一郎さんは、私が弓術の稽古をしていると知っても、ちっとも変な顔をされませんでした。それで、私もつい真一郎さんの厚意に甘えてしまい、矢の注文のついでに武具屋や飯屋、刈谷道場へ連れて行ってもらいました」

「橘さまのためです」と、真一郎は口を挟んだ。「華江さまは、ずっと橘さまを気にかけておられました」

口では張り合うようなことを言っていたが、華江は本当は梶原道場で橘を気に入って、的矢の注文を口実に、橘のことを探りに来たのだろう――と、推察してのことである。

「そうか……だが、橘殿はいかがかな？　今更取り繕う気は毛頭ない。我が娘は、女だてらに弓術を学び、町娘の格好をして、男と二人きりで出かけるようなお転婆だ」

「私は……華江さまがよろしければ、このまま縁組を進めていただきとうございます」

竹内をまっすぐ見つめ返して応えてから、橘は華江の方を向いた。

「私のような冷や飯食いにとって、華江さまとの――ひいては竹内家との縁組はまたとない立身の機会です。ですが、この縁組を望む事由はけしてそれだけではございません。実はご挨拶の日まで待てずに、華江さまが梶原道場へいらっしゃる前に、私も華江さまのお姿を窺いに参りました」

頬を染めたところを見ると、橘もまた華江を一目で気に入ったらしい。

「華江さまのことをもっと知りたくなって、そこここで訊ねてみたところ、噂を耳にいたしました。弓術をたしなまれることは、仲人からお聞きしておりましたが、華江さまは、ご自分より腕のある弓士しか婿にお迎えにならないとか……真一郎さんは稀《まれ》に見る凄腕の弓士ですから、華江さまが真一郎さんに魅せられたとしても無理はありません。真一郎さんの想い人は何故《なぜ》だか婚姻を渋っておられるようですし、もしも、華江さまのお心が真一郎さんにあるならば、お父上が仰る通り、手がないことはありません……」

「おやめください」と、華江は頭を振った。「私が浅はかでした。私は――私も仕合で橘さまを目にして、橘さまのことをもっと知りたくなったのです。梶原道場で真一郎さんのことをお訊きしたのも、橘さまが親しそうにお話しされていたからです。確かに真一郎さんは凄腕で、お作りになる矢も素晴らしい。ですが、まず歳が大分離れておりますし、そんな殿方が昼間からごろごろされているのはいかがなものかと……」

ぷっと、八木が噴き出した。

――いや、八木さまだけじゃねぇ。

今、隣りで噴いたのは、大介か、お多香か、それとも久兵衛さんか――？

「華江」

「あっ、ご、ごめんなさい。真一郎さん」

「構いませんよ。本当のことですから」

微笑と共に真一郎は言った。

「橘さまは私よりずっと勤勉で、多才で、お人柄も申し分ありません。ねぇ、八木さま？」

「うむ。竹内殿、井手殿、これを見てくだされ」

そう言って、八木は先ほど橘が書いたおはぎの作り方を記した紙を差し出した。

「橘はこの通り達筆で、学問所で認められた算術者でもある。賄頭の竹内殿の跡目にうってつけではあるまいか？」

「はい。橘殿は弓士であると共に、書き方や算術に秀でていると聞き及んでおりました。ゆえに、この縁組は当家にとってもまたとない話なのです。そうだろう、井手？」

「ええ……ただ、これだけは橘殿と八木殿にお伝えしておきたい」

居住まいを改めて、井手は切り出した。

「華江さまは、米の炊き方くらい心得ておる。着物の縫い方はまだご存じないが、ほつれを繕うくらいならできぬことはない」

「爺！」

「的に向かうお姿は近寄り難いものの、常から私ども家臣や、下男下女まで別《わ》け隔てなく慮《おもんぱか》ってくださるお優しい姫さまなのじゃ。おお、そうだ。華江さまは、花木の手入れも得意での。殊に朝顔は玄人裸足《はだし》で、夏に当家を訪れる客は皆、称賛を惜しまぬ」

「爺！　もう余計な話はよしてください」

頬を染めて再び井手をたしなめた華江へ、橘が照れ臭そうに微笑みかける。

「奇遇ですね。私も朝顔作りは得意な方です」

「さ、さようですか」

「来年は是非、ご一緒に……」

「ええ、ご一緒に……」

若き二人は束の間うつむいて、だがすぐに二人同時に顔を上げた。

「弓術も、一緒に切磋《せっさ》琢磨《たくま》していきませんか？」

「ええ、共に切磋琢磨していきとうございます」

晴れ晴れしい顔で頷き合う若い二人の傍らで、真一郎は八木と、竹内は井手とそれぞれ微笑み合った。

武家方の五人を見送ると、真一郎はようやく多香の家に上がって一息ついた。

「いやはや、妙な汗をかいちまった」

「まさか、お花さん――いや、華江さまのお父上に爺とやら、華江さまご自身まで現れるとはなぁ」と、大介。

木戸をくぐった竹内と井手は、華江が初めて訪れた時のように、長屋があまりにひっそりしていることを訝《いぶか》って、しばらく無言で辺りを窺っていたようだ。

多香は新たな客の来訪にやはりいち早く気付いたが、真一郎たちの話の邪魔にならぬようそっと表へ出てみると、井手が身振りで黙っているよう示したという。

「面白そうだと思って、成りゆきを見守ることにしたのさ。いくらなんでも、ここで切った張ったの騒ぎにはならないだろうしね」

「丸く収まってよかったな」と、久兵衛。

「ええ」と、鈴も頷く。「ついでに、私もほっとしました。真さんと華江さまの間になんにもなくて。お多香さんもただ、橘さまを安田屋にお連れしただけだったんですね」

着物は借り物だったが、華江は胸元に匂い袋でも忍ばせていたらしい。鈴は華江が長屋を訪ねて来た時にすれ違って、その香りを嗅いだ。五日後、華江の手ぬぐいを巻いた真一郎から同じ香りがしたために、矢の注文も、それを届けに行ったというのも嘘ではなかろうかと、真一郎の浮気を疑ったそうである。

また、鈴はその次の日のお座敷で、多香を見知っている料亭・あけ正《まさ》の奉公人から「若い男を連れて歩いていた」と聞いて、多香の浮気も疑っていた。

「真一郎さんのことと合わせて、久兵衛さんに相談したかったのに、久兵衛さんは寝込んでいると聞いて途方に暮れました」

「それで浮かない顔をしていたのか」

「ええ。でも今日、守蔵さんが初めて枡乃屋に寄ってくださって……」

「俺もお鈴の様子が気になってな。お前たち三人に言えねぇことなら、きっと真一郎かお多香のことだろう、と」

今になって真一郎は、守蔵が紺鼠の着物を着ていることに気付いた。背丈も守蔵の方がやや高いが、大介とほとんど変わらない。「少し」ではなく「大分」年上だということを除けば、としが言っていた「とある男」に当てはまる。

つまり、おとしさんは大介をからかったんだな……

ちろりと大介を見やると、大介は仏頂面で小さく頷いた。

「じゃあ、お鈴の所用ってのは、守蔵さんへの相談だったのか？」

「はい。守蔵さんは、真さんもお多香さんも案ずることはないと、太鼓判を押してくれましたけど、真さんに打ち明けるのは気まずくて」

「ううむ。だがな、お鈴。お多香はともかく、俺の浮気を疑うとはあんまりだ」

「ご、ごめんなさい、真さん。私、知らなかったんです。真さんとお多香さんが、もう許婚になっていたなんて」

「許婚？」

「いずれ一緒になろう——そう、約束しているんですよね？」

鈴もまた、壁越しに盗み聞きしていたのだろう。

「あれはだな……あれは、俺が勝手に」

申し開きを待っているような多香の澄ました顔を見て、真一郎は束の間慌てたが、すぐに胸を張って皆を見回した。

「ああ、約束したさ。先だっての神無月末日にな。『私こと真一郎は、貴弥《たかや》こと多香の蟠《わだかま》り明け候《そうろう》ば、いつなんどきいかなる折にも、夫婦となり候こと違《たが》へ致すまじく候』——そう俺はお多香に誓った。俺が勝手にした約束だが、約束には違いねぇ」

「お多香さんのわだかまり明けそうろうば……」

つぶやいた鈴も、他の皆も、「わだかまり」が多香の出自や過去に関することだと察したようだ。

「俺はお多香一筋さ。大介と違って、言い寄ってくる女もいねぇしよ」

「それはどうかな？」と、大介がにやにやした。「華江さまの先ほどのお言葉……ありゃあやっぱり真さんに、ちっとは惹《ひ》かれてたんだと思うぜ、俺は」

五人が暇を告げて腰を上げ、橘に八木、井手、竹内と、男たちがぞろぞろと木戸に向かってすぐに、華江が少しだけ引き返して、末尾にいた真一郎に微笑んだ。

——先ほどはあのようなことを申しましたが、初めてお目にかかった時、真一郎さんは私を『弓引き』と呼んでくださいましたね。私……ほんに嬉しゅうございました——

久兵衛がにやりとした。

「寝坊助だったからか、華江さまは大介にはとんと関心を示さなかったでな。見目姿は二の次なんだろう」

「皆それぞれ、好みや相性がありますからね」と、梅もくすりとする。「あのお二人はお互い一目惚れだったみたいだけれど、真さんだって、橘さまに負けちゃいませんよ。——ふふ、真さん、私も嬉しかったわ。真さんが、私のことを『おかみさん』って呼んでくれて」

「そんならよかった。だってほら、お梅さんは久兵衛さん一筋でしょう？」

「ふふふふふ」

目を細めた梅に微笑み返して、真一郎は久兵衛に向き直った。

「久兵衛さん、件の横恋慕の男のことですが、その名は哲之介。お梅さんとは昔馴染みだそうです」

「これ、真一郎」

「こそこそしなくったっていいじゃねぇですか。ご覧の通り、お梅さんにその気はねぇんですから」

「そうですよ。それにあなたに頼まれて、真さんと大介がこそこそしていることは、とうに見抜いておりましたのよ」

「えっ？　い、いつから？」

「真さんが今戸橋を渡って来るのが見えたのよ。私は真さんほど目が利かないけど、真さんは頭一つ抜けているから目立つもの」

真一郎が梅に気付く前に、梅は真一郎に気付いていたと言うのである。

「なんてこった」

「声をかけようと思っていたのに、橋を渡ってすぐ、二人して隠れたでしょう？　これは久さんの差し金だって——哲之介さんのことを探らせているんだって、たちどころに気付いたわ。やましいことは何もないもの。訊ねてくれたらなんでも正直に応えたものを、こそこそしているから、ついからかいたくなったのよ」

梅は機転を利かせて、茶屋に哲之介を誘い、真一郎たちのことを明かした。それから、哲之介に一芝居打つように頼んで、策を授けた。

「哲之介さんが、ああも折よく玄関に戻って来たのは、お梅さんの仕込みだったのか……」

「そうですよ」

「俺に、哲之介さんは俺を誠一郎さんの息子の真太郎と取り違えていると思わせて、久兵衛さんに妬心を抱かせようとしたのも……」

「儂に妬心を？」

「哲之介さんが言うには、お梅さんの初恋の君の誠一郎さんは、おかみさんを亡くして久しく、お梅さんをいまだ気にかけているんだそうでさ。だから、哲之介さんが此度江戸を訪ねると知って、お梅さんの様子を――つまり、お梅さんが今お独りかどうかを――見て来て欲しい、ついでに『鍔師になる』と言って江戸に行ったきり、沙汰のない息子の真太郎の居所も探って来てくれないかと、頼んだってんです」

「誠一郎さんは、いまだお梅を……」

眉をひそめた久兵衛へ、梅は微笑んだ。

「嘘ですよ。全部、嘘」

「全部？」と、問い返したのは大介だ。

「ええ。とうに亡くなったのは誠一郎さんです。哲之介さんも伝え聞いただけだそうですが、おかみさんはまだ達者でいるみたい。息子さんの名は真太郎じゃなくて、誠太郎《せいたろう》。誠一郎さんは『誠が一番』として名付けられたから、息子さんを誠二郎《せいじろう》としたくなかったのでしょう。ああ、息子さんは、一度は誠一郎さんと仲違《なかたが》いして江戸で鍔師になろうとしたけれど、すぐに『水が合わない』と上方へ戻って、誠一郎さんの後を継いで、上方で刀工をしているそうです。――これら全て、此度哲之介さんが教えてくれました。誠一郎さんがお嫁さんをもらったことは、もう三十年も前に、やはり哲之介さんが江戸にいらした折に聞いたけれど、私にはなんの沙汰もないから、息子さんが生まれたことさえ私は知らなかったのよ」

「そ、それならそうと、何ゆえその日のうちに言わなんだのだ？」

「あなたこそ、どうして何も仰らなかったんです？」と、梅はまぜっ返した。「あなたは見たんじゃありませんか？　哲之介さんが、うちを訪ねて来たところを。――私は見たわ。玄関先で哲之介さんを出迎えた時、あなたが門の前でくるりと踵を返して行ったのを……夕刻に帰って来た時には、いつも通り振る舞っていたけれど、あなたは客が哲之介さんだと勘付いていながら、真さんたちに探らせたんじゃなくて？」

「う……」

どうやら正鵠《せいこく》を射たようで、久兵衛は言葉を詰まらせた。

「歳も歳ですから、哲之介さんは此度、これが最後の江戸だと思っていらしたそうよ。今のお江戸を見物がてら、私やあなたのような旧知と、昔をしばし懐かしもうと……」

「ふん。お前とは懐かしむ想い出《おもいで》もあろうが、儂には恨み節を聞かせたいだけだろう」

「そんな風には見えなかったけれど、どうでしょう？」と、梅はにっこりした。「誠一郎さんのことも哲之介さんとのことも、今は昔じゃありませんか。哲之介さんはあなたにも会いたがっていましたよ。だから、次の日も訪ねて来たんです」

黙り込んだ久兵衛へ、遠慮なく多香が訊ねた。

「久兵衛さんは哲之介さんに、何か恨まれるようなことをしたんですか？」

「む……」

「私はその昔、哲之介さんに妻問いされたことがあったのよ」

「けれども、お梅さんは久兵衛さんをお選びに……とすると、横恋慕したのはもしや、久兵衛さんだったのでは？」

「ふふふふふ」

梅は、年季が明けた元女郎の娘として、神田で生まれ育ったという。

十六歳で父親を亡くし、母親と細々と暮らしていたが、十八歳で母親が病に倒れ、一人で二人分の暮らしを立てねばならなくなった。

哲之介は、かつて日本橋《にほんばし》にあった木綿問屋・寺田屋の番頭の息子だった。日本橋の店は江戸店で、本店は大坂《おおさか》にあり、哲之介も大坂で生まれた。だが、父母について早くに江戸に来たために、寺田屋の店者だった梅の父親を通じて、梅のことを幼き頃から見知っていた。

「寺田屋ではないけれど、誠一郎さんのお父さんも寺田屋と付き合いがあるお店に勤めていてね。寺田屋には同じ年頃の子供がいなかったからか、哲之介さんはよく神田に遊びに来て、私たちは幼馴染《おさななじ》みとして育ったの。だから、誠一郎さんが鍛人となるべく上方へ行ってしまった時も、父が亡くなった後も、ずっと気遣ってくださった……」

梅の誠一郎への想いはやはり片恋で、哲之介こそ早くから梅に惚れていたのではなかろうか――と、真一郎はぼんやり思った。

哲之介が梅に妻問いしたのは、梅が十九歳の冬だった。翌年の夏には、隠居する父親に合わせて一家で上方へ戻るのへ、ついて来て欲しいと哲之介は言った。

「でも、母はとても上方へ行けるような身体じゃなかった。哲之介さんもそれは承知で、母のために仕送りをすると誓ってくれた。母はこの上ない縁談だと喜んでくれたけれど、私は迷ったわ。哲之介さんのことは好きだったけど、好きにもいろいろあるでしょう？　思い悩むうちに年が明けて、これで江戸の花も見納めになるかもしれないと思って出かけた飛鳥山《あすかやま》で、久さんに出会ったのよ。――お互い、一目惚れだったのよね、久さん？」

「う、うむ」

頷いてから、久兵衛は照れ臭そうに話を引き継いだ。

「時を待たずして儂はお梅に妻問いして、お梅は哲之介の妻問いを断った。だが、儂には既に、親が決めた許婚がいてな。『この縁談を蹴るなら、店は継がせぬ。親子の縁も切る』と言われて、断れなんだ。親子の縁はともかく、先立つものがなければ困るでな……」

縁談を受ける代わりに、久兵衛は梅を囲う許しと金を得た。別宅を手に入れて、梅と母親を浅草に移し、吉原通いに見せかけて梅のもとへ通った。

「おかげさまで、もう長くないと言われたにもかかわらず、母はそれから三年も、苦労知らずの、仕合わせな時を過ごすことができたのよ」

梅と出会い、哲之介が上方へ帰ってから二年後、久兵衛は亡妻の敦《あつ》と祝言を挙げた。梅の母親が亡くなったのはその翌年で、更に一年を経て敦との間に息子の重太郎が生まれた。

「お敦が癌《がん》で逝ったのは、重太郎が九つの時だ。しばらくして、儂はお梅を後妻に迎えようとしたが、重太郎は不承を唱えて取りつく島もなく、お梅もそれはならぬというので、結句、今に至るのだ……だがな、お梅」

梅に向き直ると、久兵衛は神妙な顔で言った。

「此度寝込んで、儂は今一度お前に妻問いたいと思った。お前と飛鳥山で出会うて、三十八年が経った。儂は六十一――もう一月余りで六十二になる。いつ何時お迎えがきてもおかしくない歳だ。ゆえに、重太郎に頼み込んで、お前と祝言を挙げる許しを得てきた。――お梅、どうか、儂と一緒になってくれ」

突然の妻問いに梅は目をぱちくりして――だが、ゆっくりと首を振った。

「何故だ？　お敦亡き後、儂らはもう二十五年余りも、夫婦同然に暮らしてきたではないか。儂はこのままお前と添い遂げたい。お前は違うのか？　お前はやはり、哲之介と――」

「莫迦なことを言わないで。あなたに初めて妻問いされた日から、私の心は少しも変わっておりません」

「ならば、どうして……」

「これを」

そう言って、梅は懐から一通の文を取り出し、久兵衛の前で開いて見せた。

それは起請文《きしょうもん》だった。

ただし、夫婦の誓いを立てたものではない。

〈起請文　私こと梅は　生涯久兵衛殿と祝言を挙げぬこと　両備屋の敷居《しきい》を跨《また》ぐのは久兵衛殿の葬儀の折　ただ一度きりとすること　違へ致すまじく候　万一この誓ひに相背き候はば熊野《くまの》権現ほか　日本国中の神々の御罰を受くべく候〉

梅の名の隣りには、証人として敦の名が並んでいる。

「二通書いて、一通はお敦さんに渡しました。今はどこにあるのか知りませんが……」

もしもの久兵衛の訃報に備えて、梅はここしばらく肌身離さず持ち歩いていたらしい。

「親同士が勝手に決めた縁談だとあなたは仰いましたが、お敦さんと久さんは昔馴染みだったと、のちに知りました。お敦さんはずっとあなたを想っていらしたんです。両家はあなた方が十代の頃から言い交わしていて、久さんが一人前になったら祝言を挙げることになっていた。久さんも『そのつもり』だったのでしょう。けれども、ようやく約束の一人前になってまもなく、あなたは急にその意を翻して、私を妻に迎えようとしました」

二人が許婚だということは内輪に留められていたために、傍《はた》からは敦が家柄にまかせて久兵衛を奪ったように見えたらしいが、実は梅の横恋慕であったのだ。

「お敦さんはご自分の死期を悟って、あなたに知られぬよう、私を訪ねていらっしゃいました。『祝言なんて形だけ』と、お敦さんは仰いました。それでも──形だけでも──あなたのただ一人の『妻』でありたいとお望みになり、私はそんなあの人の想いに打たれて、この起請文を書き、血判を押しました」

痛ましげに眉根を寄せた久兵衛へ、梅は穏やかに語りかける。

「ですから、祝言は挙げません。私はあなたの『妻』にはなりません」

「お梅」

「でも、あなた。誓いの言葉は、とうの昔に交わしたじゃありませんか。何があろうと添い遂げよう──妻問いの折に、そう誓い合ったじゃありませんか。今更、祝言なんて無用ですよ。ねぇ、お多香さん？　お多香さんもそう思わないこと？」

「ええ。祝言なんて、形だけですからね」

己を見やってくすりとした多香へ、真一郎は微苦笑をもって応じた。

「だとしても、俺の誓いは変わらねぇぜ、お多香」

「儂の誓いも変わらぬぞ。祝言は挙げずとも、妻でなくとも、儂が最期まで添い遂げたいのはお前だ、お梅」

真剣な面持ちで久兵衛が明言すると、梅はわざとらしく目を丸くした。

「あら。そう仰る割には、今もってよく花街においでになるような……？」

「そ、それはあれだ。男には付き合いというものがあるでな。なぁ、真一郎？」

「はあしかし、俺ぁ誓いを口にしてからこのかた、一度も出かけておりやせんが」

「だ、だが儂とて、そうしばしばあることではないぞ。それにお前は誓いを立ててから、まだ一月も経っておらぬではないか」

「けど、俺がどうあれ、久兵衛さんのこの三十八年の所業は変わりやせんぜ？」

「むぅ……」

口をつぐんだ久兵衛に、梅はにっこり微笑んだ。

「さ、そろそろうちに帰りませんか？　お桃もあなたの帰りを待っておりますよ。真さん、悪いけど、駕籠を一丁呼んでもらえないかしら？」

「いや、駕籠はいらん」

「でも病み上がりではありませんか」

「何、歩いて帰ればそれだけ身体も温まる」

「では、一緒に歩いてゆきますか？」

「うむ、ゆるりとな」

仲睦まじく帰る二人を皆で木戸まで見送ってから、真一郎たちは再び多香の家に戻った。

「夕餉は煮物と大福か……」と、大介。

梅と久兵衛が八つずつ、八木も五つと多めに買って来たために、長屋の皆に梅、八木と橘が一つずつ食べて尚《なお》、十二個もの大福が残っている。

「いいじゃないか」と、多香が大福を一つ手に取って網に載せた。「これはこれで乙じゃないのさ。大福は腹持ちがいいし、昔はお多福餅とも呼ばれていたそうだしね」

「私の分も、一つお願いできますか？」と、鈴。「久兵衛さんがよくおなりになって、橘さまの縁談もうまくまとまって……福々で大福にふさわしい日になりましたもの」

「俺の分も一つ頼む」と、守蔵。「冬の炙った大福は格別だからな」

「お、俺は別に不満を唱えたってんじゃ……俺だって、大福は炙ったやつの方がいいや」

「そんなら、お多香、大介の分と俺の分、もう二つ炙ってくれねぇか？」

「あいよ」

にっこりとした多香と見交わすと、大介に鈴、守蔵も、何やら照れ臭げに口角を上げた。

第二話　白澤《はくたく》と八百比丘尼《やおびくに》

果てたのちも、その身を確かめるがごとく、真一郎は多香をしばし抱きしめた。

「真さん」

声は甘やかだが、何やら咎《とが》められた気がして、真一郎は慌てて腕を緩めて多香を放した。

隣りに仰向けになったものの、途端に憂心にとらわれて多香の方へ顔を向ける。

「お多香」

「なんだい？」

「さ……寒くねぇか？」

「今は暑いくらいだよ」

くすりとした多香へ微笑を返し、真一郎は天井をじっと見上げた。

舟宿・おいて屋の二階である。

橘清二郎を始めとする武家方の五人が長屋を訪れてから、二十日余りが経った。

今宵《こよい》は十六夜《いざよい》で、三日前に煤払《すすはら》いを終え、今年もあと半月を残すばかりだ。

――あのな、真さん。言いにくいんだが……俺が見た男は橘さまじゃなかったぜ――

久兵衛の無事を喜びながら、皆で夕餉を食した翌日、大介は真一郎にこっそり告げた。

大介が浅草広小路で見た、多香と共にいたという若い男のことである。

着流しだが脇差しを差した、頭巾を被った武芸者だと聞いて、てっきり橘のことだと思ったのだが、長屋で橘の顔を見た大介は、広小路で見かけた男とはまるで違うと言い張った。

多香は伊賀者の末裔で、役目に就いたことはないものの、浜田の粂七を始め「仲間」があちこちにいるらしい。

そいつも仲間じゃねぇだろうか……？

「真さん、どうしたのさ？　なんだかおかしいよ」

こう問われては、下手な誤魔化しは利かぬと判じて、真一郎はおずおず切り出した。

「じ、実は大介が、お前が男といちゃいちゃしているところを見たってんで……」

「大介がねぇ？」と、多香は鼻で笑った。「大介は、私がいつ、どこで、誰といちゃいちゃしていたのを見たのさ？」

「お前が橘さまを安田屋に案内した日、広小路で、着流しに脇差しを差した武芸者と、だ」

「ああ……そんなこともあったっけ。でも、いちゃいちゃなんてしてないよ。通りすがりに道を訊かれただけさ」

「道を？」

「うん。お上りさん――ううん、もしかしたら、お武家のお忍びだったのかもね。とにかく、浅草は初めてみたいだった」

いちゃいちゃしていたというのは大げさだと、大介自身が認めている。多香の言い分はおかしくないが、真一郎はどこか釈然としなかった。

……けれども、こんなことをいちいち気にかけてちゃ、お多香に呆れられる――否、飽きられるに違《ちげ》ぇねぇ。

――私はあんたが気に入ってるよ。おそらく江戸で一番に――

いつぞやかけられた言葉を思い出しながら、真一郎は多香の肩に腕を回した。

そうとも。

俺は「江戸で一番」の男なのだから……

抱き寄せる前に、多香の方から身を寄せたのへ、ほっとしたのも束の間だ。

吐息と豊かな乳房を肌に感じて、真一郎は再び高まってきた。

そろりと空いている手で乳房をまさぐろうとした矢先、表から、やや遠い悲鳴が聞こえてきた。

「なんだ?」

真一郎がつぶやく間に多香はするりと腕から抜け出し、障子戸と雨戸を素早く開いて表を窺う。

追って真一郎も窓辺に寄った。

多香の後ろから辺りを見回すと、北へみるみる遠ざかって行く白い塊と、南に燃える提灯《ちょうちん》が見える。提灯の傍らには男がいて、どうやら腰を抜かしているようだ。

おいて屋の番頭・庄三《しょうぞう》が声をかけながら、男のもとへ歩み寄る。急ぎ寝間着を着て、真一郎は階下に下りた。

庄三に手を貸して、男をおいて屋の玄関へと運ぶ。

「いってぇ、何があった？」

庄三が問うと、男は身を震わせながら声を絞り出した。

「化け物だ。三つ目の何やら白い獣……腹にも三つの目があって、俺を睨みつけながら追い抜いてった……」

庄三に男を任せて二階へ戻ると、真一郎は男から聞いたことを多香へ伝えた。

一瞬のことで、多香にもしかとは見えなかったが、「それ」は四足の白い獣で、腹にぽつぽつと模様があったという。

「あれは目だったのか……」と、多香。

「三つ目、いや、六つ目の白い獣たぁな」

「九つ目かもしれないよ。もしも、腹の反対にも三つ目があるなら」

思わずぞっとした真一郎と裏腹に、多香は愉しげににやりとした。

「こりゃ、久兵衛さんが喜ぶね」

久兵衛は狐狸《こり》妖怪や幽霊に多大な関心を持っているのだが、あいにくいまだかつて、そういったものに遭遇したことはないらしい。

翌朝、早速昨晩の出来事を久兵衛に伝えるべく、真一郎たちはおいて屋からの帰り道で別宅に寄った。

「それは、おそらく白澤だ」

話を聞いて、久兵衛は即座に身を乗り出した。

「はくたく?」

「人語を話す妖獣でな。邪気や悪病を払う瑞獣《ずいじゅう》だ。ちょと、待っておれ」

色めき立った久兵衛は、書斎から「今昔 百鬼拾遺《こんじやくひやつきしゆうい》」を持って来た。十一年前に刊行されたこの画本には、鳥山石燕《とりやませきえん》の手で古今東西の妖怪が描かれている。

「ほれ。白澤は顔に三つ、腹に三つ——否、左右で六つ——の目を持ち、額と背中には角が生えていて、このように炎をまとっておるのだ。提灯が燃えたのも、白澤の炎が燃え移ったのだろう」

久兵衛が指し示した白澤は、男の証言通り、額に一つ、腹に三つ、余分な目があった。

だが、真一郎が見た白い塊には炎など見えず、提灯が燃えたのは男が腰を抜かした際に落としたせいだと思われたが、目を輝かせている久兵衛に異を唱えるのははばかられた。

「白澤はその名にもあるように、沢に住んでいるそうだが、大川沿いにもおったとは……いや、その昔、黄帝《こうてい》のもとへ現れたことから、白澤は世のため人のためとなる人徳者のもとへ姿を現すともいわれておるでな。もしや誰か、そういった者がこの辺りに越して来たのやもしれん」

「そうですな」と、真一郎はもっともらしく頷いた。

「白澤を見た者は、子々孫々栄えるとも聞いたことがある。そうでなくとも、儂も是非一目見てみたい。昨日の今日なら、まだこの辺りにいるやもしれん。真一郎、探して来い」

「はい」

「瑞獣ゆえ、捕らえよとは言わん。見つけたら、丁重にお願いして儂を引き合わせてくれ」

「合点です」と、これまた真一郎は素直に頷いた。

どうせそうなるだろう――と、踏んでいたからである。

「ふふ、いい暇潰しになりそうだね。見つけたら、私にも会わせておくれ」

にやにやする多香と長屋へ戻ると、真一郎は大介に声をかけた。

「白澤か……うん、白澤探しなら手伝ってもいいぜ」

亡き師匠の音正が怪談好きだったため、大介も狐狸妖怪のことをよく知っている。

「そりゃ助かる」

「姿は不気味だが、神獣だもんな。それに、どうせ暇だからよ」

「暇なのか？」

「今はちと、上野にも神田にも行きづらくてな」

「そうなのか？」

「ああ。上野の女は、他の男に妻問いされたばかりなのさ。神田の女はもう江戸に――俺にも――見切りをつけて、郷里に帰るかどうか迷ってら。どっちも俺が口出しすることじゃねぇから、二人が心を決めるまで、しばらく会わねぇ方がいいだろう」

真一郎が六軒長屋の店子になって、一年と十箇月が過ぎた。だが真一郎は、いまだこの二人の女の名を知らない。女たちの本意は判らぬが、大介は初めから色だけの遊びだと割り切っていて、どちらとも一緒になる気がないという。

大介と長屋を出ると、今戸橋までは表通りを、浅草今戸町からは大川沿いを北へ歩いた。

今戸町を抜ける前に、やはり昨晩、白澤――というよりも、白い獣――が走って行くのを見た者が二人いた。二人とも大川端の店の店者で、「二尺半ほど」という大きさは揃っていたものの、どちらも見かけたのは一瞬で、顔や腹の三つ目には気付かなかったという。

白澤が今戸町の南から橋場町《はしばちょう》の北へと走って行ったことは判ったが、獣なれば、その気になれば一晩で五十里はゆけるに違いない。

「どこまで探しに行くんだい？」

大介は早くも飽きてきたようである。

「そうさなぁ……」

つぶやきで応えた矢先、おいて屋の前に岡っ引きの又平《またへい》がいるのが見えた。

「又平さん！」

小走りにおいて屋に行くと、なんと又平も化け物――白澤――を探していた。昨晩、腰を抜かした男が帰りしなに番屋に寄って、番人から又平へと話が伝わったそうである。

「まずは庄三から、話を聞いてみようと思ってよ。庄三が、おめぇやお多香さんも見たようだってんで、次はおめぇんとこに行くつもりだった」

「さようで」

「……真一郎、おめぇ、相変わらずお多香さんとよろしくやってるみてぇだな？」

「はあ、まあ」

「まったく、お多香さんはどうしておめぇなんぞを……こん畜生め」

「で、ですが又平さんには、お菊《きく》さんていう立派なおかみさんがいるじゃねぇですか」

岡っ引きのみで暮らしを立てている者は、極稀《ごくまれ》だ。又平もご多分に漏れず、三晃堂《さんこうどう》という仏具屋を営んでいるのだが、日がな一日出歩いている又平の代わりに、妻の菊が店を切り盛りしている。

「それとこれとは話が別だ。何も俺がどうこうってんじゃねぇ。お多香さんなら何もおめぇでなくとも、よりどりみどりだろうによ。なぁ、大介？」

「まあな。けど、真さんはなんだかんだ頼りになるからなぁ。又平さんだって、どうせ此度《こたび》も真さんをあてにして、助っ人《すけと》を頼もうって腹づもりだろう？」

「む……だが、おめぇらも化け物探しをしているたぁ、ちょうどいい。おめぇらも奥山《おくやま》へ一緒について来い」

「奥山へ？」

「相手は三つ目——いや、六つ目の化け物なんだろう？　そんなら、見世物が逃げ出したんじゃねぇかと思ってよ」

「なるほど」

真一郎が頷く傍ら、大介が不満げに言い返した。

「相手は化け物じゃねぇ。白澤って神獣さ」

「神獣？」

「瑞獣とも、霊獣ともいわれているけどな。異形《いぎょう》だが、魔除《まよ》けや厄除《やくよ》けになるありがたい獣なんだぜ。化け物なんて言っちゃあ、罰があたらぁ」

「ほう、そうか。神獣とはな……」

何やら安堵した様子の又平にも、神妙に頷く大介にも、思わず噴き出しそうになる。

又平もまた、狐狸妖怪の類を苦手としていることを、真一郎は菊から聞いている。真っ先に奥山へ赴かなかったのは、万が一にも「本物」だった時に備えて、おいて屋か長屋で己を捕まえ、助っ人を頼むつもりだったに違いない。

又平と三人で連れ立って南へ戻り、長屋を通り過ぎると西へ折れて、浅草寺の北側から奥山へ向かった。

奥山は浅草寺の北西にある盛り場で、屋台や見世物小屋が立ち並んでいる。屋台はともかく、見世物は各所の広小路で見かける他愛ないものに比べて猥雑《わいざつ》なものがやや多い。

奥山に着いてまもなく、真一郎たちは白澤の飼い主を見つけた。

白澤は山王座《さんのうざ》という旅の一座の見世物で、その正体はずばり、白澤を模した犬だった。額と腹の毛の一部を剃《そ》って、墨で目を描いてあるという。額や背中の角は、見世物に出す前に紐でくくりつけるそうである。

「犬か……」

呆れ声でつぶやいた又平へ、四十路過ぎの座頭が腰を低くした。

「ええまあ。本物だったら、とても見世物にはできませんよ」

座頭の名は照山《しょうざん》といい、山王座は一昨日浅草に着いたばかりで、昨日から月末までの半月の間、奥山で興行するという。

「どうやら私は昨晩、檻《おり》の錠前を閉め忘れていたようです。それで朝方、見張りが空っぽの檻を見つけたんですよ。白澤は芸は何もしませんがね。縁起物ですから、うちじゃまあまあ人気なんです。いやはや、どうしたものか。せっかく江戸に来たというのに……」

「そんなら、こいつらに頼んじゃどうだ？　こいつらはなんでも屋だからよ。もとより白澤探しを頼まれて、ここまでついて来たんだからな」

「なんでも屋ですって？」

真一郎がかいつまんで成りゆきを話すと、照山は微苦笑を浮かべつつ頭を下げた。

「それなら、今日はこのまま白澤を探してもらえませんか？　もちろん、手間賃はお支払いいたします。やつが見つかった暁には、いくらでもそちらの雇い主にお見せいたしますよ。ああでも、やつの正体はなるたけ秘密にしてくださいね。うちも商売ですから」

白澤の正体が判った今、久兵衛からの手間賃はそう望めまい。退屈しのぎと小遣い稼ぎを兼ねて、真一郎は照山の頼みを引き受けることにした。

「では、お願いいたします。――静《しず》！　白澤の笛を持っておいで」

照山に呼ばれて、笛を携えた白拍子が舞台裏へやって来た。

「心吾《しんご》と申します」

「うん？　あんた男か？」

「はい。静は白拍子の役の名でして……」

女形《おやま》ほど厚化粧をしておらぬのに、顔と身体つきだけならまだ十代の女に見える。低い声は男のものだが、喉元をうまく布で隠しているため、話さなければいくらでも誤魔化しが利きそうだ。ただ、袖から覗いているやや骨ばった両手には、男らしさが窺えた。

「このお二人はなんでも屋でな。白澤を探しに行ってくれるそうだ。白澤は、この笛が気に入っておりましてね。ただ鳴らすだけでも、探索に役立つのではないかと」

照山は心吾の手から笛を取り上げて、真一郎に差し出した。

「神楽笛《かぐらぶえ》か」

横から、真一郎より先に笛を手にして、大介がつぶやいた。

主な横笛の龍笛《りゅうてき》よりも、神楽笛の方がやや太く、長い。

「神楽で『神と語らう』笛だからな。神獣白澤にぴったりだ。――ただ鳴らすだけじゃ芸がねぇ。白澤には、何かお気に入りの曲があるかい？」

「私は越殿楽《えてんらく》しか吹けませんが、亡き妻は海青楽《かいせいらく》、仙遊霞《せんゆうか》なども聞かせておりました」

「越殿楽に海青楽、仙遊霞だな」

「妻は白澤を可愛がっておりました。その笛は妻の形見でもありますゆえ、どうか必ずお返しくださいますよう」

「もちろんだ。なんでも屋は真さんで、俺の本業は笛師だ。笛の扱い方は心得てるし、なんなら手入れもしてやるさ」

大介は二十三歳だが、いまだ十六、七歳にしか見えぬ。えらそうな物言いに心吾は束の間戸惑い顔になったが、笛師であることは信じたようだ。

「お頼み申します」

頭を下げた心吾と照山に暇を告げて、真一郎たちは山王座を後にした。

「じゃ、あとはおめぇらがうまくやんな。ほら、こいつをやるからよ」

御役御免とばかりに、又平は持って来た縄を押し付けた。早足で去って行く又平を見送ってから、真一郎たちは再び大川の方へ足を向けた。


「よっ！　牛若丸《うしわかまる》！」

「あはは、ほんとだ。牛若だ！」

「そんなら、真さんは弁慶《べんけい》か？」

笛を吹きながら野次馬を睨みつける大介をなだめつつ、真一郎は町の者に会釈する。

「ちと変わった犬を探してやしてね。額に一つ、左右の腹に三つずつ、目が描かれた白い犬でさ。もしも見かけたら、六軒長屋か又平さんに知らせてくだせぇ」

なるたけ秘密にして欲しいという照山の意を汲《く》んで、白澤という名は出さずに言った。

「腹に三つ目の犬たぁ、新手の妖怪か？」

「牛若といやぁ、鞍馬《くらま》だろ？　天狗《てんぐ》だろ？　探してんのは天狗じゃねぇのか？」

からかい交じりだが、町の者は真一郎が時に久兵衛に「難題」を吹っかけられていることを知っている。

「まあ、見かけたら知らせるぜ」

「又平さんのとこでもいいんだな？」

「恩に着やす」

大介と大川沿いを北へ流しながら、真一郎は辺りを見回して白澤の姿を探した。

越殿楽は真一郎にも馴染みのある音曲だ。あとの二つはその名も知らなかったが、大介曰く、海青楽は篳篥師《ひちりきし》と篳篥師が作ったもの、仙遊霞は隋《ずい》の煬帝《ようだい》が作らせたもので、大介はこういった音曲は皆、音正から学んだという。

「音正さんも笛が上手だったのか」

「ああ。昔の女の一人が楽師で、笛と笙《しょう》が得意だったらしい」

「なるほどな」

「能楽師の内儀だったと、行平さんは言ってたけどな」

「つまり、不義密通の……」

「俺を引き取ってからは控えるようになったってんだが、師匠はもてたからな。ちっとも控えているようには見えなかった」

渡し場でも船頭の龍之介《りゅうのすけ》に「牛若と弁慶」だと笑われてから、真一郎たちは更に北へ進み、真崎稲荷《まつさきいなり》を横目に田畑へ続く道をたどる。

田畑を抜けて小塚原町《こづかはらちよう》まで出ると、一休みを兼ねて昼餉を食した。

昼餉ののちは千住宿《せんじゆしゆく》まで足を延ばして訊き込むも、白澤を見かけた者はいなかった。

「帰りは縄手《なわて》を流して、孫福和尚のところでおやつを食おうぜ」

小塚原縄手は、小塚原町と山谷浅草町を結ぶ通りで、間の小塚原刑場の他は左右に田畑が広がっている。

鈴が手込めにされたのもこの通りで、小塚原町でのお座敷からの帰りだった。

千住宿へ続く道とあって、人通りはそこそこあるが、鈴が襲われたのは七ツ過ぎと日暮れに近い。また、周りは畑よりも田んぼが多いため、見通しは悪くないものの、ところどころ隠《かく》れ蓑《みの》になりそうな木々や草むらが生い茂っている。鈴がどの辺りで襲われたかは定かではないが、今も尚苦しんでいることを思うと、真一郎は下手人に憤りを覚えずにいられない。

大介も同様らしく、小塚原町と中村町《なかむらちよう》を抜けると、真一郎たちはどちらからともなく無言になった。木枯らしに背中を丸め、うつむき加減に笛を吹く大介とは裏腹に、真一郎は背筋を伸ばし、六尺近い長身を活《い》かして辺りを見回しながら歩く。

と、小塚原刑場を通り過ぎてすぐ、三町ほど東の田んぼの合間に白い塊が目に留まる。

目を凝らすとそれは獣で、こちらを窺いながら、真一郎たちの足に合わせてゆっくりと南へ動いて行く。

「見つけたぞ。笛は止めるな。吹き続けろ」

　頷いた大介と共に、真一郎はやや足を速めて、田畑の中の細道を東へ折れた。

　白澤が近付いては逃げ、逃げては近付くうちに、真一郎たちはやがて真崎稲荷まで来た。

「よしよし。俺は真一郎、笛を吹いてんのは大介だ。一緒に山王座へ――照山さんや心吾さんのところへ帰ろうや」

　本物の白澤のように人語を話すことはできぬが、こちらの白澤も人に慣れていて大人しく、言葉を解しているように見えなくもない。

　又平からもらった縄は肩にかけたまま、真一郎は腰を落とした。身振り手振りを交えて穏やかに話しかけると、白澤は真一郎の前までやって来た。

「よしよし」

　手を伸ばして首や背中を撫でてやると、白澤は嬉しげに両目を細めた。

　額の閉じぬ目を指でこすって、真一郎は気付いた。

　白澤に描かれた目は、墨は墨でも刺青《いれずみ》だった。

「ひでぇことをしやがる」と、大介も笛を止めて眉をひそめる。

　真一郎に刺青はないが、刺青を入れる痛みは時に大の男が気を失うほどと聞いている。額に一つ、腹に三つずつ刺青を施す間、白澤は縛りつけられていたか、押さえつけられていたかに違いない。

白澤を追ううちに七ツはとうに過ぎていて、六ツまでそう長くないと思われた。

「白澤、腹は減ってねぇか？」

己の空腹へ手をやって問うと、白澤は嬉しげに小さく「ウォッ」と鳴いて尻尾を振った。

「賢いなぁ」

感心する大介にすり寄ると、笛と大介を交互に見やる。

「飯を食ったら、また何か聞かせてやるよ」

「クーン」

逃げ出す様子がないことから、縄は使わずに白澤を促して、真一郎たちはまずは道中の別宅に寄った。

「なんと……」

白澤の正体とその姿を見て、久兵衛は驚きと憤りを交えた声を上げた。

三毛猫の桃は「シャーッ」と毛を逆立てて尻尾を膨らませたが、ほんのしばしのことだった。白澤がじっと見つめると、桃は尻尾を下ろして、おずおずと白澤に近付いた。

「こりゃ驚いた。お桃の犬嫌いは筋金入りだというのに」

「そうなんで？」

「うむ。お桃が重太郎を蛇蝎《だかつ》のごとく嫌っておるのは、やつから犬の匂いがするからだ」

両備屋にあまり出入りすることがない真一郎は知らなかったが、重太郎は店の奥にある家屋の庭で、その名も茶々丸《ちゃちゃまる》という茶色い犬を飼っているという。

「本物でなかったことは残念だが、これほど賢《さか》しげな犬はそうおるまい。それに比べて、山王座といったか？　客寄せのためとはいえ、むごいことをする。真一郎、白澤を一座に帰す前に、何か旨いものを食わせてやってくれ」

そう言って、久兵衛は手間賃を弾んでくれた。

梅から豆の煮物をもらい、長屋への帰り道で竹輪と焼き魚を買った。自分たちの米を炊く間に、残っていた冷や飯に煮豆を混ぜ、竹輪と焼き魚を載せて白澤に出す。

「随分、大人しいんですね」

鈴は盲目だが闇しか見えぬということはなく、うっすらとだが色や形を見分けることができる。犬には触れたことがないそうで、白い大きな塊に慄《おのの》いたのも束の間、興味津々に近付いて来て、白澤が餌を食べるところをしゃがみ込んで見守った。

「そうだ。お鈴も何か弾いてやってくれ。白澤。この人はお鈴といって、胡弓が滅法うまいんだ。きっとお前も気に入るぜ」

大介も己の笛に聴き入る白澤が気に入ったようで、上機嫌で話しかけた。

鈴が胡弓を弾き始めると、白澤は耳をそばだてて聴き入った。鈴が一曲終えるまでじっと見つめてほとんど動かず、鈴が胡弓を下ろすと再び餌を食べ始める。

「胡弓も好きなのね」

「お鈴が上手だからさ」

鈴と大介が微笑み合ったところへ、湯桶を持った多香と守蔵が帰って来た。

「おや、こりゃ珍客だね」

多香がにやりとした傍らで、白澤は多香に、守蔵は白澤にぎょっとした。

「なるほど、目玉は刺青か……」

しげしげと白澤を見やって言った多香へ、真一郎は成りゆきを話した。

「奥山に目を付けた又平さんもなかなかだけど、あんたたちもまた、よく探し出して来たもんだ」

「そうだろう」と、真一郎より先に大介が胸を張る。「まさかほんとに見つかるたぁ、俺も驚いた」

「お前の笛のおかげだ、牛若」

「誰が牛若だ。黙れ、弁慶」

白澤と共に、鈴の胡弓や大介の笛を聞きながら皆で夕餉を取った。

一刻ほどが過ぎ、じきに五ツが鳴ろうという時刻になって、真一郎は重い腰を上げた。

「この際、逃してやってもいいんだが……」

提灯の灯《あか》りのもと、真一郎は白澤に話しかける。

「そもそも、どうしてとっとと、もっと遠くまで逃げなかったんだ？　一晩ありゃあ、お前ならうんと遠くへ行けただろう？」

　腹が満たされた白澤は土間で丸くなってまどろんでいたが、真一郎の声で目を覚ますと、澄んだ瞳でこちらを見上げた。

「それとも、ちょいと散歩に出かけただけだったのか？　こんな仕打ちをされて尚、お前は一座に戻りてぇのか……？」

　鳴きもせず、白澤はただ真一郎を見つめている。その瞳に逃げようという意思は見られぬように思えたが、腰を上げようとはしなかった。

　白澤を一撫でして、真一郎は提灯を片手に山王座に向かった。

　奥山の山王座の天幕には、見張りとして籠くぐりの富男《とみお》という男がいるのみで、一座の他の者たちは田原町《たわらまち》の安宿に泊まっているという。

「なんで一緒に連れて来なかった？」

「疲れているのか眠っちまいやして、うんともすんとも動かねぇんで」

「ちっ。この時刻に大八車で行ったり来たりは、億劫だ。白澤は明日の朝、誰かと一緒に取りに行くから、そっちで一晩預かってくれ」

「判りやした」

　長屋へ引き返すと、まだ起きていた大介も一晩の猶予を喜んだ。

「明日の朝も、何か旨いもんを食わせてやるからな」

「ウォッ」

「笛もまた聞かせてやるぜ」

「ウォッ」

有明行灯《ありあけあんどん》を灯《とも》し、提灯を消そうとして真一郎は、今更ながら、上がりかまちの隅に置いていた言伝帳に新しい書き込みがあることに気付いた。

〈だいすけ　はなしがある　きょうじ〉


翌朝、富男が大八車に檻を載せてやって来た。

一緒について来たのは心吾で、二人とも白澤がつながれていないことに驚いた。

白澤は富男にはまるでつれないが、座頭の息子だからか、はたまた亡き笛の奏者の夫だからか、心吾には尻尾を振りながら寄って行く。

「逃げずに戻って来るとは……」

「ただ逃げたってどうしようもねぇ」と、富男。「こいつは賢いから、一人――いや、一匹で食ってくことの厳しさを知ってんだろうさ。こんななりだぜ。下手したら、化け物として問答無用で殺されちまうかもしれねぇ。なんだかんだ、うちにいるのが一番なんだ」

もしや、心吾さんが白澤を逃したんじゃ……？

心吾と富男のやり取りから、真一郎はそう推察した。

「白澤、来い」

富男が呼ぶも、白澤は心吾の足下でじっとしている。

「檻に入れなくてもいいのでは？」と、真一郎は口を挟んだ。「ここへ連れて来るのだって、縄一本使わずに済みやした」

「また逃げられたら厄介だ。もう充分騒ぎになった。あんまり人目にさらすと商売にもかかわる。そうだろう、心吾？」

「白澤、おいで」

富男には応えずに心吾が呼ぶと、白澤は大人しく檻に入った。

錠前を閉めたのは富男だ。更に檻の上から、大きめの風呂敷《ふろしき》をかけて白澤を隠した。

守蔵は朝風呂で留守、多香は家にこもったままだが、大介と鈴は表へ出て来て、白澤へ同情の眼差《まなざ》しを向けた。

大介が笛を返し、真一郎は心吾から手間賃を受け取った。

木戸まで見送りに出ると、心吾は囁き声で問うた。

「先ほどの娘さんは、もしや目がよくないのでは……？」

「よくお判りで」

外傷はないため、一見では――殊に慣れた長屋では――鈴が盲目とは判りにくい。

「亡き妻も、生まれつき目が悪かったのです。亡くなる前の一年ほどは、もうほとんど見えていなかったかと。あの娘さんは、どうやって身を立てているのですか？」

「お鈴は胡弓弾きなんでさ。お座敷に呼ばれたり、出稽古をつけたり、茶屋で弾いたりしておりまして、俺よりちゃんと稼いでいまさ」

「胡弓弾きとは珍しいですね。一度じっくり聞いてみたいものです」

「心吾さんは商売があるから難しいでしょうが、御蔵《おくら》の手前の、八幡宮前にある枡乃屋って茶屋でよく弾いてやす。ついでの折があれば覗いてみてくだせぇ」

心吾たちを――というより、白澤を見送ったのち、真一郎は寝間着から袷に着替えた。

杏次を訪ねるためである。

杏次も大介の亡き師・音正の友人で、音正の存命中は行平を交えた三人で集うことがままあったという。昨晩、杏次の言伝を見た大介は、その場で真一郎に同行を頼んだ。

――あの人の「話がある」ってのは、いつも悪い知らせなんだよなぁ。此度もなんだか胸騒ぎがする……――

それならすぐにでも駆けつけてはどうかと真一郎は勧めてみたが、大介は首を振った。

――こんな時分に、わざわざ出かけるのはごめんだぜ。杏次さんだって、家にいるたぁ限らねぇ――

どうやら杏次も、音正や行平に負けず劣らずもてるらしい。

大介と連れ立って木戸へ向かうと、ちょうどやって来た又平と鉢合わせた。

「おう、おめぇら、今日も白澤探しか？」

「白澤なら、もう捕まえやした」

「へ？　へぇ、そりゃてぇしたもんだ」

嫌みではなく、心から感心したようだ。

「けどまあ、出かける前でよかったぜ。大介、おめぇには知らせておこうと思ってよ」

「な、何を？」

「昨日、お雪《ゆき》を見たって者がいてよ」

「えっ？」

「お雪だよ。おめぇの師匠を殺した女だ」

「そ、そんな莫迦な。だってあの女は——」

「ああ、あの女はとうに死んでいる。俺も亡骸《なきがら》を確かめた」

雪は五年前の師走に音正を刺し殺し、その足で大川に身を投げたそうである。

此度雪を見かけたのは、田町の店者だった。雪は御高祖《おこそ》頭巾を被っていたが、それを含めて生前の雪にそっくりだったという。

「田町……」と、大介は呆然としている。

田町には音正と大介がかつて住んでいた長屋があり、これから向かう杏次もまた田町に住んでいる。

「御高祖頭巾を被ってちゃ、判らねぇでしょう」と、真一郎は口を挟んだ。

御高祖頭巾は目を残して顔と頭を覆う頭巾で、女が寒さしのぎや顔隠しによく使う。傍からは目しか見えぬゆえ、通りすがりに人を判じるのは難しい。

「そいつはな、音正んとこに通うお雪を何度も見たことがあったそうだ。おそらく、お雪に岡惚れしてたんだろう。目もそうだが、背丈や身体つき、歩き方までお雪そのものだったってんだ」

「さようで」

「七回忌にゃ一年早ぇが、もうじき音正とお雪の祥月命日《しょうつきめいにち》だ。お雪が出たのは、まだ陽《ひ》があるうちなんだが、他人の空似か、はたまた『本物』か……」

ぶるりと身を震わせた又平もまた、狐狸妖怪のみならず、幽霊も苦手としているらしい。

木戸の前で又平と別れると、真一郎は青ざめた大介を田町の方へ促した。

はたして、杏次の話も雪のことであった。

「他人の空似じゃねぇぜ。雪だとはっきり名乗ったし、あれほどの傾城《けいせい》はそういやしねぇ」

雪は昨日、七ツ過ぎに杏次の住む長屋を訪ねて来たという。

「驚いたぜ。お雪のやつ、頭巾を取っても五年前からちっとも変わらねぇ面だった。俺んとこには音正を探しに来たってんだ」

「師匠を？　どどど、どういうことだ？」

「どういうことかと、俺も訊ねたさ。そしたら、どうやらあの女は記憶をなくしているようでよ。自分がどこから来たかは覚えてねぇが、音正に会いに浅草へ来て、やつが住んでた長屋を訪ねてみたら、音正はとうに死んでいると言われたそうだ。本当かどうか、長屋の者を問い詰めたところ、だったら親友に訊いてみろと、俺の名と家を教えられたんだとよ」

杏次は音正や行平より一つ年下の四十二歳。どちらかというと強面《こわもて》で、美男とは言い難いのだが、苦み走った男振りに、ふてぶてしい眼差し、煙草《たばこ》を呑《の》むちょっとした仕草などに色気がある。

「そ、それで？」

「音正は死んだ、お前が殺したんだと教えたら、目を丸くしてよ。あれが芝居なら、てぇしたもんだ。どうして殺したのかと訊かれたからよ、何やら恨んでいたみてぇだと応えたさ」

――つまらん恨みを買ってしまった。女を見る目はあると思っていたが、あの女……あれこそまさしく傾城だ――

刺されたのちも音正はしばし生きていて、駆けつけた者たちにそう言ったという。

「何をそう恨んでいたのかとも訊かれたが、俺の知ったことじゃねぇ。そしたら、音正の子はどうしたのかと――つまり、お前の居所を問うてきた。音正を殺したことは忘れていても、お前のことは覚えているらしい。だが、心構えがなきゃ、お前はちびっちまうだろう？　それじゃあ気の毒だから、お前に知らせる時と、あの女が本物かどうか見定める時を稼ぐため、ついでにこんな面白い話を独り占めすんのはなんだから、お前の居所は行平が知っていると教えて、王子《おうじ》に行くよう勧めておいた」

愉しげににやりとした杏次とは裏腹に、大介の顔は真っ青だ。

「行平さんとこに……」

「そうだ。本当に王子まで行ったか、昨日のうちに発《た》ったかはしらねぇがな。早けりゃ、今日のうちにも、お前にたどり着くやもな。何か判ったら、後で俺にも知らせてくんな」

杏次の家を後にすると、真一郎たちは一町余り離れた音正と大介のかつての長屋へ――音正が殺されたところへ――向かった。

「なんなら、そこらで待っててもいいぞ？」

足取りの重い大介へ声をかけるも、大介は黙って首を振った。

五年のうちに長屋の大家は代替わりしていた。店子も三割ほどが入れ替わっていて、雪と話したのは音正も雪も直《じか》には知らぬおかみだった。

「いまだ時折、音正さんの笛を求めて長屋へ来るお人がいるんで、初めはそういう方かと思ったんですよ。『殺された』なんて、よその人に言わなくたっていいでしょう。だから、とうに亡くなったと教えたら、驚いてあれこれ訊いてくるもんだから、もしかしたら昔の女かもしれないと思い直して、かねてから大家さんに教えられていた通り、杏次さんの居所をお伝えしたんです」

　音正が殺された時、大介は十八歳だった。既に大人で、笛師としても一人前であったが、親代わりの音正を亡くした大介の心情を慮って、杏次と行平が長屋を片付け、大介が無用とした荷物を引き取った。また、何かの折には大介ではなく、近所の杏次に知らせるよう大家に頼んでいたようだ。

「音正さんは、随分もてたんですってね」

「そうなんでさ」

　真一郎は愛想笑いを返して、黙りこくっている大介をじろじろ見やるおかみに、早々に暇を告げた。

　長屋へ戻る前に少し早い昼餉に誘ってみたが、大介は食欲がないようだ。

　ともするとくずおれそうな大介を案じて、一旦長屋へ帰ったものの、町の者に頼まれた雑用のため、真一郎は一人で再び外へ出た。

　雑用の合間に別宅に赴くも、久兵衛は留守だった。

　梅に言伝を残して、夕刻長屋に戻ってみると、大介の家はひっそりしている。

　早々に眠りについたのかと思いきや、守蔵曰く、ふらりと出かけて行ったという。

「ど、どこに？」

「上野か神田か、どっちに行くかはまだ決めてねぇと言ってたぜ」

「なんだ。結句、女のとこに逃げたのか」

くすりとして真一郎は、訝しげな顔の守蔵を湯屋へ誘った。


一夜明けて――

真一郎を始め、守蔵も多香も鈴も「雪」の正体に関心があったものの、三人にはいつもの、真一郎にも新たに請け負った仕事があった。

朝から日本橋へ届け物に、上野へ買い物にと出かけた真一郎は、田原町へ買った物を届けたのち、奥山を回って帰ることにした。

山王座の即席の舞台では、照山が講談を披露していた。

白澤は舞台のすぐ近くの天幕で見世物になっていて、行列とはいえぬが、二、三、待っている客がいる。白澤の見世物を仕切っているのは富男で、見物料を払った客に、白澤の絵が描かれた御札《おふだ》のごとき紙を渡していた。

「縁起物だってんで、そこそこ人気みてぇだぜ」

藪《やぶ》から棒に声をかけてきたのは、やくざ者の悌二郎《ていじろう》だった。

「お久しぶりです」

長月に、長屋の裏の旅籠・鶴田屋《つるたや》で会ったきりである。

「俺ぁ、おとといも見たけどな」

一昨日も悌二郎は奥山にいて、真一郎たちが山王座を訪ねるところを見ていたという。

「そんなら、一声かけてくれりゃあよかったのに」

「そうしようかと思ったんだが、又平の旦那が一緒だったから、つい避けちまった」

苦笑を浮かべた悌二郎へ、真一郎も苦笑で応える。

悌二郎の親分は大嶽虎五郎《おおたけとらごろう》という男で、香具師《やし》や賭場の元締めとして浅草や千住宿で幅を利かせている。長月に六軒長屋の皆で浅草から上方へ逃した勝吉《しょうきち》は、大嶽が仕切っている賭場から十両盗んだ。勝吉を乗せた樽廻船《たるかいせん》は無事に大坂へ着いたと聞いたが、勝吉のその後の行方は判らぬままだ。だが、たとえ知っていたとしても、このような人が行き交うところでは明かせない。

「おめぇは、此度は白澤探しに駆り出されたんだってな」

「ご存じでしたか」

「まあな」

白澤の一件は山王座に口止めされているが、香具師の出入りが多い奥山での出来事なれば、悌二郎も耳にしていたようだ。白澤探しを含めて世間話をしていると、舞台の裏から心吾の顔が覗いて、真一郎たちに目を留めた。

「真一郎さん――あっ、悌二郎さんもいらしてたんですね。ご苦労さまです」

駆け寄って来た心吾が慌てて頭を下げたところへ、見覚えのある男が一人やって来た。悌二郎と共に、鶴田屋へ勝吉を探しに来た男である。

「両備屋の隠居の用心棒か。悌二郎さんになんの用だ？」

「ただの世間話だ。ほっとけ、克次《かつじ》」

二人とも五尺六、七寸といった背丈で、隆とした身体つきや年の頃も変わらぬようだが、悌二郎の方が克次よりも立場は上らしい。

肩をすくめた克次は心吾に向き直り、下卑た笑いを浮かべて言った。

「此度は白子がいねぇから、親分ががっかりしていたぜ」

「あの女は、年始めに亡くなりました」

「産後の肥立ちが悪かったそうだな」

「ええ……そうでなくとも、白子は総じて短命ですから」

「そうか、残念だったな。『天女』がいねぇと、神獣もそれらしく見えねぇや」

察するに、山王座の浅草での興行はこれが初めてではなく、以前は白子の女が「天女」として白澤と一緒に見世物になっていたらしい。

そしておそらく、その「天女」が、心吾さんのおかみさん――

刹那、同情の色を目に浮かべた悌二郎が、克次を促した。

「行こう。じきに七ツだ」

二人の後ろ姿を心吾と見送ると、真一郎は声をひそめた。

「……さっきの天女ってのは、もしや、心吾さんのおかみさんでは？」

「ええ」と、心吾も囁き声で短く応える。

「産後の肥立ちが悪かったそうですが、お子さんは……？」

「死産でした。血が止まらずに、おりく――妻は子供の後を追うように亡くなりました。白子は身体が弱く、陽にあたっているだけで火傷《やけど》をすることもあります。ゆえに、もとより長くは生きられないと互いに覚悟はしていましたが、それにしたって早過ぎた……」

心吾は大介と同じく今年二十三歳で、りくは二つ年下だったという。

白子には盲目も多いと聞く。りくが笛を慰めとしたのも、生まれつき目が悪く、少しずつ失われていく光を惜しんでのことだったのだろう。

「お悔やみ申し上げます」

小さく頭を下げてから、真一郎は更に問うた。

「白澤は逃げたんじゃなくて、心吾さんが逃したんじゃゃねぇですか？」

講談中の照山と見世物の傍の富男は、商売に夢中で真一郎たちなど眼中にない。

心吾がはっとしたのへ、真一郎は再び小さく頭を下げた。

「すいやせん。そうと知っていれば、他にやりようがあったんですが……」

「いいんです。私が浅はかだったんです。白澤は賢いやつですから、富男が言ったように、ただ逃げても仕方がないと……下手をすれば殺されると判っていたんでしょう。だから戻って来たんですよ、きっと」

真一郎が応える前に、照山の講談が終わりを告げた。

心吾は慌ただしく暇を告げて舞台へ向かい、真一郎は山王座を後にした。

七ツの鐘を聞きながら帰った長屋は空っぽだった。

「大介とお多香はともかく、守蔵さんとお鈴は湯屋か？」

つぶやきつつ引き戸を開くと、言伝帳に行平からの言伝があった。

〈鶴田屋にて待つ　行平〉


六軒しかないゆえに、長屋には木戸が一つしかない。長屋の反対側は鶴田屋で、奥の板塀にはもしもの折のために戸口が設けられているものの、鶴田屋側に閂《かんぬき》があり、長屋からは勝手に行き来できぬようになっている。

木戸を出て、ぐるりと町を回って、真一郎は大川沿いの鶴田屋を訪ねた。

玄関先で待たされることしばし、戻って来た番頭が告げた。

「行平さんは田町にお出かけなのですが、お連れさまが真一郎さんに是非お目にかかりたいと仰ってます」

「お連れさんというと……」

嫌な予感に口ごもると、番頭もやや困った顔で応えた。

「お雪さんという女の方です」

こんなにも早く、さしで相対することになるとは思わなかった。

幽霊や物《もの》の怪《け》という見込みも捨て切れず、恐れがなくもないものの、真一郎も久兵衛に負けず劣らず狐狸妖怪、幽霊の類に興味がある。

話が早ぇや——と覚悟を決めて、真一郎は草履《ぞうり》を脱いだ。

部屋に案内され、雪の顔を見た途端、ぞくりと悪寒が背筋に走った。

——あれほどの傾城はそういやしねぇ——

そう杏次が言った通り、「傾城」の名にふさわしい美女である。

背丈は五尺三寸ほどで多香と変わらぬが、女にしては高い方だ。年の頃は二十二、三、せいぜい二十五歳だと踏んだ。漆黒の髪に白い肌、赤みを帯びた唇も多香と似ているが、目と唇がやや丸く大きいため、顔つきは多香よりあどけない。身体つきも多香ほど胸や腰に丸みがないにもかかわらず、なんともいえぬ色気があった。

「真一郎といいやす」

「雪と申します。——大介さんのご友人だそうですね。行平さんから聞きました」

「ええ」

「大介さんの居所を教えてもらえませんか？」

「大介は、昨晩から出かけておりやす。戻ったら知らせますよ」

はっきりとした姿と声から、とても幽霊とは思えぬが、眼差しや仕草からそこはかとない危うさを嗅ぎ取って、真一郎は用心した。

「……お雪さんは、音正さんを殺したのちに、自害したんじゃねぇんですか？」

ずばり問うてみるも、雪は躊躇《ためら》うことなくにっこりとした。

「そのようです。音正さんの友人の、杏次さんと行平さんからもそう言われました」

「覚えてねぇんですか？」

「ええ、まったく」

「それなのに、大介のことは覚えていたんで？」

「音正さんの長屋も覚えていましたよ」

「どうして、大介を探してんですか？」

「大介さんは、音正さんの大事な息子さんですもの。きっと全てをご存じでしょう」

「全て、というと？」

「私は音正さんを恨んで、出刃で刺して、そのまま大川に身を投げて死んだそうです」

「俺もそう聞いていやす」

「ですが、お二人とも、私がどうして恨んでいたかはご存じではありませんでした。大介さんなら、おそらく事情をご存じでしょう。私が自害したのはおそらく、最愛の人を——この世でただ一人のかけがえのない人を——亡くしてしまったからでしょう。けれども、私は何ゆえ音正さんを殺さなければならなかったのでしょう……？」

　眉をひそめつつも、雪はどこか挑むように真一郎を見つめた。

「可愛さ余って憎さ百倍、といいやすが」

「そうですね。私はもしかして、振られたんでしょうか？」

　これだけの美貌なら、振ったことはあっても、振られたことはなさそうだ。

「信じ難いお話ですけれど、それで音正さんを殺して、自分も死のうとしたのかしら……ああ、死のうとしたんじゃなくて、もうとうに死んでいるんでしたっけ」

　くすりとして、雪は付け足した。

「先日はそうと知らずに町をうろついてしまいましたが、お上には知らせないでもらえますか？　大ごとにはしたくないんです。もしもお上に捕まって、音正さん殺しで死罪になったら、きっとまた化けて出てくることでしょう。いつまでも成仏できないんじゃ困ります」

「岡っ引きの旦那は、もう噂を耳にしていやしたよ。大介も……大介は、あなたとは顔を合わせたくねぇやもしれやせん。音正さんは、大介にとってもかけがえのねぇお人だったんですから」

「大介さんは、私を恨んでおりますか？」

――俺ぁ、師匠の一件以来、雪と名の付く女には近寄らねぇことに決めてんだ――

そう大介から聞いたことはあるものの、恨みつらみは感ぜられなかった。

「……判らねぇです」

怖がっているとは言えずに、真一郎が応えると、雪は面白そうに微笑んだ。

「そうですか。もしも大介さんが望むなら――殺したいほど、お恨みならば――私は殺されても構わないとお伝えください」

「大介は人殺しなんてしやせんぜ」

「何も、大介さんが手を下すことはありません。今ならそれこそ、私が大川に身を投げるだけで済みましょう」

「そんなうまいことを言って、大介も刺しちまおうって肚《はら》じゃねぇんですか？」

「大介さんを殺そうなんて、私は露ほども思っていませんよ」

「けどあなたは、音正を殺した訳もご存じねぇじゃねぇですか」

「そうですね。あなたがお疑いになるのも無理はありません。行平さんにも釘《くぎ》を刺されております。万が一にも、私が大介さんを手にかけるようなら容赦はしない、と。行平さんは刀匠にして剣術遣いだそうですね。大介さんとお話しする折には、行平さんにもご同席願いましょう。それなら、大介さんも安心でしょう？」

「……伝えときまさ」

雪の正体も本心も量りかねたまま、真一郎は暇を告げた。

真一郎が腰を上げると、雪もさっと立ち上がって、両手で真一郎の手を取った。

「どうかよしなに……」

想像していたような、雪女のごとき冷たい手とは裏腹に、雪の手はしっとりと温かかった。

だが、それゆえに――妖艶な上目遣いと相まって――真一郎は怖気《おじけ》づいた。

やんわりと、真一郎の方から手を放して部屋を出ると、殊更ゆっくり廊下をわたる。

番頭へ挨拶をして表へ出ると、真一郎は一転して、大川沿いを別宅へと駆けた。


「大介の女たちの居所を教えてくだせぇ」

久兵衛さんなら、神田の女も上野の女も知ってんだろう――

そう考えて、真一郎は別宅を訪れた。

「よほど急いでいるようだな。お雪が現れたか？」

「へぇ」

「なんと！　どこに出た？　長屋か？　儂が昼間行った時は誰もおらなんだが」

梅から言伝を聞いて、久兵衛は日中に長屋を訪ねたらしい。

「鶴田屋でさ」

「鶴田屋だと？」

「行平さんと一緒に来たそうで」

「して、お前と行平さんの見立てはどうだ？　やはり幽霊か？　それともよみがえりか？」

「行平さんは留守だったんですが、お雪には会いました。俺には幽霊たぁ思えやせん。けど、よみがえり……そうか、よみがえりってこともあんのか……？」

真一郎が小首をかしげたところへ、座敷へ続く襖戸《ふすまど》がそろりと開いて、ひょこっと大介の顔が覗いた。

「大介！」

「にゃー」と、先に応えたのは、大介の足下をすり抜けて来た桃だ。

桃を抱き上げげつつ草履を脱ぐと、真一郎は大介へ呆れて見せた。

「ここに隠れていやがったのか」

「……まあな。言ったろう？　今はどっちにも行きづれぇって」

「守蔵さんまで騙すとはな」

「騙しただなんて——相手は幽霊かよみがえりだぜ？　万が一にも、ここを知られちゃならねぇだろう」

「儂はいっそ、お雪が魔力だか神通力《じんずうりき》だかで、ここへたどり着かぬものかと願っておったのだが……」

無念そうに言う久兵衛の傍らで、大介が眉を八の字にした。

雪とのやり取りを伝えて、真一郎は付け足した。

「お雪と会う時は、お多香にも控えていてもらおう。行平さんにお多香がついてりゃ、なんも怖くはねぇだろう？」

「けど、相手は人じゃねぇんだぞ？　そ、それこそ魔力か神通力を使うかもしれねぇぞ？」

「お前なぁ」

再び呆れ顔を作ってから、真一郎は鼻で笑った。

「そんなら、好きにするんだな。だが、ずっと逃げ切れると思うなよ。あの様子だと、お雪はきっと諦めねぇ。ここでうやむやにしちまったら、お前は一生つきまとわれんぞ。なんせ、相手は人ならぬものだからな。行平さんもお多香も、この俺だって、いつまでもお前にかまけちゃいられねぇ。行平さんが市中にいるうちに、とっとと成仏してもらった方が、得策だと思わねぇか？」

「うう……」

「なんなら、孫福にも頼んでみるか？」と、久兵衛。「あいつとて僧侶の端くれだ。多少は仏のご加護があるやもしれんぞ？」

「うう……」

ようやく肚をくった大介を別宅に置いたまま、真一郎は田町の杏次の家に向かった。

「万が一にも、鶴田屋に迷惑はかけられやせんから、明日の日中——いや、朝のうちの四ツに、久兵衛さんの別宅に集うってのはどうでしょう？」

杏次と行平が頷くと、真一郎は今度は一路、山谷浅草町の孫福の家を訪ねたが、あいにく孫福は留守だった。

長屋へ帰ると、多香たち三人の他、久兵衛がしかめ面で待っていた。

真一郎が杏次と孫福の家に行く間、「明日まで待ちきれん。いつ消えていなくなるやもしれんでな」と、久兵衛が鶴田屋へ雪に知らせに行く手筈になっていたのだが——

「お雪は出かけたそうだ」

もしや、つけられていたのだろうかと、真一郎が案じたのも束の間だ。

「いや、お前が出て行って、四半刻ほども経ってから、気晴らしに浅草寺に行ったらしい」

「浅草寺、ですか？」

「うむ。久しぶりに広小路やら仲見世を覗いてみたい、とも言っていたとか」

「はあ」

「まるで、お上りさんみたいじゃないか」と、多香が笑う。「とても幽霊とは思えないね」

「なら、やっぱりよみがえり……」

「どうだろう？　反魂《はんごん》の話はたまに聞くけど、どれもこれも胡散臭《うさんくさ》い、嘘臭いものばかりだよ。お雪が本当によみがえりかどうか——ふふ、明日が楽しみだ」

多香が不敵な笑みを浮かべたところへ、木戸をくぐって心吾が姿を現した。

「こりゃ、心吾さん。どうしやした？」

「……白澤のことで、ご相談に参りました」

「もしや、また逃げ出したんですか？」

「いえ」

首を振って心吾は、真一郎を始め、皆をぐるりと見回した。


翌朝。

四ツの鐘が鳴り終わってまもなく、行平が杏次と雪を連れて別宅へやって来た。

梅は桃と隣りの茶室に控えることにして、多香が梅の代わりに茶汲みを請け負った。

座敷で、行平たちは雪を、真一郎たちは大介を間に挟んで向かい合うと、多香は手際よく皆に茶を配り、己はちゃっかり下座に座り込む。

「お久しぶりです。大介さん」

「う、うん……」

雪を目の当たりにして、大介は驚きを隠せず、血の気の引いた顔は真っ白だ。

これじゃあ、大介の方が幽霊みてぇだ……と、真一郎は内心つぶやいた。

「五年ぶりのようですね？」

「……ああ」

「お手間は取らせません。私は恨みつらみから音正さんを刺したそうですが、何ゆえ私は音正さんを恨むに至ったのでしょう？　それさえ判れば、私はすぐにでもあなたの前から姿を消します」

「あんた……ほんとに覚えてねぇのか……？」

「ええ」

雪が頷いた途端、呆然としていた大介の目に怒りが宿った。

絞り出すようにして、大介が言った。

「……つまらねぇことさ。師匠があんたを袖にした。ただ、それだけのことだ」

「音正さんが私を袖に？」

「そうだ。ありきたりのつまらねぇ事由だろう」

「本当に？」

「あんたがそう言ったんだぜ」

「私が？　音正さんは、どうして私を袖にしたんですか？　音正さんと私は、祝言の約束までしていたというのに」

「し、しらねぇよ。祝言の約束だってしちゃいねぇ」

「嘘をつかないで。本当のことを教えてください」

「嘘じゃねぇ……いや、嘘つきはあんたの方だ！」

雪を睨んで声を高くすると、大介は己の額の上を指さした。

「あの女は、鼻の左にはほくろがあったが、額にはなかった。あんたは鼻にほくろがねぇ」

生え際ゆえに目立たぬが、雪の額の上の真ん中にはほくろが一つある。

「そ、それは」

狼狽《ろうばい》した雪に、大介が畳みかける。

「あんたはお雪さんじゃねぇ。あんた、一体何者なんだ？」

「私は雪です」

「嘘をつくな！」

「嘘じゃありません。音正さんを殺したのは……私の姉です」

「姉？　お雪さんは天涯孤独だった筈だが――」

だが、二人が瓜二《うりふた》つなことは明らかだ。

「妹だったのか」と、行平。「実によく似ているが、もしや双子か？」

「いいえ。双子ではありません。三姉妹ですが、三つ子でもありません。すぐ上の姉とは五つ、一番上の姉とは七つ年が離れております」

「三姉妹……」と、真一郎が思わず漏らしたつぶやきが、杏次のそれと重なった。

雪が三人並んだところを思い浮かべるも、眼福というより、やはり何やらぞっとする。

雪が幽霊でもよみがえりでもないと判って、落胆の色を顔に露《あら》わにした久兵衛が問うた。

「それではお前さんは、姉を訪ねて来て、姉が人殺しだと知って、その真相を探るためにお雪の振りをしたのだな？」

「そのつもりはなかったのですが、杏次さんが私を姉とお間違えになったので、ついじろりと大介が睨むのへ、杏次は肩をすくめて言った。

「だって、こんなにそっくりで、しかも雪と名乗るもんだからよ」

「嘘はついておりません。私の名は雪と申します」

「そんなら、お雪の方が偽名だったのか？」

「いいえ。二人の姉の名も、なんなら母と祖母の名も雪でした」

「なんだと？」

「私の祖母は、母を己と同じく雪と名付けました。母も祖母の意向で、私たち姉妹を皆、雪と名付けたのです」

「そんな莫迦な」

「ええ。人様にはまったく莫迦げた、解し難いことでしょう」

口元に浮かんだ嘲笑は、杏次にではなく、祖母や母親に向けてのものらしい。

雪の祖母は加賀国《かがのくに》の出だったが、母親や雪たち三姉妹は飛驒国《ひだのくに》で生まれ育ったという。

「私が物心ついた時には、祖母は五十路《いそじ》に近い歳でしたが、白粉《おしろい》を塗った顔や立ち姿は三十路前の母と変わらぬほど若く見えました。祖母は若き頃から色好みで、自ら『八百比丘尼《やおびくに》』と称して男を取っ替え引っ替えしてきました。息子も産んだそうですが養子に出して、己に似た娘――私の母――だけを手元に残して、自分の分身のごとく育てたのです」

ゆえに母親もまた妖艶な、男の出入りが絶えぬ「八百比丘尼《しろびくに》」となった。

主だった言い伝えによると、八百比丘尼――またの名を白比丘尼《しろびくに》――は人魚の肉を食べて不老長寿となった女で、夫や知人と何度も死に別れたのちに、出家して比丘尼となった。見目姿は十七、八歳のまま、齢《よわい》八百まで国々を巡り、最後は若狭国《わかさのくに》で入定《にゅうじょう》したという。

「祖母は己の分身を育てることで、『不老』であろうとしたのです」

雪の祖母も母親も、一人の男と身を固めることを拒んだ。だが、二人とも金づるとなる男たちには事欠かなかったため、三姉妹を含めた五人は暮らしに困ったことはなかった。祖母と母親の私娼宿《ししょうやど》のごとき妾宅《しょうたく》で、三人の新たな「雪」は育った。

「祖母は母を含めて私たちを皆『雪』と呼びましたが、母は流石に不便に思っていたようで、長女を『初雪《はつゆき》』、次女を『玉雪《たまゆき》』、私を『深雪《みゆき》』と呼び、私たちもそうしていました。祖母が怒るので、あくまで内輪での呼び名でしたが……初雪は祖母や母がおかしいことに早くから気付いていたようで、十六歳になってまもなく家を逃げ出しました。初雪は玉雪に『いずれ助けに来る』と伝えていて、私たちはその日を待ち侘《まわ》びていましたが、初雪からつなぎがあった折、私は運悪く祖母のお伴で出かけており、機を逃してしまいました」

長女と次女に逃げられた祖母と母親は怒り狂った。二人して深雪を一層厳しく見張るようになり、時に甘やかし、時に情に付け込んで、最後の一人を逃すまいと用心した。

「私はまだ九つだったので、姉たちを恋しく思いはしても、一人で逃げ出すことはできませんでした。私のような者が一人で逃げたところで、行く先は知れている、女衒《ぜげん》に女郎として売り飛ばされて終わりだと、何度も聞かされていたせいでもあります。そうして一年ほどが経ったのち、祖母の旦那が亡くなり、母が刃傷《にんじょう》沙汰に巻き込まれたのを潮に、私たちは郷里を去りました」

引っ越した先でも、二人はすぐに男をつかまえ、似たような暮らしを始めた。

郷里を離れたことで、姉たちと縁が切れてしまったと雪が嘆くこと更に五年を経て、祖母と母親が流行り病で相次いで亡くなった。

「ようやく自由の身になった私は、初雪と玉雪を探すことにしました」

自由になった、というのは嘘だろう。

祖母と母親を亡くした時、深雪はまだ十五歳だった。十五歳の小娘が、行方知れずの二人の姉を探し出すには、金と力を持った後ろ盾が必要だ。そして、その「後ろ盾」はおそらく男で、代償として深雪がその身を差し出したろうことは想像に難くない。

真一郎を始め、男たちが黙り込む中、多香が静かに口を開いた。

「それで、玉雪の行方を探り当てて、江戸まで訪ねて来たんだね？」

「はい。四年の月日を要しましたが、五年前の秋に、初雪の居所を突き止めました。玉雪が江戸の浅草にいることは初雪――いえ、正しくは初雪の義母から聞きました。私が訪ねた時には、初雪はもう殺されていたので」

「殺された？　初雪も亡くなっていたのかい？」

「ええ……初雪は甲斐国《かいのくに》で好いた人と一緒になって、仕合わせに暮らしていましたが、この面立ちが禍《わざわい》して、とある男に岡惚れされて、その男に殺されたそうです」

己の頬に触れて、深雪は自嘲めいた笑みを漏らした。

下手人は死罪になったが、初雪の夫は妻の後を追って自害した。玉雪は初雪が祝言を挙げたのちに江戸に移っていたが、時折「里帰り」と称して初雪のもとを訪れていた。初雪が殺される一月ほど前にも玉雪はやって来て、その折に、音正という「子連れの笛師」と恋仲であること、ゆくゆくは祝言を挙げることなどを、初雪や義兄一家に話していた。

「私は初雪ともそこそこ似ていましたが、玉雪とはそっくりでした。きっと種が同じだったのでしょう。初雪の義母も私を見て玉雪と間違えたので、杏次さんに間違われた時も、そう動じずに済んだのです。なのに、大介さんはよくほくろにお気付きになりましたね……」

大介を見つめて、雪は続けた。

「初雪の義母が言うには、玉雪は心から音正さんを好いていたそうです。『可愛さ余って憎さ百倍』と真一郎さんは仰いましたが、私は玉雪の性分を存じております。いくら袖にされたからって、玉雪がそこまで惚れ込んだ方を殺すとは、私には信じられません。音正さんは他に誰か意中の人がいらしたから、玉雪を振ったのでしょう。とすれば、玉雪は音正さんよりも先に、女の人の方を殺しそうなものなのに……」

「あんたの言う通りだ」

音正の死に様を思い出したのか、苦渋に満ちた顔で大介が言った。

「本当は、お雪さん——いや、玉雪さんはあの日、俺を殺すつもりだったんだ」


束の間の沈黙ののち、微かに眉をひそめて深雪が問うた。

「……あなたと音正さんは、親子にしてそういう仲だったのですか？」

「俺と師匠に血のつながりはねぇ。でもって、けしてそういう仲じゃなかった。師匠を男色呼ばわりしやがったら、それこそ化けて出て来るぜ」

もっともだ——とでも言うように、行平と杏次が見交わした。

「それなら、どうして……」

「師匠はどうやら、俺のおふくろに惚れてたらしいや。玉雪さんが教えてくれた。俺を引き取ったのも、惚れた女の子供だったからだって」

行平と杏次をちらりと見やって、大介は事情を知らぬ深雪に己の生い立ちを明かした。

「師匠はもとから、誰とも一緒になる気がなかった。そのことは玉雪さんも承知していた筈だったのに、玉雪さんはどんどん師匠に惚れ込んで、独り占めしたくなったってんだ」

音正が祝言を渋っているのは大介がいるからだと思い込み、大介を疎むようになった玉雪は、大介にこっそり縁談を持ち込んだ。

大介が身を固めたら、音正も安心して自分と一緒になるだろうと玉雪は考えた。だが、その気のない大介は、一も二もなく縁談を断った。このことは内密にと玉雪に懇願されて大介は黙っていたものの、音正はどこからか嗅ぎつけて、玉雪に別れを告げたようである。

「あの日は寒くて、俺は炬燵でごろごろしてた。玉雪さんがやって来たのは七ツ過ぎだ。師匠の羽織《はおり》を着ていて何やら胸に抱いているように見えたが、ただ寒いからだと思ってた」

出職《でしょく》の者が帰る前で、長屋には人が少なかった。また、夕餉の支度にはまだ早かったため、どの家の戸も閉まっていた。

「顔は青かったが、逆上しているようには見えなかった。師匠は少し前に玉雪さんちに出かけてったから、初めは行き違いになったのかと思ったが、だとしたら、玉雪さんが師匠の羽織を着ているのはおかしいだろう。もしや師匠の身に何かあったのかと問うてみたら、俺のせいで師匠に袖にされたってんだ」

この時初めて、大介は音正が己の母親に心底惚れていたことを知った。

玉雪の淡々とした話を聞くうちに、大介はその尋常ならぬ様子に気付いた。

羽織の下に、刃物を抱いていることも。

玉雪が草履を脱いで上がり込むのと反対に、大介は土間へ飛び下りた。

玉雪が隠し持っていた出刃を取り出して襲いかかったところへ、背中にしていた引き戸が開き、大介は襟首をつかまれ、表へ放り出された。

「師匠が玉雪を追って来たんだ。別れ話ののち、玉雪は『頭を冷やしてくる』と言って、師匠の羽織をまとって家を出たそうだ。師匠は一服しながら玉雪を待ったが、ふと出刃がなくなっていることに気付いて――」

音正は大介をつかみ出しつつ、己が身を間に挟んで大介を庇った。

勢い余って音正を刺した玉雪は、騒ぎを聞いて出て来た長屋の者たちをかいくぐって木戸を飛び出し、大川まで五町余りの道を駆け抜け、身を投げた。

「刺されっぱなしだったからか、師匠はすぐには死ななかった……」

――何も言うな。お前はなんも悪くねぇ。俺が下手を打っただけだ――

そう大介に囁いたのち、音正は長屋の者たちに告げた。

――つまらん恨みを買ってしまった。女を見る目はあると思っていたが、あの女……あれこそまさしく傾城だ――

ゆえに皆、玉雪が「誤って」音正を殺したとは知らなかった。

医者が呼ばれたが、音正は一刻ほどして――玉雪の死を知ってから――息を引き取った。

「……すまねぇな。こんな始末で」

「詫び言はいりませんよ。音正さんが言った通り、あなたはなんにも悪くありません。悪いのは玉雪です」

「けれども、ほんとは聞きたくなかったろう？　姉貴のこんな話は」

「いいえ」と、深雪は首を振った。「本当のことが聞けてようございました。――言いましたでしょう？　私は玉雪の性分を存じていると。玉雪も祖母と母を嫌っていましたが、私たち三姉妹の中では、玉雪が一番、二人に似ていると私は思っていました。色目の使い方や、ふとした身勝手さや思い込みが……」

再び自嘲めいた笑みを浮かべて、深雪は言った。

「これも初雪の義母に聞いたことですが、初雪には、初めから私を助けるつもりがなかったそうです」

「えっ？」

「三人揃っていなくなれば、祖母と母は必ず後を追って来る。また、幼い私はきっと足手まといになるだろう――そう考えて、初雪は玉雪にだけ手を差し伸べて、私は『人身御供《ひとみごくう》』としてわざと置き去りにしたのだそうです。初雪の義母は、初雪を憎んでいました。息子をたぶらかし、結句自死に追いやった。初雪が殺されたのは自業自得、初雪は私のことなど犬猫のようにしか思っていなかったのだから、私が嘆くことはないと……」

深雪は束の間目を落として、茶で喉を湿らせた。

「けれども玉雪はかつて、初雪が『いずれ助けに来る』と私に教えました。ですから、もしかしたら玉雪は、私も連れて行くつもりだったのではないかと思ったのです。そのことを確かめたいと思って、私は此度江戸まで参りました。ついでに、あの玉雪が夫婦になりたいと望むほど誰かを一途《いちず》に好いているのなら、最後に一目、その仕合わせを見届けたいと……」

「最後にってのは、どういうことだ?」

もしや、深雪も自死を考えているのではないかと思い、真一郎は問うた。

「この五年の間に、私にもいろいろありました。初雪のことも玉雪のことも忘れて、穏やかに暮らしてゆけぬものかとあがいてみましたが、私には過ぎた望みだったようです。いい加減この世に見切りをつけて、仏門に入ることにいたしました。祖母も母も、初雪も亡くなって、玉雪とも今生の別れと思っておりましたが、まさか五年も前に死んでいたなんて。初雪のところを訪ねた後、すぐに江戸に来ていれば――ううん、玉雪は自分を天涯孤独だと言っていたのでしたね。さすれば玉雪もまた、私のことなど犬猫同然に思っていたのでしょう」

「……初雪の義母は嘘をついたのやもしれねぇぞ。義母は初雪を憎んでいたんだ。初雪に似た玉雪にもあんたにも逆恨みして、あることないこと、あんたに吹き込んだのやもしれねぇだろう」

「ふふっ」と、深雪が微笑んだ。「真一郎さんはお優しい方ですね。お気持ちは嬉しゅうございますが、死人に口なし……今更あれこれ思い悩んだところで詮無いだけです」

ぐるりと皆を見回してから、深雪は深く頭を下げた。

「本当のことを話してくださって、ありがとうございました。もう思い残すことはありません。これからは尼となり、亡くなった方々の供養をしながら功徳を積んで参ります」

出家の段取りはもうつけてあり、深雪はまず、川越宿《かわごえしゅく》から尼寺にして縁切寺《えんきりでら》でもある上野国《こうずけのくに》の満徳寺《まんとくじ》へ向かうという。

ふと思いついて、真一郎は身を乗り出した。

「そんなら、深雪さん。行きがけに早速一つ、功徳を積んでくれやせんか？」


続く八日間を、真一郎たちはそれぞれ慌ただしく過ごした。

今年の師走は大の月で、三十日が大晦日《おおみそか》だ。

音正と玉雪の祥月命日でもある二十九日の宵五ツ過ぎ、山王座の天幕を御高祖頭巾を被った深雪が訪れた。

「もし……夜分にすみませんが、謹んでお願いがございます」

深雪が手にしている提灯が、見張りの富男の驚き顔を夜の闇に浮かばせる。

「な、なんだ？　あんたは誰だ？」

「私は雪と申します。こちらのご一行に加えていただきたくて参りました」

「な、なんでぇ、藪から棒に」

「やんごとない訳がありまして……」

「やんごとない訳だと？」

「ここでは明かせません。どうか、座頭にお取り次ぎくださいませ。噂で耳にしたのですが、あなたがたは、前の興行では白子を見世物にしていたそうですね。私は白子ではありませんが、『八百比丘尼』として見世物の稼ぎ頭になれますよ」

深雪が御高祖頭巾を取ってその美貌をさらすと、富男が目を丸くする。

「八百比丘尼……」

「あなたがたは明日には浅草での仕事を終えて、年明けには江戸を発つのでしょう？　私は少々急いでおります。今すぐ座頭にお取り次ぎいただけないのなら、よそをあたります」

「わ、判った。今すぐお頭のもとへ連れてくよ。お頭は田原町の宿に泊まっているんだ。だからちと歩くが……」

「構いませんよ」

富男と深雪が連れ立って天幕を離れたのち、真一郎は隠していた小振りの龕灯《がんどう》で足下を照らしつつ、心吾と守蔵を促して、密《ひそ》やかに天幕に近付いた。

富男がいた天幕ではなく、白澤の見世物の天幕だ。

「白澤。私だ」

匂いや足音で、心吾に気付いていたのだろう。白澤は檻の中で尻尾を振った。

「白澤」と、真一郎も呼びかけた。「よしよし、静かにしといてくれよ。俺たちを覚えているだろう。実はこの守蔵さんは、江戸一の鍵師なんだぜ」

真一郎や守蔵を見ても、白澤は尻尾を振るだけで、一言も鳴かぬ。

「よしよし」

真一郎が白澤に微笑む間に、守蔵が檻の錠前を確かめる。

錠前の鍵は座頭の照山と見張りの富男しか持っておらず、心吾は先だっては眠っていた富男の鍵を盗んで白澤を逃した。照山は、心吾が白澤を逃したことに気付いたらしい。心吾が型や合鍵を作っていないかと疑って、白澤が戻ってまもなく新しい錠前に替えていた。

「どうですか、守蔵さん？　すぐに開けられそうですか？」

懐から道具を取り出しながら、守蔵は真一郎を一瞥《いちべつ》した。

「こんなのは屁《へ》でもねぇ」

その言葉通り、守蔵が道具を差し込むこと、もののひとときで錠前が開く。

目を見張った心吾の傍らで、真一郎は背負って来た蓋付きの背負籠を下ろした。

「さ、白澤、これに入んな」

白澤が己と心吾を交互に見やるのへ、真一郎は付け足した。

「案ずるな。此度は心吾さんも一緒だ」

十日前、心吾はこのことを「相談」するために長屋を訪れた。

――今一度、白澤を逃したいのです。此度は私も一緒に逃げます。山王座を……父を捨てて、二度と戻らぬつもりです――

逃がすだけならそう難しくない――と、真一郎はすぐさま判じた。

だが、心吾には他に身寄りがおらず、旅先では照山や富男が差配をしていたため、これといったつても知らなかった。白澤を連れていては、市中では隠れ家も奉公先も限られる。追手を避けるためにも、江戸を出ることでは意見の一致をみたが、いざどこへ逃げるか思案していたところへ、深雪が上野国に向かうと聞いたのだ。

「白澤……此度は私もお前と共にゆく」

心吾が囁くと、白澤は素直に背負籠に入った。

頭から尻までおよそ二尺半、目方が六貫ほどもある白澤は、背負籠の中から窮屈そうに真一郎たちを見上げた。

「しばしの辛抱だ。まずは別宅へ行く。大介とお鈴が待ってんぞ。おりくさんの笛は、心吾さんがちゃんと持って来た。だから頼むぜ。静かにしといてくれよ」

じっと己を見つめた白澤を一撫でして、真一郎は背負籠の蓋を閉めた。

守蔵が、空になった檻に再び錠前をかけて閉める。

奥山を出ると、小田原提灯《おだわらちょうちん》を広げ、龕灯から火を移して守蔵に渡した。心吾が尻っ端折っていた裾を下ろして御高祖頭巾を被ると、長屋に戻る守蔵と別れて、心吾と二人で別宅へ向かった。

今戸橋を渡ると、番屋の前で、顔見知りの番人・留次郎《とめじろう》に呼び止められる。

「真さんにお多香さん――うん？　今宵は、お多香さんじゃねぇのか。お前さんも隅に置けねぇなぁ」

「んなこたねぇです。このお人は、久兵衛さんとお梅さんのお客さんでさ。いろいろ行き違いがあって、ついさっき浅草に着いたとこなんですや」

背負籠は旅の荷物と、留次郎は判じたようだ。

「この寒いのにご苦労なこった」

「ご苦労さまは、留《とめ》さんでさ」

留次郎にちょこんと頭を下げると、隣りで心吾も会釈をこぼす。白拍子を演じていただけに、女物の着物を着た心吾は女にしか見えぬ。化粧はしておらず、御高祖頭巾からは目しか覗いていないにもかかわらず、留次郎は何やらにやけた顔で、真一郎たちを見送った。

別宅に着くと、大介を始め、久兵衛に桃、梅、鈴が出迎えた。

背負籠から白澤を出すと、大介たちは再会をしばし喜んだ。

ほどなくして、多香と行平に伴われて、深雪が別宅へ帰って来た。

奥山では、真一郎たちとは少し離れたところに多香と行平も隠れていて、こちらは深雪と富男の後をつけて行ったのだ。

さっと尻尾を丸めて心吾の背中に隠れた白澤へ、行平がにやりとして言った。

「噂通り、賢い犬だな」

長屋に来た折に多香にぎょっとしていた白澤は、獣ならではの勘で、行平にも恐れをなしているらしい。

「富男はお多香が眠らせた。見事な手並みでな。あまりにも速やかで、俺はまるで出番がなかった」

「行平さんには、富男を天幕まで戻してもらうという大仕事が控えていましたからね」

「ふん」と、鼻を鳴らして行平は多香と見交わした。

かつての己なら、妬心を抱いたことだろう。だが、今の真一郎には「江戸で一番」という拠《よ》り所《どころ》がある。

――いや、待てよ。

行平の住む王子村は、厳密には朱引《しゅびき》の外にあることを思い出して、真一郎は眉根を寄せた。

「どうしたのさ、真さん？　早く次の支度にかかろうよ」

多香がくすりとすると、「クーン」と追従するごとく白澤が小さく鳴いた。

興行を抜け出しての短い合間にやり取りせねばならなかったため、心吾が此度の決心に至った詳しい成りゆきを真一郎たちは知らなかった。

心吾と深雪が顔を合わせたのも今宵が初めてで、真一郎が白澤に旅支度を施し、大介と鈴が名残の一曲を奏でる間に、深雪がまず己の事情を手短に心吾に明かした。

「お互い災難でしたね。ろくでもない親のもとに生まれて……」

「心吾さんもやはり？」

「ええ」

心吾が逃亡を決めたのは、やくざ者の悌二郎と克次が奥山に現れた後だった。

克次の言葉が気になった心吾は父親の照山を問い詰めて、山王座がかつて浅草を訪れた折、りくを大嶽に差し出していたことを知った。

照山は講談が得意で、若い頃から講釈師で身を立てていたが、見世物好きが高じて自分の一座を持つようになった。心吾の母親は生まれつき片手が極端に小さく短く、照山はそれゆえに一緒になったらしいが、夫婦になって尚、妻を見世物にした。この一年余り、山王座では照山の講談、富男の籠くぐり、心吾の白拍子の芸の他、見世物となっていたのは白澤のみであったが、かつては心吾の母親に加えて、枷《かせ》をはめた七尺近い薄鈍《うすのろ》の大男や、色好みの夫婦の「男女相撲」なども抱えていたという。

「講釈師としての才はありますが、みだりがましい見世物好きの父とは、物心ついた時から反りが合いませんでした。私は父とは違う——ずっとそう思ってきたのです」

「私も……」と、つぶやくように深雪が相槌を打つ。

「十六、七で、身体が一人前になってからは、一座を逃げ出すことばかり考えるようになりました。けれども不具の母を置いてゆくのは忍びず、とはいえ世間知らずの私が母と二人で暮らしを立てていくのは難しい。悶々《もんもん》と悩むうちに私は十八になり、父がおりくと白澤を買って来ました」

りくは白子ゆえに、郷里の村では「天女」と崇《あが》められており、白澤も「天女」が気に入った犬として、りくの二親によって「白澤」と名付けられていた。

だが、村が災厄に襲われたのち、りくと白澤は「疫病神」として捨てられた。

——殺したら、祟《たた》られるのではないか？——

そう恐れた村人は——りくの二親も——二束三文で、りくを照山に売ったのだ。

照山はりくを見世物にしつつ、時には「客を取らせる」つもりであったが、りくに同情した心吾は母親の後押しを得て、りくと夫婦になって照山の思惑を阻んだ。

「ただし、白澤を見世物にすることまでは止められませんでした」

その名の通り「白澤」として見世物にすべく、照山は白澤に刺青を施した。

りくへの同情は時を待たずして愛情に変わり、心吾はりくのために一層芸に励んだ。しかしながら数年後に母親が病死したのち、照山はまずはりくを見世物に、やがて心吾に隠れてりくを客に「売る」ようになった。

「私の稼ぎでは、おりくと白澤を養えないと脅したようです。おそらく、おりくの前で白澤を痛めつけたのでしょう。おりくは白澤を兄弟のごとく大事にしておりましたから……」

りくは昨年の夏に懐妊が知れて、年始めに死産ののちに亡くなった。

真一郎たちの懸念を見て取ったのか、心吾は先回りして言った。

「赤子は私の子で間違いありません。おりくは亡くなる前の一年は寝込んでいることが多く、目も見えなくなっていたため、連れ出せなかったと父が言っていました。また、私の子でなかったら――父の孫でなかったら――早々に酸漿根《さんしょうこん》でも飲ませていた、とも」

酸漿根はほおずきから採れる熱や浮腫に効く生薬だが、妊婦には流産を促す毒でもある。

「おりくが寝込むようになってから、私は閨事を控えようとしました。ですが、おりくは己の命が長くないことを知っていて、前々から子供を望んでいた。私はおりくの望みは叶えてやれませんでしたが、せめて白澤を――できればおりくの命日までに――逃して、そののち自害しようと考えました」

「……自害なさるおつもりなのですか？」

心吾が帯に挟んでいる懐剣を見やって、深雪が問うた。

形見の笛と共に、心吾は舞で時折使うという懐剣を、護身用に持ち出して来た。

「今は判りません」

微苦笑を浮かべて、心吾は深雪を見つめた。

「あなたの本当の名はただの『雪』だそうですね。おりくの本当の名は六花《りっか》といいました」

六花は雪の別名だ。

「これも何かのご縁でしょう。おりくの供養を兼ねて、ひとまずあなたを無事に満徳寺に送り届けるべく努めます。こう見えて、多少は武芸の心得があります。旅をしていると、稀に野盗ややくざ者に狙われることがあるものですから」

「満徳寺に着いたら……？」

「白澤に、私も共にゆくと約束しましたからね……少なくともこいつと別れる時までは、生きてみようと思います」

「クーン」

心吾に身を寄せた白澤は、腹に腹巻きを、頭に手ぬぐいをほっかむりしている。

「これはいいな。刺青も隠れる上、温かい」

腹を撫でた心吾へ「クーン」と、白澤は再び甘えた声を出した。

「腹巻きと手ぬぐいは、孫福って和尚から白澤への寄進でさ」

孫福も久兵衛と似たり寄ったりの怪談好きで、白澤や「雪」――幽霊かよみがえり――の話を後から聞いて、謎解きに加われなかったことを悔しがっていた。せめて今宵は皆と共に白澤たちを見送ろうと張り切っていたところ、急に遠方での法事に呼ばれて泣く泣く昼過ぎに出かけて行ったのだ。

「御仏《みほとけ》のご加護があるようにと、祈っておったでな」

久兵衛が言うのへ、心吾と深雪は神妙に頭を下げたが、真一郎たち長屋の店子と梅は皆苦笑をこらえ、そんな一同を眺めて行平は口角を上げた。

白澤を再び背負籠に入れると、此度は行平が背負った。

別宅の裏口から出ると、真一郎は多香、大介は深雪、行平は女装した心吾と共に、三組の男女として、付かず離れずで大川沿いを北へ向かった。

明日は大晦日とあって、町はまだ寝静まっておらず、この時分でも通りや川面《かわも》にはちらほら提灯が揺れている。

風がないのはありがたいが、空にも星一つ見当たらぬ。

昼間から空を覆っていた厚い雲を思い出して、真一郎はつぶやいた。

「こりゃ降るな」

「うん」と、多香が相槌を打つ。「急ぐに越したことないね」

早足で渡し場まで行くと、船頭の龍之介が待っていた。

「夜走りは久しぶりだ」

「頼んだぜ、龍之介」

「任せてくだせぇ。俺の舟は飛切《とびきり》より速くて危なげねぇぜ。戸田《とだ》にも話をつけてあらぁ」

飛切船は、荷船や客船の中で最も船足が速い。殊に川越河岸と浅草花川戸町《あさくさはなかわどちょう》を行き来する飛切船は、下った翌日に上がるという速さで荷を運ぶ。

心吾たちはまず龍之介の舟で戸田河岸まで行き、そこからは旅芸人の「夫婦」として、中山道《なかせんどう》から満徳寺を目指す手筈になっている。二人の偽の通行手形は、浜田の番頭にして多香の「仲間」の条七が用意した。

背負籠から白澤を出すと、代わりに旅の荷物を詰めて舟に乗せる。

「これも……」と、大介が差し出した包みは、昨日長屋の皆でついた正月用の餅だ。

「ありがとうございます」

礼を言って、深雪が包みを受け取った。

「姉に代わってお詫び申し上げます。どうか、音正さんの分もお仕合わせに……」

「詫び言はいらねぇよ。あんたはなんも悪くねぇ」

にやりとして九日前の深雪の台詞《せりふ》を真似てから、大介は続けた。

「今更言っても詮無いことだが、縁談を持ち出されるまで、俺ぁ玉雪さんが嫌いじゃなかった。師匠だって、もともとは玉雪さんを好いていたからねんごろになったんだ。玉雪さんは紛れもねぇ傾城だったが、師匠も負けちゃいなかった。玉雪さんほどの女を落として、骨抜きにしたんだからよ。結句、あんな始末になっちまったが……深雪さん、あんたこそ玉雪さんの分まで、どうか仕合わせになってくれよ」

深雪が頷くと、大介は腰をかがめて白澤を撫でた。

「白澤、心吾さんと深雪さんを頼んだぜ」

「クーン」

「白澤……お前、ほんとは本物なんだろう——本物なのではないですか？」

真剣な面持ちで言い直した大介へ、龍之介と行平はくすりとしたが、真一郎には白澤が微かに頷いたように見えた。

「なんでぇ。こんなに賢い犬は、見たことも聞いたこともねぇぞ。なぁ、真さん」

「ああ」

頷いて、真一郎も大介の隣りにしゃがみ込む。

「白澤、お前さん、本当は一人で逃げることもできたのに、心吾さんを案じて戻って来たんだろう？　もしかして、深雪さんが来ることも、前もって知っていたんじゃねぇのかい？」

正面から真一郎が問うてみると、白澤は目を細め、頷く代わりに尻尾を振った。


ちらつき始めた雪の中、三人と一匹が乗った舟が、ゆっくりと大川を北へと漕《こ》いで行く。

提灯の灯りが米粒ほども小さくなってから、大介が口を開いた。

「何もほんとに比丘尼にならなくても、心吾さんと一緒になりゃあいいのに」

「そう容易《たやす》くまとまるものか」

小さく鼻を鳴らして行平が薄く笑む。

「玉雪とはひと味違うが、深雪もまた物騒な女には変わりないぞ。俺の勘では、祖母と母親が二人とも病で死したというのは嘘だ。おそらく深雪は二人から逃げるためにどちらか残った方を、はたまた二人とも手にかけた……」

真一郎と大介ははっとしたが、多香はただ頷いた。

「なればこそ、長いこと思い悩んで、此度仏門に入る決心をしたんでしょう」

――人殺しってのは、隠していても気配でそれと知れるもの――

多香はかつて、大介にそう言ったことがある。剣士にして人を殺めたことのある行平もまた、「人殺し」を嗅ぎ分けることに長《た》けていて、多香も「殺している」と判じていた。

「だとしても心吾さんなら、きっと深雪さんを咎めやしねぇ」

救いどころか慰めにもならぬだろうと思いつつ、己を心吾に、多香を深雪に重ねて、真一郎は言った。

「ふっ」と、笑ったのは行平だ。「お前の勘も侮れん。真一郎がそう言うならば、二人はうまくいくやもしれんな。なぁ、お多香？」

「さあ、私にはなんとも」

微笑と共に応えた多香と見交わして、行平は大介に向き直る。

「それにしても、よくほくろの違いに気付いたな」

「まあな」

やや伝法《でんぽう》に大介は応えた。矢馳舟や此度のことで、音正が存命だった頃よりも行平に親しんだようである。

「そういえば、お前は音正と同じところにほくろがあったな。ほら、その右の眉尻に」

大介の右の眉尻にはぽつんと、言われなければ判らぬほど小さなほくろがある。

「それがどうしたってんだ」

「音正が教えてくれたんだ。大介とは顔かたちは似てないが、同じところにほくろがあるんだと、それは嬉しそうに笑ってな」

おそらく涙をこらえて眉尻を下げた大介に、行平は続けた。

「玉雪が言ったことは本当だ。お前には内緒だと言われていたから、俺も杏次も黙っていたが、音正は明日香《あすか》――お前の母親に惚れていた」

「……師匠は、俺にはただの馴染みだったとしか言わなかった」

「ただの馴染みに身請けを誓ったりするものか。俺が知る限り、音正が心から惚れた女は明日香だけだ。だが、音正はまだ二十歳そこそこと若かった。身請け金が貯《た》まる前に明日香はお前を産んで、ほどなくして亡くなったと聞いた。お前は母親似で、そのほくろの他、音正と似たところは一つもないが、音正は己が父親だったらと、いつもどこかで願っていた」

「お、俺だって、師匠が親父だったらと……」

「だったら、もっと甘えてやったらよかったものを。音正は寂しがってたぞ。引き取って三年ほどはよく甘えてきたのに、すぐに色気づいて邪険にされるようになった、とな」

「よく言うぜ。師匠がお盛んだったから、俺も自《おの》ずと色事を学んだんだ」

「泊まりならよいが、夜歩きは危ないから、時折怪談を聞かせているとも言ってたな」

「ば、莫迦野郎。自分はちょくちょく夜更けに帰って来たくせに」

「うむ。やつには、ちとだらしないところがあってな。お前のために早く帰るつもりでいながらも、女にせがまれてつい長居をしてしまうことがよくあった。お前が女を覚えた頃、俺はやつをからかったことがある」

——あの顔立ちだ。お前を見習ってたら、いつか女に殺されるぞ——

——それは困る。逆縁だけは勘弁だ。明日香にも申し訳がたたん——

「明日香は亡くなったが、子供はどうしても引き取りたい。けれども、己にはとても赤子は育てられぬと、音正は尾張屋《おわりや》に金を渡して、お前が七つになるのを待った。やつが己の銘を音正としたのは、お前が生まれてからだ。物心ついてから引き取るゆえ、『おとっつぁん』とは呼びにくかろう。だが『音さん』と呼んでもらえれば御の字だ、とな。にもかかわらず、吉原仕込みか、お前は『師匠』の一点張りで——」

「くそったれ！　泣かせようったって、そうは問屋が卸さねぇぞ。そうとも、誰が今更泣くもんか！」

声を震わせ、大介がそっぽを向いて歩き出す。

おいて屋の前を通りかかると、客を見送りに出て来た番頭の庄三が表にいた。

「おや、北からおいでとは珍しい。しかも、行平さんもご一緒ですか」

行平もまた、おいて屋を時折使っているらしい。

「久兵衛さんの客が向島《むこうじま》へ帰るってんで、渡し場までみんなで見送って来たところでさ」

「この寒い中、お疲れさまで……もうお役目はお済みでしたら、いつものお部屋、空いていますよ」

そう言って庄三は真一郎と多香を交互に見たが、真一郎が応える前に大介が首を振った。

「駄目だ、駄目だ。久兵衛さんたちが待ってらぁ。無事に見送りを済ませたと、早く知らせてやらねぇと」

「お前が知らせりゃいいじゃねぇか」

下心を交えて真一郎は言った。

白澤を目撃して以来閨事はなく、しかもあの夜の二戦目は、多香の「気がそがれた」ため叶わなかったのだ。

「じ、じきに四ツだぞ。何か出たら、どうすんだ？」

どうやら、一人で別宅へ帰るのが怖いらしい。行平は鶴田屋を昼前に引き払っており、今日明日は杏次の家に泊まるため、銭座《ぜにざ》から西へ折れて田町へ向かうことになっている。

「ちと遠回りだが、俺が送って行ってやろう」と、行平。「なんならお前も杏次の家へ来るか？　音正を偲《しの》んで三人で一杯やるのも乙だろう」

「じょ、冗談じゃねぇ。行平さんと二人きりで夜道を行くのも、杏次さんと三人で酒を酌み交わすのもまっぴらだ」

「嫌われたもんだな……ならば、真一郎、お多香、悪いが大介のことは頼んだぞ」

「合点でさ」

「お任せあれ」

真一郎たちがそれぞれ応えると、行平は憮然《ぶぜん》としている大介へにんまりとした。


幸い、雪は積もらなかったが、翌朝一番に照山が長屋へやって来た。

心吾と白澤を探してくれと言うのである。

一部始終を聞いたのち、真一郎はわざとらしく溜息をついて見せた。

「ですが、それはつまり、心吾さんが白澤を連れて逃げたってことでしょう？」

「あいつの手形は私が持っております。金もさほど持ち合わせておりませんから、そう遠くまで逃げられません。一時の気の迷いですよ。あいつは世間知らずですからね」

「錠前が閉まってたんですよね？　とすると、此度は神隠しやもしれませんぜ？」

「からかわないでください」

「からかってなんかいやしやせん。──そういや、富男さんの夢に出て来たという八百比丘尼は、『雪』と名乗ったんでしたね？　実は五年前の昨日、お雪という美女が大川に身を投げて亡くなったんでさ。近頃この辺りじゃ、このお雪の霊が出るって噂でしてね。でまかせじゃありやせんよ。岡っ引きの旦那から聞いた話です。五年前の姿のまんまだそうですから、お雪は本当は八百比丘尼なのやもしれやせん。富男さんが見たのは夢ではなく本物で、お雪は死なずに生き延びていて、此度、白澤を道行きに連れ出したのやも……」

「ば、莫迦莫迦しい」

「ははは。そうでなくとも、山王座は大嶽親分とかかわりがあるそうじゃねぇですか。俺はどうもあの親分が苦手でしてね。どうか他を当たってくだせぇ」

にこやかに断ると、照山は仏頂面で帰って行った。

仕事納めに行く鈴と前後して長屋を出た大介は、昼下がりに帰って来た。

神田と上野、二人の女に別れを告げて来たという。

「女からの小遣いをあてにしているうちは、一人前たぁいえねぇからよ。明日からは心を入れ替えて、笛師としてやってくさ」

「ふうん。そりゃまた……いい心がけだ」

「だろう？　けど、こうもすっからかんじゃあ心許《こころもと》ねぇ。真さん、なんでも屋の仕事を少し俺にも回してくれよ」

手形の他、財布も照山ががっちり握っていたため、心吾には路銀がほとんどなかった。此度の路銀は行平と杏次、大介の三人が、音正と玉雪の供養のために「深雪の用心棒代」として賄い、真一郎を含めた六軒長屋の面々も、白澤へそれぞれ少しずつ「寄進」した。

「おう。そんなら早速頼まぁ。今日は久兵衛さんから、年越しの支度をするよう仰せつかっているからな。ついでに枡乃屋まで足を延ばして、お鈴と八幡《はちまん》さまで厄払いをして来よう」

主だった神社では年に二度、水無月《みなづき》と師走に厄を払い、無病息災を祈願する大祓《おおはらい》が行われる。殊に師走の大祓は「年越《としこし》の祓《はらえ》」ともいわれ、新たな年を迎える前に自らを顧みて、罪や穢《けがれ》を祓《はら》い、心身共に清めるという庶民にも大切な神事である。

「――そりゃいいな」

目を細めた大介を促して、真一郎は大晦日の町に出た。

第三話　翁《おきな》の行方

昨年に続き、真一郎は正月早々、久兵衛の年始回りの伴に駆り出された。

浅草界隈はもちろんのこと、両備屋のある銀座町から日本橋、上野、両国《りょうごく》、深川《ふかがわ》まで五日をかけて挨拶をして回る。

五日目の昨晩、久兵衛は浅草の顔役たちとの宴会にも顔を出し、真一郎も相伴にあずかった。酔っ払った久兵衛に引き止められて別宅に泊まり、今朝は梅の支度した朝餉《あさげ》をしっかり食べてから暇を告げた。

まずは朝風呂、いや、先にもう一眠り……

年越しの支度から年始回りの手間賃をまとめてもらったばかりゆえ、ほくほくしながら真一郎は長屋へ向かう。

今戸橋を渡り、六軒町が見えて来たところで、聖天町から来た又平と出くわした。

「明けましておめでとうございます。今年も何卒《なにとぞ》よろしゅうお願いいたします」

「おう、真一郎。明けましておめでとさん——いひひひひ」

「なんですか？」

「だってよぅ、おめぇもとうとう三十路だな。あはははは」

又平が言う通り、年明けて真一郎は三十路になった。

「前にどっかの誰かが言ってたなぁ。俺は三十路じゃねぇ、二十歳と十だってな。お前はそんな悪あがきはやめとけよ」

「どっかの誰かって、又平さんじゃねぇんですか？」

「莫迦野郎。男は三十路からがいいんだよ。対して女は――いや、大年増も悪かねぇ」

多香も真一郎と同い年だと思い出したのか、又平は言い繕った。

「ははは、お多香にもそう伝えときまさ」

「こら、余計なこと言うんじゃねぇ。――時に、大介はどうしてる？」

「どうって、真面目に笛を作っていやす。なんでもあいつは、お雪さんが現れたと聞いて音正さんを思い出し、年明けから心を入れ替えて、紐みてぇな暮らしはやめにして、仕事に励むことにしたんだそうです」

深雪は御高祖頭巾を被っていて、真一郎と顔を合わせてからは用心していたため、さほど噂にならずに済んだ。

「お雪のこた、奥山で噂になってたぜ。夢だか現《うつつ》だかしらねぇが、何故だか命日の夜に山王座に現れて、八百比丘尼の見世物として雇ってくれと、見張りの籠くぐりの男をたぶらかした女がお雪じゃねぇかってな。でもって、お雪は男を眠らせると、錠前がかかっていたにもかかわらず、檻の中の白澤を連れて消えたと……」

「その噂は俺も耳にしやした。ですが、同じ夜、座頭の息子も行方知れずになったと聞きやした。とすると、白澤は座頭の息子が連れてったんでしょう」

「ふうん……」

眉根を寄せて疑わしげに己を見上げた又平へ、真一郎は微笑んだ。

「はたまた、お雪がたぶらかしたのは、座頭の息子だったやも……」

「ふん。あの夜は、久兵衛さんとこに女客が来たそうだな？　留次郎に聞いたぞ」

「ええ。お雪の噂を聞いた久兵衛さんが、音正さんの供養を兼ねて、音正さんの知り合いを呼んだんです。行平さんも来ていましたよ」

「ふん」

再び鼻を鳴らした又平へ、話を変えるべく真一郎は問うた。

「又平さんは見廻《みまわ》りですか？」

「姫始めからの帰り道さ」

「えっ？」

「――と言いてぇところだが、姫始めで浮かれた連中が中で騒ぎを起こしてよ。知り合いが交じってたもんだから、明け方に呼び出されて散々だった」

「そりゃ、松の内からお疲れさまで」

「まったくだ」

東仲町《ひがしなかまち》へ帰る又平とは長屋の前で別れて、真一郎は木戸をくぐった。

五ツを過ぎていたが、大介はまだ眠っているようだ。鈴は既に仕事に出たようだが、守蔵と多香は家にいる気配がする。

姫始め、か……

多香に声をかけようとして、真一郎は束の間迷った。懐が温かいうちに多香をおいて屋に誘いたいが、わざわざ呼び出しては裏目に出そうだ。多香が安田屋へ行く前か、帰って来た折にこっそり誘おうと思い直して踵を返すと、己の家に帰って掻巻に包まった。

一刻半ほど眠り込んだのち、真一郎は大介の声で目覚めた。

「おおい、真さん」

「なんだ、大介……」

寝ぼけ眼で応えると、大介が引き戸を開けて入って来る。

「年始回りはもう終わったんだろ。ちょいと遊びに行かねぇか？」

「遊びに……？」

「じきに九ツだ。広小路にでも出て何か食おう——いや、食わせてくれよぅ」

腹をさすりながら、大介が甘えた声を出す。

相変わらずのちゃっかり者め——

くすりとして、真一郎は搔巻から這《は》い出《だ》した。

「お前、仕事はどうした？」

「昨日一本仕上げて、馴染みの楽器屋に置いて来た。けど、売れなきゃ金にならねぇから、それまでちょいと都合してくれよ。飯を食ったら、寄席か芝居でも見に行こうぜ」

「お前なぁ、心を入れ替えたんじゃなかったのか？」

「入れ替えたさ。元日から五日も続けて仕事をしたんだ。ここらで、ちっと遊んだっていいじゃねぇかよぅ」

三日坊主ならぬ五日坊主で、早くも仕事に飽きたらしい。年中ほぼ休みなく働いている守蔵や鈴にはふざけた言い分でしかなかろうが、仕事がない日もある真一郎には咎め難い。むしろ、白澤たちを逃したり、年越しの支度をしたり、元日から五日も気を抜けぬ伴を務めたりと、己こそ「働き詰め」であったと思わぬでもない。

「そうだな。ちっとくらい遊んでもいいか……」

「そうこなくっちゃ」

早速着替えて表へ出ると、南へ——浅草広小路へ——と足を向ける。

と、はし屋を通り過ぎてすぐ、前から歩いて来た老爺《ろうや》がふいに転んだ。

「爺《じい》さん！」

駆け寄って、真一郎は老爺に手を差し伸べた。

「お怪我はありやせんか？」

「うう……うむ。なんとか無事じゃ」

真一郎につかまりながら立ち上がった老爺には、能面の翁《おきな》のごとき立派な顎髭《あごひげ》がある。

「ありがとうよ」

己を見上げて目を細めた顔は翁そのもので、真一郎もつい微笑んだ。

「そりゃよかった」

「お前さんらは、この辺りの者かの？」

「ええ。近くの長屋の者でさ」

「姥《うば》ケ池《いけ》はどちらかの？」

「姥ケ池なら、すぐそこでさ。よかったらお連れしやす」

「おお、ありがとう」

再び礼を言った老爺を、姥ケ池にいざなった。

「ほほう。ここが浅茅《あさじ》ケ《が》原《はら》の鬼婆《おにばば》が身を投げた池か……」

池を見回してから、老爺はくすりとした。

「もっとおどろおどろしいところかと思うておったが、そうでもないの」

「はあ、鬼婆の話は、かれこれ千二百年ほども前のことですからなぁ」

旅人を殺してその金品を奪っていた浅茅ヶ原の鬼婆が、誤って娘を殺したことを悔いて、その身を投げたことが池の名の由来となっている。

「そうか。もう千二百年も前のことか」

ただの相槌だろうが、翁の見目姿をしているがゆえに、まるで想い出話のごとく聞こえた。

老爺は背丈は大介と変わらぬようだが、やや猫背なため久兵衛よりも低く見える。見た目は細いが、先ほど支えた身体はほどよい肉づきで、目方は大介よりありそうだ。

九ツの捨鐘が鳴り始めて、老爺は真一郎たちを昼餉に誘った。

「助けてくれた礼と、ここまでの案内賃代わりじゃ」

「そんな大したことじゃ――」

「ありがてぇ。ちょうど飯を食いに行こうと話してたんだ」

真一郎を遮って大介がにっこりとした。

「馳走《ちそう》してもらえるなら、なんでもお伴するぜ。爺さんは何が食いたい？　俺ぁ、浅草生まれの浅草育ちだからよ。浅草ならいくらでも旨い店を知ってらぁ」

「ほう。それなら、お前さんが旨いと思う店にゆこうではないか。どこでもよいぞ。儂はなんでも食べるでな」

身なりは並だが、老爺にはそこはかとない高尚さが窺える。

「儂の名は小兵衛《こへえ》じゃ。お前さんらは？」

「俺は大介、こっちは真さん——真一郎さんだ」

「大介さんに真さんじゃな」

しばし迷った大介が案内したのは、田原町の小さな蕎麦屋《そばや》だった。

「この店はよ、蕎麦は今一つなんだが、この時分はねぎま鍋が滅法旨いんだ」

ねぎま鍋は鮨《すし》には使われぬ鮪《まぐろ》の脂身と葱《ねぎ》、舞茸《まいたけ》のぶつ切りを、醤油《しょうゆ》と酒で煮た鍋物だ。

「うるせぇ、小僧が」

鼻を鳴らした男は甚吉《じんきち》といい、看板も幟《のぼり》もないこの店は「甚吉」または「甚吉蕎麦」と呼ばれて、甚吉が一人で切り盛りしているそうである。

田原町というと、真一郎はもう少し北にある楊弓場・安田屋に行くだけだ。遠出の折ならともかく、浅草での飲み食いは近所が主で、稀に久兵衛と出かけてもこのような小さな店に入ることはあまりない。大介は上野や神田の女のもとへの行き帰りにこの店に寄っていたらしく、甚吉がにやにやしながら問うた。

「おめぇは、今日は上野か？　それとも神田か？」

「どっちでもねぇ。どっちの女とも、もう仕舞いにしたんだ」

「ふうん……」

疑わしげに眉根を寄せつつ、甚吉が火鉢と鍋を持って来る。

大介が太鼓判を押しただけあって、真一郎と小兵衛はねぎま鍋に舌鼓を打った。

「こりゃ旨いのう」

相好を崩した小兵衛に問われるままに、真一郎たちは仕事や長屋のことを話す。

「ほうほう、真さんは矢師にしてなんでも屋、大介さんは笛師とはのう……」

「笛が入り用ならいつでも言ってくれ」

「はは、あいにく笛は吹けんのじゃが、真さんがなんでも屋とはちょうどいい。実は儂は貴弥という面打師に会いに、はるばる浅草までやって来たんじゃ。貴弥は浅草に住んでいると聞いたでな」

「えっ？」

貴弥は多香の面打師の銘である。

「お忍びでの。素性は明かせぬのじゃが、貴弥に面を注文したくて、ちと遠くから出て来たんじゃよ。今は平右衛門町の旅籠に泊まっておる。貴弥には宿の者がつてを頼って、話を通すと言うてくれとるんじゃが、まだ色好《いろよ》い返事がなくてのう。お前さんらは貴弥の名を聞いたことはないか？　真さん、貴弥を探してくれんかのう？」

大介と顔を見合わせてから、真一郎は応えた。

「直には知りやせんが、貴弥さんが頼りにしている顔役なら知っとります。その方を通してなら、貴弥さんに注文できるやもしれません」

「なんと、まことか！」

「あ、まだお約束はできやせんが、お話だけなら……ええと、どんな面をご所望なんで？」

「翁の面じゃ」

「えっ？」

真一郎たちのみならず、板場の甚吉まで声を合わせた。

「ははは、お前さんらも笑ってよいぞ。翁のような爺が翁の面を所望しとるのじゃ。可笑《おか》しかろう。儂の家は代々、面を集めておっての。儂は殊に翁の面が気に入りでなぁ。それゆえか、いつの間にやらこんな面《つら》になっておった。あはははは」

小兵衛の笑いは福々しく、清々《すがすが》しい。

ひとしきり笑いながらねぎま鍋を食べ、その後は小兵衛にせがまれて、七ツ過ぎまで浅草広小路で飲み食いしながら、見世物や寄席を——全て小兵衛の金で——見て回った。

「明日もまた、遊んでくれんかの？」

「喜んで」

大介と口を揃えて引き受けると、旅籠へ戻る小兵衛とは駒形堂《こまがたどう》で別れて、真一郎たちは別宅へ向かった。

夕餉の前に大介と別宅を訪ねて、久兵衛に小兵衛と面の注文の話を告げると、久兵衛は既に知っていた。

「それはおそらく一仙《いっせん》さんの客人の土井《どい》さん――土井健太郎《けんたろう》さんだ。儂も名前しか聞いておらぬが、江戸にはお忍びで来ているそうだから、お前たちには偽名を名乗ったのだろう」

竜泉寺町《りゅうせんじちょう》に住む一仙は能を趣味とする隠居で、能を愛するあまり己の家に能舞台を作ったほどである。大坂出身の一仙は、此度上方の能役者にして知己の息子でもある健太郎を、しばらく預かることになったという。

「ですが、平右衛門町の旅籠に泊まっていると言ってやしたぜ」

「旅籠の名を聞いたか?」

「あ、いや……」

しかも、明日は少し鈴の胡弓を聴こうと、枡乃屋で待ち合わせることになっている。

「なんでも、箱根《はこね》への湯治がてら、江戸で年を越したいと足を延ばして来たそうだ。今しばらく江戸をのんびり見物して、帰りは船を使うらしい。一仙さんが、江戸土産にお多香の翁の面を贈りたいと言うて来てな。少し前に、守蔵に言伝を残して来たところだ」

「なんだ。そうだったのか」

踵を返して長屋へ戻ると、多香は湯屋へ行っていた。

多香を追うように大介と日の出湯へ向かうも、腹がくちいままゆっくり湯船に浸かって帰ると、どっと疲れが押し寄せる。

こんなんじゃあ、いたす前に眠っちまう……

多香がまた、鈴の家で和気あいあいとおしゃべりに興じているがゆえに、真一郎は結句おいて屋行きは諦めて、早々に眠りに就いた。

翌朝、真一郎が目覚めた時には、多香は既に出かけていた。守蔵曰く、安田屋に行く前に、木取り——面の木材——を仕入れに行ったらしい。

枡乃屋で小兵衛と待ち合わせると、挨拶ののち、真一郎は声を潜めて切り出した。

「久兵衛さんに聞きやした。小兵衛さんは本当は、一仙さんの客人だそうですね。上方からいらした能役者さんとか……」

目をぱちくりすると、小兵衛は顎髭を撫でつつ微笑んだ。

「ばれたか。久兵衛さんはなんと言っておった？」

「お忍びで来ているから、俺たちには偽名を名乗ったのだろう、と」

「その通りじゃ。まあ、市中では儂など知られておらんじゃろうが、役者連中に知られとうないんじゃ。頼むから、このまま小兵衛と呼んでくれんかのう？」

「そら構いやせん。しかし、上方からお出《い》でとは驚きました。その、上方訛《なま》りがまったくないので」

「役者じゃからな。少しだが昔、江戸に住んでいたこともあるでの」

貴弥が面の注文を引き受けたと聞いて、小兵衛は無邪気に喜んだ。

枡乃屋でひととき鈴の胡弓を聴いてから、両国広小路《りょうごくひろこうじ》で昼餉を取ることにする。小兵衛は浅草はあらかた見物していて、今日は回向院《えこういん》に行きたいという。

枡乃屋を出てしばし、ほんの四町ほど歩いたところで、子供をおぶった女が西の通りから出て来た。子供はおそらく四、五歳で、背丈が三尺二寸ほどもある。対して母親と思しき女は五尺余りで、おんぶ紐をしていてもよろよろしている。

近所の者だろうか……

すれ違いざま真一郎が案じた矢先、子供が悲鳴を上げた。

「どうして？　嫌だ！　殺さないで！」

身をよじって泣き叫ぶものだから、母親の足がよろけた。

「危ねぇ！」

母親を支えつつ、真一郎はおんぶ紐を解いた。

「則助《のりすけ》！　どうしたの？」

転げるように背中から下りた則助を母親は抱きしめたが、則助の目は真一郎に——否、真一郎の後ろから窺っている小兵衛に釘付《くぎづ》けだ。

「助けて！　殺さないで！」

母親にしがみついて則助は再び悲鳴を上げる。

真一郎たちが顔を見合わせる間に、則助は泡を吹いて気を失った。

母子は両国の横網町《よこあみちょう》にある飯屋・錦屋《にしきや》のおかみと次男で、元鳥越町《もととりごえちょう》の医者・冬庵《とうあん》を訪ねた帰りであった。

何はともあれ医者に診せた方がよいと判じて、真一郎が則助を抱えて冬庵のもとへ戻る。

「昨晩、この子の寝たきりだったお祖父《じい》さんが亡くなったのです。悲鳴が聞こえて皆が駆けつけてみると、則助が倒れていて、お祖父さんは亡くなっていたそうです」

母親をなだめ、則助を布団に横たえながら冬庵が言った。

則助は眠っているように見えたため、祖父の死に驚いたか、怖い夢でも見たのだろうと判じて、朝まで寝かせた。だが、昼近くになっても目覚めず、揺り起こしたのちも何やら朦朧《もうろう》としていたため、すわ病かと、常から錦屋が頼りにしている冬庵のもとへ連れて来た。

「話を聞くのに手間取ったのですが、どうやら則助はお祖父さんを案じて、夜中にお祖父さんの部屋に行ったようです。何があったのかはまだ判りませんが、則助から微かに阿芙蓉《あふよう》の香りがしたので、お祖父さんの亡骸を調べるよう、奉公人と共に弟子を錦屋にやりました」

「阿芙蓉の……」

阿芙蓉――阿片《あへん》――は鎮痛薬にも用いられるが、麻薬として悪用されることが多い。

「お祖父さんの部屋ですが、皆が駆けつけた折、廊下へ通じる戸も、庭へ通じる戸も全て閉まっていたそうです。そして、則助は翁の面に覆いかぶさるように倒れていたとか」

「翁の面？」

声を揃えて問い返した真一郎たちに、母親が頷いた。

「あのお面はやはり則助に——いえ、義父が亡くなったことに、何かかかわりがあるのでしょう。だから則助はこちらの方を見て、取り乱したのではないでしょうか？」

「翁が、則助を殺そうとしたってのかい？」と、大介。

「判りません……」

力なく首を振った母親へ、今度は真一郎が問うてみた。

「その面は、お祖父さんの物なんですか？」

「それも判らないのです。義父は能など知らなかったと思います。お面もこれまで、家で見かけたことがありません。昨晩、寝る前に義父の部屋を確かめた折には、あんなお面はありませんでした」

「なら、面は則助が持ち込んだのか……？　則助はなんらかの成りゆきで翁の面を手に入れて、祖父さんにこっそり見せようとしたのやもしれねぇ。だが、阿芙蓉で惑わされ、祖父さんが息絶えたことと相まって、翁の面に殺されると思い違いしたんじゃねぇか？　ああでも、阿芙蓉はいってぇ誰が……？」

自問のごとく真一郎がつぶやくと、冬庵が口を挟んだ。

「錦屋のご隠居はおととし卒中で倒れて、ずっと寝たきりでした。ゆえに、私が往診に伺った時にはいつも、このまま生きているのは辛い、家人の重荷になりたくないとこぼしておられました」

「だとすると、先生は阿芙蓉を用いた自死だとお考えなんですか？」

「それはなんとも。何故なら、阿芙蓉ではそう容易く死ねません。よほどたくさん一度に含めばもしや……けれども、それなら阿芙蓉よりも安価で安易な毒がいくらでもあります」

「そうじゃのう」と、小兵衛も頷いた。「寝たきりでは、阿芙蓉売りどころか、薬屋でさえ家の者に知られずに呼び寄せるのは難しいじゃろう」

兎《と》にも角《かく》にも、則助が阿芙蓉を含んだとしたら、その毒分が抜けるまで待つ他ない。

行きは奉公人が則助を背負って来たのだが、弟子を案内して行ったきり、まだ帰って来ない。他の患者の邪魔にならぬよう、また、寝かせておくだけなら、家の方が暖かくて安心だと、母親が自分で連れ帰ろうとしたという。

「小兵衛さんほど翁に似たお人はそういねぇでしょうが、また往来で騒ぎになったら困るでしょう。そもそも、おかみさんが背負って行くのは無理がありやす。俺たちはちょうど回向院に行くとこなんで、先に錦屋に知らせに行きやす。誰か寄越してもらったほうが、おかみさんも先生も安心でしょう」

「助かります。お頼み申します」

冬庵の診察所を出ると、真一郎たちは両国橋《りょうごくばし》から横網町へ向かった。

錦屋は間口が八間もあり、その繁盛ぶりから両国では大店《おおだな》に数えられているようだ。

真一郎たちが近付くと、給仕が小兵衛を見てぎょっとした。

店主に取り次いでもらうと、店主もやはり、小兵衛を見て目を丸くする。

「そんなに似ておるのなら、面を見せてもらえんかの？」

苦笑交じりに小兵衛が問うたところへ、真一郎と大介の腹が鳴った。

九ツの鐘は診察所でとうに聞いていた。真一郎が事の次第を伝えると、店主は真一郎たち三人を奥の座敷にいざなった。遣いの礼に昼餉を馳走してくれるという。

「お面は岡っ引きの旦那が持って行きました。冬庵先生のお弟子さんが、父からもお面からも、ほんの微かにだが、阿芙蓉の香りがするようだと言うので……」

弟子が番屋へ知らせたところ、ちょうど岡っ引きが来ていた。話を聞いた岡っ引きが弟子と一緒に戻って来て、「調べ」と称して面を持ち帰ったそうである。

「お弟子さんは、他にも阿芙蓉が隠されていないかと、しばらくあちこち嗅ぎ回っていましたが、つい先ほどうちの者とお帰りになりました。どうやらちょうど行き違いになったようですね」

「さようか。そりゃ残念じゃ。儂もこの面構えゆえ、翁の面に関心があってのう……」

「お面のことはよく判りませんが、なかなかの逸物《いちもつ》に見えたので、うちにあった桐箱《きりばこ》をお貸ししました。岡っ引きの旦那が来る前に私もお面を確かめましたが、銘は『青嵐《せいらん》』でした」

「青嵐じゃと？」

声を高くした小兵衛曰く、青嵐は上方では知る人ぞ知る面打師だという。

「貴弥のように、能役者でも居所を知らんでの。十年ほど前に隠居したともいわれておって、殊に翁の面は希少なんじゃ。むむ、それは是非とも拝見したい」

面を持って行った岡っ引きは欽吾郎《きんごろう》といい、両国を縄張りにしているらしい。真一郎はその名を知らなかったが、のちほど又平に訊ねてみようと胸に書き留めた。

ほどなくして運ばれて来た膳は天麩羅《てんぷら》付きで、真一郎たちは昨日に続いて舌鼓を打ちながら綺麗に平らげた。

礼を言って暇を告げると、回向院に向かう道のりで小兵衛が真一郎の袖を引いた。

「ちと隠れよう」

半町ほど先に、則助の母親と則助を背負った奉公人が戻って来るのが見える。則助は眠っているようだが、用心に越したことはないと、真一郎たちは小兵衛と一緒になって通りに背を向け、身を縮こめる。

則助たちをやり過ごしたのち、真一郎たちは回向院を詣でた。回向院の後は両国広小路をゆっくり見て回ろうと話していたが、門を出る前に小兵衛が言った。

「なんだか疲れたでな……お前さんらは先に帰っておくれ。儂はしばし休んでから、駕籠で帰ることにする」

「お一人で残していくのは心配ですから、駕籠を呼ぶまで一緒にいますよ」

「それには及ばんで。この歳になると、亡くなった友も多いでの。一人一人の墓参りは叶わぬから、ここで今少しゆっくり偲びたいんじゃ」

回向院は明暦の大火、俗にいう「振り袖火事」の死者を弔った万人塚をもとに建立された。宗派にかかわりなく来る者は拒まず、ありとあらゆる無縁仏を供養することでも知られているがゆえに、実際に回向院に葬られていなくとも、小兵衛のように今は亡き者をここでただ偲ぶ者も少なくない。

「承知しやした。ですが、お帰りはどうかお気を付けて」

「うむ。明日からはしばらく他の用事があるんじゃが、また暇になったら知らせるでの。これは案内賃じゃ。昼餉も浮いたことじゃし、たっぷり色を付けてあるでな。なんなら、二人で姫始めにでも行くがよい」

小さくもずしりとした重みに驚いて、小兵衛を回向院に残して出たのち、両国橋の袂《たもと》で真一郎は懐紙の中身を確かめた。

一分金が四つ——つまり一両もの大金だ。

「たまげたな。翁は年寄りの姿をした神さまだと聞いたが、こりゃあまさしく福の神……」

横から手元を覗いた大介も目を丸くする。

「どうする、真さん？」

「どうするって、俺とお前で山分けだ」

「違ぇよ。姫始めだよ」

「ああ……」

一人二分あれば、吉原の部屋持ちと一晩遊んでお釣りがくる。

だが、吉原はもともと、大部屋を屏風《びょうぶ》で区切っただけの廻し部屋でさえ真一郎には身にそぐわぬ贅沢《ぜいたく》で、多香と――花街にもそういないだろう美女と――ねんごろな今、一晩の快楽と飲み食いに散財する気にはとてもなれない。またほんの一月半前に、多香への誓いよりこのかた女遊びはしておらぬと、久兵衛に豪語したばかりである。

「俺ぁ、やめとく。あぶく銭だが、何も中で無駄遣いすることたねぇ」

「ひひ、無駄遣いよりも、お多香さんが怖いんだろう？」

「な、なんも怖いこたねぇぞ」

「けどよぅ、誓いを立てたといっても、お多香さんが肚をくればいつでも夫婦になるって言っただけで、それまで女遊びはしねぇと言ったんじゃねぇだろう？」

「む……」

「お多香さんは面打ちでしばらく忙しいだろう。何もお高い中へ行くこたねぇ。岡場所なら、安くてそこそこいい女がいると聞くぜ。こっからなら、深川はどうでぇ？」

「……お前、心を入れ替えたんじゃなかったのか？」

「い、入れ替えたさ。けど、紐になろうってんじゃねぇんだ。金を払っての女遊びなら、たまにはいいんじゃねぇかと……」

文月《ふづき》に冬青《そよご》が身請けされ、間夫《まぶ》として吉原に出入りすることはなくなったが、上野と神田の女たちに別れを告げたのは、ほんの七日前である。しかし、それまではよほどの事由がない限り、三日にあげず女と共寝をしてきた大介だ。女が恋しいというよりも、独り寝が寂しいだけではなかろうかと、真一郎は推し量った。

分け前の二分を渡しながら、真一郎は微笑んだ。

「そうだな。たまにはいいだろう。ほら、これでたっぷり楽しんで来い」

「し、真さんは？」

「俺ぁ、やめとくと言ったろう」

「ちぇっ。つまんねぇな」

ぼやいた大介は、一人で岡場所に行く気はないらしい。

己に並んで両国橋を渡り始めた大介へ、真一郎はさりげなく問うた。

「深川といやぁ……冬青はどうしているか、聞いてるか？」

深川へ行こうと言い出したのも、深川の材木問屋に嫁いだ冬青を気にかけてのことではないかと思ったのだ。

「うん」と、川面を見ながら大介は頷いた。「太助《たすけ》からの又聞きだが、尾張屋が聞いた話じゃ、高木屋《たかぎや》で仕合わせに暮らしているそうだ」

太助は新鳥越橋《しんとりごえばし》の南の袂に出ている稲荷寿司《いなりずし》の屋台主の息子で、稲荷寿司の届け物や客の遣いで吉原によく出入りしている。

「それが聞いて驚け、真さん。冬青はなんともうぼてれんで、姑《しゅうとめ》の風当たりも大分弱まったらしいや」

「冬青がぼてれん……」

ぼてれんと言われるほど腹が膨れているのなら、懐妊して少なくとも四、五箇月になるのではなかろうか。

冬青が高木屋の良介《りょうすけ》に身請けされたのは、五箇月余り前の文月末日だ。姑の意向でその一月前から客は取っていないものの、冬青のたっての願いにより、身請けの前日に大介とおいて屋で一夜を過ごしている。

ようやく己を見上げた大介は困った笑みを一瞬浮かべて、すぐにまた川面へ目をやった。

「高木屋なら、赤子が男だろうが女だろうが、きっと大事にしてもらえるだろう」

「そうだな」

「中にいたらそうはいかねぇ。なんともめでてぇ話だぜ」

「そうだな」

他に慰めようがなく、真一郎は戻り道中でも枡乃屋に誘ったが、大介は首を振った。

「こんだけの金が入ったんだ。女が駄目なら、せめて茶よりも酒を飲もうぜ。三間町《さんげんちょう》にちょいといい居酒屋があるんだ」

「――いいな。そうしよう」

頷いて、真一郎は大介と共に少しばかり足を速めた。


又平が長屋へやって来たのは、翌朝だ。

「真一郎！　俺だ！」

「うう……」

うめき声を漏らすや否や、がらりと遠慮なく引き戸が開く。

どっと冷気が流れ込んできて、真一郎は思わず掻巻を引き寄せた。

「まだ寝てやがったのか。もうじき四ツだぞ。三十路になったってのに、だらしねぇ」

「三十路になったからって、早起きしなきゃならねぇ道理はねぇでしょう。今日は仕事もありやせんし……」

「莫迦野郎。仕事がねぇのとやらねぇのじゃ、大違いだ。なんでも屋が暇なら、矢を作って売り込みに行きゃあいいじゃねぇか。あの大介でさえ、心を入れ替えて、仕事に励んでいるんだろう？」

「うう……」と、此度うめいたのは隣りの家の大介だ。

己の名を聞いて、たった今目覚めたようである。

「朝からうるせぇなぁ……」

「じきに四ツだってんだ。莫迦野郎！」

のろのろと掻巻から出て、真一郎は憮然とした又平の前に座った。

「今日はその……なんの御用で？」

「おお、そうだ。御用だ、御用。小兵衛って爺のもとへ案内しろ」

「小兵衛さん……？」

寝ぼけ眼でまじまじ見つめた真一郎へ、又平は重々しく頷いた。

又平は冬庵から昨日のうちに、錦屋の隠居が阿芙蓉で死したようだと聞いて、今朝は一番に錦屋を訪ねたそうである。

「小兵衛って爺は、欽吾《きんご》が持って行った面《めん》にそっくりな面《つら》をしているらしいな」

「そう聞きやしたが、それがどうしたってんです？」

「一つ思い出したことがあってよ。もう何年も前のことになるが、似たような事件を聞いたことがあるんだよ」

日本橋の岡っ引き仲間から聞いたというその事件では、家の者が「翁」と鉢合わせて騒ぎになったらしい。

「翁は闇に紛れて逃げちまって、行灯を灯して家探しをしたところ、病で寝たきりの者が亡くなってたってんだ」

「そのお人からも阿芙蓉の匂いが？」

「それは判らねぇ。けど、その家の者が言うには、事件の少し前に祈禱師《きとうし》が来たそうだ。それで錦屋で問うてみたら、錦屋にも年末に祈禱師が来てやがった」

「えっ？　おんなじ祈禱師なんで？」

「それもまだ判らねぇ。だが、どちらも家の者は頼んでいなくて、日本橋の事件では親類に、錦屋では知己に頼まれたと祈禱師は言ったらしい。錦屋には、その知己とやらに確かめてみろと言っておいたが、俺の勘じゃどちらも騙《かた》りだ。どっちも殺しじゃねぇかと思うのよ」

「それで、小兵衛さんを疑ってんですか？」

「おめぇも怪しいと思わねぇか？」

「ですが、面は顔を隠すためのもんでしょう。自分の顔と同じ面をつけたところで、無駄骨折じゃねぇですか？」

「そこが味噌《みそ》よ。翁の面を被った者が、翁みてぇな顔をしているとはお釈迦《しゃか》さまでも気が付くめぇ。小兵衛ってのは、錦屋に落ちてた面の銘も知っていたそうじゃねぇか」

「それは……」

「とにかく、支度しろ。どうせ暇なんだろう？」

昨日、則助に出会ったのは偶然に過ぎない。だが、則助が気を失うほど小兵衛を恐れたことは確かだった。まさかと思う気持ちは強いが、それこそ翁の面のごとき面構えゆえに、騙されていないとも言い切れぬ。

大介も興を覚えたらしく、真一郎に合わせていそいそと支度をして表へ出て来た。

浅草寺の北側を回って、田畑の間の道を北へ進む。

一仙の家がある竜泉寺町まで四半刻とかからずに着いたものの、あいにく一仙と土井健太郎――小兵衛――は出かけていた。

「今日は一日、日本橋を回って来ると言っておりましたが……」

一仙の妻の秀《ひで》が言うのへ、女中の尚《なお》も付け足した。

「お伴の方が観世座《かんぜざ》でお手伝いされているので、おそらくそちらにも寄ると思います。いつになるかは判りませんけれど」

「うん？」と、真一郎は首を捻《ひね》った。「小兵衛さん――いや、土井さんはお忍びでいらしてたんじゃやねぇんですか？　役者連中には知られたくないと仰っていやしたが……」

「ええ。ですが、宗太郎《そうたろう》さんのご子息となるとまったく隠しておくことはできませんし、健太郎さんがお伴の方とも少々離れて過ごしたいと仰いまして、お伴の秋之介《あきのすけ》さんは早々に弓町《ゆみちょう》の能役者のおうちにお世話になることになったのですよ」

真一郎たちが訪ねて来た成りゆきを話すと、秀と尚が顔を見合わせる。

「あの」と、尚が口を開いた。「どなたかとお間違えかと存じます。一仙さんが、久兵衛さんに貴弥の翁の面を注文したのは本当です。上方へのお土産にしてもらえたらと、張り切っていらっしゃいました。でも、健太郎さんは二十二歳になったばかりとお若い方です。髭も伸ばしておられませんし、翁のような顔かたちでもありません。お父さまの宗太郎さんだって、確か四十路になったばかりの筈ですよ」

尚の双子の兄は尚徳《ひさのり》といい、観世流の家元の跡取りだ。ゆえに尚も、観世座を始め、上方の役者にも詳しかった。

真一郎たちも顔を見合わせた。

「そんなら、小兵衛さんは一体何者なんだ？」と、大介。

「ほらみろ、やっぱり小兵衛が怪しいだろう」と、又平。

尚と秀に心当たりを問うてみるも、二人とも翁のごとき能役者は知らなかった。

——今は平右衛門町の旅籠に泊まっておる——

そう小兵衛が言っていたことを頼りに、真一郎たちは竜泉寺町から一路、平右衛門町に向かった。

真っ先に高値の旅籠・緑川を訪ねたのは、小兵衛が昨日、一両もの金をぽんと真一郎たちにくれたからだ。此度は又平が一緒だったため、番頭に邪険にされることはなかったが、小兵衛のような客は泊まっていないという。

緑川を皮切りに、平右衛門町や近隣の町の旅籠もあたってみたが、小兵衛らしき客は見つからなかった。

「小兵衛さんは昨日、明日から——つまり今日から他の用事があるけれど、暇になったらまた知らせると言っていやした。空約束やもしれませんが、知らせがあったら、又平さんにも知らせやす」

「おう、頼んだぜ。それにしても——くそったれ！」

浅草一帯を縄張りにしている又平は、この件ばかりにかまけていられぬらしい。

悪態をついて、足早に北へ歩いて行く又平を見送ると、真一郎と大介は浅草御門を抜けて、両国広小路に出た。旅籠を回る間に又平から蕎麦を一杯馳走になったが、朝餉を食べていない上に、浅草の北から南へと歩き回ったためにまだまだ空腹だった。

広小路の飯屋で腹を満たすと、真一郎たちは小兵衛探しを続けるべく馬喰町《ばくろちよう》へ向かった。

「なんでぇ、ただ働きかよぅ」

「だが、お前も気になるだろう？　それに、うまいこと小兵衛さんを見つけたら、又平さんもちったあ駄賃をくれるさ。どうせ暇なんだ」

「そうか……どうせ暇だもんな」

馬喰町には旅人や商人の旅籠が多い。緑川よりは気安い宿が主なため、門前払いを食うことはなかったものの、小兵衛と思しき客は見つからない。

やがて七ツの捨鐘が鳴り始め、真一郎たちは諦めて家路を歩き始めた。

四半刻余りかけて六軒町まで来ると、疲れて言葉少なになった大介は長屋に帰し、真一郎は久兵衛に事の次第を伝えるべく、一人で別宅まで足を延ばした。


久兵衛に知らせたのは、小兵衛が初めから貴弥——多香——の面を欲しがっていたからだ。

小兵衛が何ゆえ健太郎の振りをしたかは判らぬが、本当に貴弥の面が目当てならば、「宿の者がつてを頼って」久兵衛に面を注文したやもしれぬと見込んでのことである。

「ほう。そりゃなかなか面白い成りゆきだな」と、久兵衛も興を示したが、今のところ、一仙の他、面の注文に来た者はいなかった。

長屋に帰ると、井戸端で大介、鈴、守蔵の三人が、はし屋に行こうと話していた。

「ほら、昨日思わぬ心付けをもらったろう？　だから、今日は俺の奢《おご》りさ」

「いいな」

「けど、真さんは駄目だぜ」

「このけちん坊め。まあいいさ、かかりの半分は俺が持とう」

「そうじゃねぇんだ」

にやりとして大介は、顎をしゃくって真一郎を家へ促した。

勝手に真一郎の家の戸を開くと、再び顎をしゃくって言伝帳を示して見せる。

〈はまだでまつ　多香〉

「こ、これは――」

「そういうことさ」

にやにやしながら大介が鈴と守蔵を連れて出て行くと、真一郎はしばし迷って湯桶をつかんだ。言伝で疲れは吹き飛んだが、汗や垢《あか》の他、あちこち歩き回ったおかげで埃《ほこり》まみれだ。流し場で急いで一日の汚れを落とし、湯船には浸からぬまま日の出湯を出た。こざっぱりと身なりを整えると、再び平右衛門町――出会茶屋・浜田――へ向かう。

珍しく玄関先に番頭の条七の姿がなく、だが、顔見知りの仲居が真一郎を認めて部屋まで案内してくれた。

「ごゆっくり」

慇懃《いんぎん》に頭を下げて仲居が姿を消すと、真一郎は小声で呼びかけた。

「お多香、俺だ」

「お入りよ」

そろりと部屋へ足を踏み入れると、念入りに襖戸を閉めてから多香の前に座り込む。

多香もまた、風呂を済ませて来たようだ。濃鼠色《こいねずいろ》の袷は地味だが、それがまた多香の肌の白さ、艶《なま》めかしさを際立たせている。

「一杯やるかい？」

「い、一杯だけな」

あまり飲んで「役立たず」になっては困ると、真一郎は慎重に応えた。

空腹ではあったが、飯を頼むのは一戦交えた後でもいいだろう。多香が酌をしてくれた猪口を一息に飲み干すと、機を逃すまいと、真一郎は多香へにじり寄った。

「お多香……」

「真さん、ちょいと！」

「飯は後で構わねぇ。先に姫始めを」

「姫始め？」

ぐいっと己を押し返した多香が眉根を寄せるのへ、真一郎は慌てて取り繕った。

「あ、いや、『姫始め』が気に食わねぇなら、『殿始め』でもなんでもいいんだが……」

「殿始め？」

まじまじと真一郎を見つめて、多香は小さく噴き出した。

「まったく何をとぼけたことを——気を持たせたのは悪かったけど、今宵あんたをここへ呼んだのは、そういうことのためじゃないんだよ」

「そういうことのためじゃないなら、なんのためだ？」

「翁のことを話しておこうと思ってさ」

「翁のこと？」

鸚鵡《おうむ》返《がえ》しにしたところへ、襖戸の向こうから粂七の声がした。

「お多香、いいか？」

「ああ、入っておくんなさい」

襖戸を開くと、粂七は連れの男を先に促した。

年の頃は四十代半ばから五十路くらい。頬骨の出たきりっとした顔立ちをしている。五尺三寸ほどと多香と変わらぬ背丈で、細身ではあるが、所作はきびきびしていて隙がない。

このお人もきっと、多香のお仲間……

気を引き締めた真一郎の前に男はさっと座り込み、その隣りの、多香の前には襖戸を閉めた粂七が座った。

「よう、真さん」と、先に口を開いたのは男の方だ。

てっきり初会と思っていたため、真一郎がしばしきょとんとすると、男はくすりとして顎に手をやって髭を撫でる真似をした。

「儂じゃよ、真さん」

「えっ？　あっ！　こ、小兵衛さん？」

「これ、声が高いでの」

老人らしい声と物言いで言い直して、小兵衛はにっこりして見せた。

ややまだらだが、髪と眉は黒く染めてある。顎髭はすっかり剃り落とされ、鍾馗《しょうき》のごとく太くふさふさしていた眉も、細めに短く刈り込んであった。老爺の時はややとろんとしていた細い目は今はしっかりと開かれて、猫背だった背中もぴんと伸ばされている。

「まるで別人だ……」

「ははは、髭は惜しかったが、致し方なくてな」

微笑む小兵衛へ、真一郎はおずおず問うた。

「あの……もしや、長屋の前で出会ったのは、偶然ではなく……？」

「長屋の前で出会ったのは偶然だが、転んだのはわざとだ。お前さんたちが長屋から出て来てすぐ、こいつは『真さん』と『大介』だと勘が働いたんでな」

小兵衛は伊勢国《いせのくに》で、多香の姉分である志乃《しの》に太輔の仇討ちや百物語の話を聞いて、江戸見物を思い立った。

「久方ぶりに、粂《くめ》やお多香の顔も見たくなってな。ついでに、お多香が世話になってる長屋の連中が——殊に、お多香の気に入りの真さんってのが——どれほどのもんだか、興をそそられたんだ。粂からもお前さんのことを聞いて、お多香の留守に先にこっそりお前さんを見に行こうと思ったんだが……いやはやお前さん、隙だらけだな」

「はあ……」

三十路とはいえまだまだはしこく、力仕事もこなせるものの、伊賀者と比べれば、己など足もとにも及ばぬに違いない。

「だが、勘働きは悪くない。お前さんといい大介といい、なかなか面白くてつい次の日も約束してしまった。ああ、次の日は次の日で、上方役者に間違われたな。なんの偶然かしらんがあれも面白そうで、つい話に乗ってしまった」

「つい……？」

悪びれずに小兵衛は微笑んだ。

「すまんな。それにしても、うん。お多香にはこういう、ちぃとばかりとぼけた男がよかろうよ。聞いたぞ。先ほどの『殿始め』……」

小兵衛に続き、条七もくすりとした。

「御眼鏡に適《かな》ったようで何よりです。——よかったな、真さん」

「はあ」

「小兵衛さんは面打師でな。お多香の師匠でもあるんだぞ」

となると、お多香の親代わりということも——

大介と音正の間柄を思い出して、真一郎はさりげなく居住まいを改めた。多香の親代わりとなれば、己には「義父」のような者である。

「なるほど、面打師だからご自分も面を集めていて、青嵐をご存じだったんですね？」

「青嵐は私だ」

「そ、そうだったんで？」

「うむ。まさかあのような成りゆきで、私の面が見つかるとは思わなかったがな……」

小兵衛の顔から笑みが消えて、多香と粂七も顔を引き締める。

「私はその昔、私の顔に似た翁の面を仲間にくれてやったことがある」

「錦屋で見つかった面がそれだってんですか？」

「おそらく。私はこの者――仮に権兵衛《ごんべえ》と呼ぶとしよう――を探すつもりだ」

小兵衛は昨日は後で真一郎たちと長屋を訪ねるつもりだったが、錦屋の事件を聞いて取りやめた。権兵衛がまだ近くにいるやもしれぬと疑って、両国から馬喰町まで探して回ったがため、己のことを多香に知らせる時がなかったという。

「私は大介から話を聞いて、小兵衛さんなら、きっと粂さんのところにいるだろうと見当をつけて、浜田に来たのさ」

「なら、又平さんが小兵衛さんを探していることも知ってるんだな？　何年か前に、似たような事件があったことも？」

「私はね。小兵衛さんは今日も権兵衛を探しに出ていて、先ほど帰って来たばかりなんだ。又平さんのことは、あんたから話しておくれよ」

又平から聞いた話と今日一日小兵衛を探したことを伝えて、真一郎は付け足した。

「平右衛門町の旅籠にお泊まりだと仰ってたんで、ここらの旅籠は皆あたってみやしたが、まさか浜田だったとは……」

「私にしてみれば、まさか人殺しの疑いをかけられるとは、だ。その又平とかいう岡っ引きは侮れんな。姿を変えておいてよかった。翁の姿では目立って仕方ないでな。また子供に泣かれても、岡っ引きに痛くもない腹を探られても困る」

「小兵衛さんは、権兵衛を探し出してどうしようってんですか？　やつは良くて祈禱師、悪けりゃ阿芙蓉売りか、人殺しですよ」

「あんたには言えないよ」

小兵衛の代わりに多香が応えた。

「あんたは知らない方がいい。これは私たち、仲間内のことだから……あんたに明かしたのは、あんたが余計なことに首を突っ込まないように釘を刺しておくためさ。私はこれからしばらく、小兵衛さんの助っ人になる。安田屋にはいつも通り顔を出すけど、ことが落ち着くまで長屋には帰らないから、久兵衛さんにはあんたから伝えとくれ。久兵衛さんは私の正体を知っているから、私は面作りのために久兵衛さんちの離れで寝泊まりしていることにしといて欲しいのさ。大介やお鈴、守蔵さんには——又平さんにも——くれぐれも悟られないように、あんたがうまく誤魔化しといとくれ」

頼みごとのようでありながら、有無を言わせぬ命に聞こえる。

「あ、ああ」

「じゃあ、私は早速小兵衛さんと出かけるから、後は頼んだよ」

「えっ？　い、今から？」

「錦屋に現れたのが権兵衛なのか、早いとこ確かめなきゃならない。もしも人殺しなら、野放しにはしておけないからね」

部屋を出て行く小兵衛と多香を、真一郎は呆然として見送った。

「仲間内、か……」

二年ほどの付き合いの中で、真一郎は少しずつ多香の信頼を得てきた。それはけしてまやかしではない筈なのだが、こうも「仲間はずれ」にされると釈然としない。

条七を始めとする伊賀者と多香は、生まれた時からの付き合いだ。なればこそ、その絆《きずな》は何物にも代えられぬものなのだろう。

そんな風に己を慰めてみるも、一抹の寂寥《せきりょう》、無念、失望は拭い切れなかった。

黙り込んでいると、条七が困った笑みを浮かべて言った。

「真さん、腹が減ってるだろう。膳を持って来させよう。今日は俺の奢りだ。酒も足りなかったら言ってくれ」

自棄酒《やけざけ》というほどではなかったが、昨晩は酒が過ぎたようである。疲労も重なって、五ツ半ほどまで眠り込んだ真一郎は、四ツ過ぎに一人で長屋へ帰った。

「なんだ、一人か？」と、井戸端にいた守蔵が問うた。

「お多香は久兵衛さんちに行きやした」

「そうか」

一仙から頼まれた面があるため、守蔵はあっさり己の嘘を信じたようだ。

大介は馴染みの楽器屋に行くべく、鈴と一緒に長屋を出たという。昨晩の「首尾」を問われずに済むと、何やらほっとして真一郎は別宅へ向かった。

久兵衛に事情を話して戻ると、留守の間に町の者が来たそうで、昼からいくつかの雑事をこなした。

多香はその日も次の日も、長屋に帰って来なかった。

大介は正月に作った笛が早速売れて、次の笛に取りかかっている。又平に言われたこともあり、真一郎も駄賃仕事の合間に矢作りをして、そこそこ忙しくしていた。だが、多香が三晩も続けて留守とあって、浜田へ行ってから三日目には、鈴に大介、守蔵まで、それとなく探るように真一郎に問うてきた。

「お多香さんは、今晩も久兵衛さんのところですか？」

「おそらくな。此度の面には随分入れ込んでるらしいや」

「本当に面打ちのためだけかい？　お多香さんと仲違いでもしたんじゃねぇのかい？」

「莫迦野郎。今更仲違いなんかするもんか」

「職人なら、つい根を詰めちまうことがなくもねぇが、それにしても長《なげ》ぇな……」

「お梅さんや久兵衛さんがついていやすから、案ずるこたねぇですよ」

多香に頼まれたこととはいえ、皆に嘘をつくのは心苦しい。

また、権兵衛は人殺しやもしれぬ男である。多香にとっては「仲間」とはいえ、案ずる気持ちは真一郎にも多分にあった。

けれども、お多香もおそらく「人殺し」――

さすれば事由によっては「仲間内」で庇い合い、「野放し」もあり得るのではなかろうか。

悶々としながら夜を過ごした真一郎は、翌朝、朝餉を済ませると気晴らしに表へ出た。

と、半町も行かぬうちに、又平に呼び止められる。

「おい、真一郎！　待ちやがれ！　どこへ行くんだ？」

「ちと、渡し場まで……」

「渡し場になんの用だ？」

「なんもねぇです。気晴らしにお山――筑波山《つくばさん》でも眺めに行こうかと」

真一郎は常陸国笠間藩の出で、時折里心を満たすべく、郷里で「お山」と呼ばれていた筑波山を眺めに、大川沿いを渡し場までゆくことがある。

「気晴らしに山を眺めにな……真一郎、おめぇ――おめぇってやつはよぅ……」

　束の間なんともいえぬ顔をしてから、又平が問う。

「小兵衛って爺からつなぎはねぇのか？」

「まだ何も」

　平静を装って応えたが、又平はじぃっと疑いの目で真一郎を見上げた。

「又平さんは、あれから何か見つけやしたか？」

「この数日、それどころじゃなかったさ。中でも外でも騒ぎがあってな……それでようやく昨晩、欽吾と会ったのよ」

「両国の岡っ引きの旦那ですね。して、欽吾郎さんはなんと？」

「やつもなかなか忙しくしていてよ。錦屋の件は仕舞いにするそうだ」

「そうなんで？」

「ああ。隠居は老死。翁の面は隠居の物で、何故かはしらねぇが、死に際を悟って持ち出したんだろう。もしかしたら、孫の則助に持って来るよう頼んだのやもしれねぇ。面はそこそこ古い物だから、阿芙蓉は前の持ち主がつけたもので、則助は面を運ぶなり被るなりした折に、誤って阿芙蓉を舐《な》めちまったんじゃねぇだろうか――ってのさ。それで、調べの終わった面を錦屋に返すってんで、忙しいやつの代わりに、俺が錦屋まで遣いを申し出た。こいつを使って、やつを出し抜いてやる。いひひひひ」

「つまり、欽吾郎さんは前の事件を知らないんですね？」

「小兵衛のこともな。やつは面を持って行ったきりだからよ。真一郎、おめぇ、気晴らしに俺を手伝いな」

――余計なことに首を突っ込まないように――と言われたが、同時に――あんたがうまく誤魔化しといとくれ――とも言われている。

何より四日前の独り寝以来、真一郎はいまだ「仲間はずれ」にむしゃくしゃしたままだ。

「手間賃をいただけるなら。又平さんとじゃ気晴らしにならねぇですからね」

「ちぇっ。ちゃっかりしてんなぁ」

「大介ほどじゃありやせん」

「まあ、いいや。こいつを持ってついて来い」

渡された風呂敷包みの中身は桐箱で、白布に包まった青嵐の翁の面が納められていた。

翁の面にもいろいろあるが、青嵐の面は顔の輪郭や頬骨、眉の形、鼻筋、唇などが小兵衛にそっくりだ。

「どうだ？　小兵衛に似ているか？」

主だった翁の面にはぼうぼう眉――白く丸い毛の飾り眉――がついているが、青嵐の翁は刈り込む前の小兵衛の眉の形をしている。

「似ていやす。殊にこの鍾馗さまみてぇな眉はそっくりでさ」

又平に小兵衛の正体を悟られぬよう言ってみたが、それが正しいことかどうか、今の真一郎には判じ難い。

風呂敷に包み直した面を背負うと、真一郎は又平の後に続いた。

まずは錦屋へ向かったが、「面のことは黙ってろ」と又平は命じた。

錦屋の店主曰く、祈禱師は隠居の知己に前払いで頼まれたと言ってやって来たが、又平に言われてこの知己に確かめたところ、祈禱師など頼んでいなかった。

「この方は牛込に住んでいるため、確かめるまで少々時がかかってしまいました」

祈禱師の姿かたちは、又平が五日前に聞いていた。

背丈は五尺三、四寸。細眉に細目の他は顔立ちに目立つところはなく、身体つきは細くも太くもない。歳はおそらく四十代で、神職のごとき装束に烏帽子《えぼし》を被っていたという。

両国橋を戻ると、次は又平が思い出した日本橋の事件を探るべく、日本橋の岡っ引きを訪ねた。あいにく岡っ引きは留守であったが、近くの番屋で訊ねると、事件があった店はすぐに判った。

日本橋の店は鰻屋《うなぎや》で、やはりそこそこ大きな店である。翁の事件は四年前で、亡くなったのは店主の妻だった。

店主と事件のあらましを分かち合ったのち、又平が祈禱師について問うた。

「祈禱師は親類が頼んだと聞いたが、本当に親類が頼んだ者だったのか？」

「それが、のちに祈禱師が言っていた親類に訊いてみましたが、そんな祈禱師は頼んだ覚えがないと言われました」

店主から聞いた祈禱師の見目姿は、錦屋に現れた者と酷似していた。

ほれみろ――といった目を寄越してから又平は、翁と鉢合わせたという息子を呼んでもらい、青嵐の面を見せた。

「わっ！」と、息子は短い悲鳴を上げたが、自分が見かけた翁は面にそっくりだったと明言した。

残念ながら鰻屋は阿芙蓉の香りについては覚えがなかったが、別の事件を耳にしていた。

「翁を見たというんじゃないんですが、自害した人が翁の話をしていたというんです」

自害したのは品川宿《しながわしゅく》の女郎屋の主《あるじ》で、鰻屋のおかみが亡くなる更に数年前のことだった。

主は不慮の事故ののち自害しようとしたが、妻が気付いて一度は命を取り留めた。しかしながら、しばらくして夜中に二度目の自死を図り、二度目は助からなかった。

「一度助かってから再び自害をするまでに、おかみさんや店の者に翁の話をしていたそうです。店の若いのが、品川に遊びに行った折にその話を耳にしましてね。実はうちのやつも亡くなる前に、『もういっそ、死んでしまいたい』とこぼしたことがありまして……私は能はよく知りませんが、能の翁というのは神さまで、めでたい舞台に使われるとか。私どもにとっては悲しいばかりでしたが、うちのやつにとっては――両国や品川でお亡くなりになった方々にとっても——この翁は、望みを叶えてくれる神さまだったのやもしれません」

面を見やって店主が言うのへ、息子も頷いてから問うた。

「この翁の面は、何か、そういった曰くのあるものなのですか？」

どうやら二人は、人殺しが翁の面を被っていたのではなく、翁の面が人を装って、しかるべき死を与えたと考えているようだ。

「祈禱師が人殺し——はたまた、翁の面を被った人殺しとつるんでいやがるやもしれねぇんですぜ？」

「ですがそんなことをして、なんの得があるんですか？　親類が先払いしたからと、祈禱師は心付けさえ受け取らなかったんですよ。それに……あいつは安らかな死に顔をしておりました。それまで苦しんでいたことが嘘のように……ですから、私どもは翁がうちのやつを殺したとは思いも寄りませんでした。もしや盗人《ぬすっと》かと思って番屋に届けましたが、調べてみても何も盗まれていませんでした。のちに品川の話を聞いてからは、摩訶不思議《まかふしぎ》ではありますが、これも天の配剤だったのかと……」

鰻屋を出ると、又平は一つ大きな溜息をついた。

「天の配剤ねぇ……めでてぇ野郎どもだ。神さまがわざわざ阿芙蓉なんざ使うかよ」

「ええ。ですが、祈禱師にしろ翁にしろ」——権兵衛にしろ——「儲《もう》けは頭にねぇみてぇじゃねぇですか」

「じゃあ、なんでこんな手の込んだ真似をすんだ？」

「それは……さっき聞いた通り、寝たきりだと自死もままならねぇでしょうから、そういった者たちに同情したやつが、神仏に代わって安楽《あんらく》せしめんと――」

「けっ、俺ぁ気に食わねぇ。殊に阿芙蓉を使うってのがな。心から死にてぇと思うやつはそういねぇ。阿芙蓉に惑わされてちゃ、最後の最後で思い直しても引き返せねぇ」

「お説ごもっともですが……」

「くそっ、品川か……品川まで行ってる暇はねぇ」

眉根を寄せてから、又平は真一郎を見上げた。

「真一郎。おめぇ、ひとっ走り品川まで行って来い」

「はあ……」

品川宿までとなると、行って帰るだけで二刻はかかる。

だが、お上の御用という大義名分さえ立てば、一人で探る方が気が楽だ。

「承知しやした。面は借りて行きやすぜ。品川でも、他に心当たりがねぇか訊いてみやす」

「おう。何か判ったら知らせてくれ。頼んだぜ」

又平から当座の手間賃として百文ほどせしめると、真一郎は品川宿に向かって歩き出した。

女郎屋では、遣手《やりて》にして亡くなった主の妻と話した。

「こういう商売だからね。あの人も私も、何人もの女に恨まれてんだ。だから、身体が利かなくなって、厠に行くのも一苦労の寝たきりになってから、死んだ女郎に呪い殺されるだのなんだのと、ぶつぶつ言うようになってさ」

一度目も二度目も、欄間に縄をかけて首を吊《つ》ったそうである。

「苦しかったんだろうね。一度目は物音で気付いてさ。思わず助けたけど、すごい形相でさ。けれども、二度目はなんとも優しい顔をしてた。首を吊る前から——翁の話をし始めた半月ほど前から、ずっと穏やかな顔をしていて、そのまま苦しまずに逝ったみたいだよ」

「翁の話ってのは、なんだったんです？」

「他愛ない話だよ。翁は実は神さまだとか、だから天下泰平を祈って舞うとか、翁の謡と舞は言祝《ことほ》ぎで、見る者をみんな仕合わせにするとか……そんなことさ」

遣手は阿芙蓉や面については首を振ったが、祈禱師には覚えがあった。

「そうそう、来た来た、祈禱師が。客が女からあの人が気鬱みたいだと聞いて、同情して寄越してくれたんだ。そういや、あの人が翁のことを言い出したのは、祈禱師が来た後だったような……」

もう七年も前のことで、祈禱師の顔かたちは覚えていないが、背丈や身体つき、年頃は日本橋と浅草に現れた者に似ていた。祈禱師を頼んだ「客」はゆきずりの旅人で、やはり前金でもらっているからと、女郎屋からは金を取らなかった。

「金はいらないってから、物は試しと上げたんだよ」

「祈禱師が旦那さんと話すところを聞いていやしたか？」

「いんや。人払いするよう言われたからね」

これは他の二件も同じで、祈禱師は半刻ほど死した者と二人きりになっている。

「それで新手の盗人かとも疑って、廊下に見張りはつけたけど、寝間には金目のものはなんにもなかったから、言う通りにしたんだよ。けどさ、今更殺しだったかもしれないと言われてもねぇ。あの人が安らかに逝ったことは間違いないからさ……」

故人を偲ぶごとく懐かしげな目をした遣手に暇を告げると、真一郎は番屋に足を向けたが、すぐに踵を返して、一路北へ――今度は浜田を目指して歩き出す。

浅草御門をくぐってすぐ、六ツの捨鐘が鳴り始めた。

鐘が鳴り終わる前に浜田に着くと、条七が少しばかり驚いた顔になる。

「どうしました、真さん？」

「お多香に――小兵衛さんにも――話があるんで、待たせてもらいやす」

有無を言わせず上がり込むと、条七は苦笑を浮かべつつも部屋へ案内してくれた。

長丁場も覚悟していたが、幸い真一郎が夕餉を平らげてまもなく、多香と小兵衛が連れ立って帰って来た。

「なんだってんだい？　長屋に何かあったのかい？」

「いんや。やっぱり俺も、権兵衛探しに助っ人さしてくれ」

首を振ってからずばり言うと、多香と小兵衛、粂七の三人はそれぞれ顔を見合わせた。

真一郎も三人の顔をそれぞれ見ながら、今日一日のいきさつを話す。

「――祈禱師か翁、はたまたどちらも権兵衛だとして、品川、日本橋、浅草での三件が全て同じ者の所業とすれば、随分長きにわたって繰り返していることになりやす」

「うむ」と、小兵衛が頷いた。

小兵衛たちも日本橋の小間物屋と深川の植木屋で一件ずつ、似たような事件を見つけていた。日本橋の小間物屋の事件が十一年前と一番古く、次いで品川宿の女郎屋が七年前、日本橋の鰻屋が四年前、深川の植木屋が三年前、そして此度の両国の錦屋の件である。

「事件が起きているのは、いずれも大店だ。やつは寝たきりの者が寝間を一人で使っている、夜中に忍び込みやすい――ことを運びやすい――家を狙っているのだろう。さすれば、やつが現れそうな家は限られてくる」

「ですが、もしかしたら権兵衛は既に江戸を発っていて、次に現れるのは数年先やもしれやせん。そちらの『お仲間』が何人いるか知りやせんが、江戸中のやつの的になりそうな者を探して、これからずっと見張るおつもりですか？　寝たきりの者はそう長くは持ちやせんから、今から的を探したところで骨折り損になりやせんか？」

「お前さんの言う通りだ」と、小兵衛は苦笑を浮かべた。「いちいち見張りを立てるほどの手間暇はかけられん。だが、やつは的を探したり、段取りを整えたりするのにそこそこ時をかけている。的になりそうな家を探れば、やつの足取りや、もしも仲間がいるのなら、仲間の身元が判るやもしれん。今のところ、他に打つ手もないんでな」

「そうでもねぇですぜ」

「というと？」

「今なら、こいつがありやす」

そう言って、真一郎は背負いっぱなしだった風呂敷包みを下ろした。桐箱の蓋を開けて白布を解き、青嵐の面を皆に見せる。

「権兵衛は少なくとも、鰻屋と錦屋でこの面を使っていやす。大方、他の店でも……何故かは判りやせんが、権兵衛は『翁』、殊にこの面にこだわっているように思えやす。そうでなくとも、権兵衛がそちらの『お身内』だとしたら、この面は権兵衛にはかけがえのねぇものに違ぇねぇ。やつがもう江戸を離れていたらしょうがねぇが、まだ市中にいるのなら、隙あらばきっとこいつを取り返しに現れやす」

「そうだな……ならば、面は私たちが預かろう」

「おっと、そいつはいけねぇ」

さっと箱に蓋をして、真一郎は風呂敷に包み直した。

「この面は俺が又平の旦那から預かった——いわば、お上の遣いの品でさ。おいそれと昨日今日知り合ったばかりのお人には渡せやせん」

更にさっと風呂敷包みを背負い直すと、背筋を正して、真一郎は改めて三人を見回した。

「俺が囮《おとり》になりやす」

「莫迦をお言い。あんたじゃ権兵衛の相手にならないよ。餅は餅屋——権兵衛は私らに任せて、あんたは大人しくしてな」

「莫迦を言った覚えはねぇ。そっちは精鋭揃《ぞろ》いだ。『仲間内』の者が囮じゃ、権兵衛はそうと悟って、諦めて逃げちまうやもしれねぇぜ。それに引き換え、俺なら『隙だらけ』だ」

大人げないと思いつつ、少々嫌みを交えて真一郎は続けた。

「そっちが駄目だと言っても、俺はしらねぇ。俺はなんでも屋として、又平さんに頼まれたことをするだけだ。そっちがなんと言おうと、俺は権兵衛探しを続けるからな」

精一杯毅然《きぜん》として言うと、一瞬ののち小兵衛が笑い出した。

「あはははは。お多香の気に入りだけあるな。——よし、面は真さんが手元に置いておくといい。だが、一つ約束してくれ。お多香か私が見張りにつくゆえ、もしもの折には……もしも権兵衛が力ずくで面を取り返そうとするようなら、真さんは余計な手出しはせずに、さっさと面を手放してくれ。これはお前さんのためだけでなく、お多香や私のためでもある。素人が立ち回ると、ろくなことにならんでな」

「餅は餅屋――承知しやした」

「日中は無論、夜も私も長屋で見張ろう。お多香が一族の者であることは、大家と真さんしか知らないんだったな。それなら、私はお多香の『面打ちの師匠』かつ『大家の客』とでもしておくか。それともこの際、長屋の皆にも明かしてしまうか？」

「とんでもありません」と、多香が不服を唱えた。「それに、もしも長屋で権兵衛が立ち回って、長屋のみんなが怪我でもしたら困ります」

「そうならぬよう、私とお前で見張るのだ。――そう案じるな。やつはこれまでも、むやみやたらな殺傷はしておらぬ。権兵衛が長屋を訪れる時は、面が目当てだ。ここに枲がいることは、おそらくやつも知っていよう。他の宿や仲間の家をねぐらにするとなると、余計な手間がかかる上に、権兵衛が現れるとは限らぬぞ。六軒長屋はかえって妙案ではないか」

「ですが」

「ならば、今すぐ真さんから力ずくで面を取り上げて、私たち一族に二度とかかわるなと脅してみるか？　となると、お前は六軒長屋での全てを捨てねばならなくなるぞ？」

「それは」

「まあ、そうしたところで、真さんがすんなり引き下がるとは思えんがな。なんせ、お前が見込んだ男だ」

小兵衛がくすりとすると、多香は不承不承頷いた。

朝から歩き詰めだが、いくばくかでも小兵衛に認められたように思えて疲労が和らいだ。

善は急げとばかりに、多香と小兵衛と三人で、すっかり暮れた道を別宅へ急いだ。


長屋へ帰ったのは、そろそろ町木戸が閉まろうかという四ツ前だった。

店子の三人は既に眠っていたにもかかわらず、微かな物音と話し声を聞きつけて、まずは鈴が、それから大介、守蔵と、皆起き出して来た。

「お多香さん、お帰りなさい」

「ただいま、お鈴」

「よかった。ずっと戻らないから、ちょっぴり心配していたんです」

「すまなかったね。ちょうど江戸に師匠が来ててさ」

「お師匠さんが？」

「面打師の青嵐さんだ。今夜からしばらく、夜は久兵衛さんの家で過ごすことになった。というのも、ちょいと厄介なことになってね」

「ちょっと待て」と、大介が口を挟んだ。「青嵐ってのは、錦屋で見つかった面の銘じゃなかったか？」

「その通りさ。事情があって詳しいことは言えないけれど、あの面は実は盗まれた物で、青嵐さんは盗人と面を探して、巡り巡って江戸まで来たんだ。面は今は巡り巡って真さんの手元にあるんだが、盗人はこの面に並ならぬ執着を持っているようだからね。真さんの手元にあるうちに――又平さんには内緒で――こいつを囮にして盗人を捕まえたいのさ。そのためにも、青嵐さんには長屋で寝泊まりしてもらうことにしたんだよ」

「ふうん。お多香さんたちも、小兵衛さんを疑ってんのかい?」

「とんでもない。小兵衛さんは青嵐さんの親類で、師匠は小兵衛さんを模してあの面を彫ったんだ。此度、面のことを青嵐さんに知らせたのも小兵衛さんさ」

「道理で。言われてみりゃあ、青嵐さんもどことなく小兵衛さんに似ているな」

真一郎が騙されたように、大介も青嵐が小兵衛とはまるで気付いていないようである。

多香の横で、小兵衛が頭を下げた。

「私は面打師ですが、多少は武芸の心得があります。長屋の皆さんにはけして難が及ばぬようにいたしますから、しばらく辛抱いただきたい。月末までに捕まえられねば、諦めて帰郷いたしますゆえ」

出自は知らずとも、面打師にして矢取り女の多香が並ならぬ者だということは、三人とも承知している。大介は束の間、何か問いたげな目を多香と真一郎へ向けたものの、すぐに殊更明るい声で言った。

「てやんでぇ。お師匠ってこた、お多香さんのおとっつぁんも同然だ。何か、俺たちにもできることがあったら言ってくれ。飯の支度でも遣い走りでも——なんでもいいからよ」

「ええ」と、守蔵。「俺にも何か手伝えることがありゃあ、なんでも言ってくだせぇ」

「私も。お多香さんにはいつもお世話になっているんです」

「お心遣い、痛み入ります。皆さんには、まずはゆっくりお休みになってもらいましょうか。起こしてしまって申し訳ない」

微笑んだ小兵衛に促され、真一郎たちはそれぞれの家に引き取った。

翌日、真一郎は又平に品川宿で聞いた話を告げて、引き続き事件を探るために改めて面を借り受けた。

日中の権兵衛探しには大介も同行を申し出たが、真一郎は断った。

「二人一緒じゃ、権兵衛も近寄り難《がて》ぇだろう。けど、他にも権兵衛がかかわった事件がねぇか、調べてくれるならありがてぇ。それから、調べのついでに、俺が錦屋の面を持っていることも、それとなく言いふらしておいてくれ」

見張りにとっても二人より一人の方がよいと判じてそう言ったが、一番の理由は大介を誤魔化し続けることに良心の呵責《かしやく》を感じているからである。

多香が「事情があって詳しいことは言えない」と告げたからだろう。鈴や守蔵は言わずもがな、大介でさえ事情を問うてくることはなかった。皆も「余計な手出し」はせぬよう、多香から言い含められているが、多香を手助けしたいという気持ちから、鈴は仕事のついでに他の事件の噂を探り、守蔵はつなぎ役として長屋を空にせぬよう気を配った。

長屋を出る時も帰る時も一人だが、多香か小兵衛が見張っていることは毎夕確かめられた。というのも、小兵衛が長屋に来て以来、夕餉の支度は鈴と守蔵が担い、皆で「寄り合い」と称して久兵衛宅で取るようになったからだ。

事件について見聞きしたことの他、時に大介と鈴が笛や胡弓を披露するなど、あまりにも和気あいあいとしているものだから、一度様子を見に来た久兵衛が何やら羨ましそうな、寂しそうな顔をしたほどだ。

そんな日々の中でも、土井健太郎の帰郷の日に間に合うよう、多香は面の仕上げにかかった。中彫りまでは終えていたのだが、権兵衛探しのためにしばらく放《ほ》ったらかしになっていたのだ。

六日の間、鈴がお座敷仲間からの又聞きで上方での噂を聞いた他、権兵衛の新たな噂は見つからなかった。「これは」と思って訊き込んでも違っていたり、既に知っていたりと力を落としてばかりだが、多香のためだからか、大介も投げ出すことなく調べを続けている。

小兵衛が長屋へ来て七日目の、睦月《むつき》は十九日。

明日には江戸を発つ健太郎のために、真一郎は貴弥の翁の面を一仙のもとへ届けに行った。

初めて顔を合わせる健太郎は、尚が言った通り二十代の若者だ。湯治が効いたのか、至って健やかに見えるものの、能役者の跡取りとして不自由なく暮らしてきたからか、挨拶にも所作にもどこかぼんぼんらしい慇懃《いんぎん》無礼《ぶれい》なところがあった。

「遅くなってすみません」

「ははは、久兵衛さんから知らせがあったでな。貴弥の師匠が来ていたとか、なんとか」

「ええ。ですが師匠に見てもらえた分、良い出来になったそうです。もとより、何があろうと、貴弥は手を抜くようなことはけしていたしません……とも聞いております。どうぞ、その目でお確かめくだせぇ」

真一郎が恭しく差し出した桐箱を開け、白布から面を取り出すと、健太郎はようやく心からと思しき笑みを浮かべた。

「これは素晴らしい」

「うむ。流石、貴弥だ」

貴弥の翁もぼうぼう眉ではなく、どことなく青嵐の翁――小兵衛の顔――に似たところがある。

唇は薄く、笑みは穏やかだ。細めた目も福々しいが、その「祝福」には「常しえの時」を経た――酸いも甘いも呑み込んできた――者ならではの安らぎがあった。

ひととき面に見入っていた健太郎が、再び口を開いた。

「一仙さんがお持ちの他の面も見せてもらいましたが、どれも目を見張るばかりの出来でした。貴弥は上方では知られていない面打師ですが、この方の師匠というのは、名のある方なのではありませんか？」

「青嵐というお方でさ」

多香を褒められたことが嬉しくて、真一郎はやや胸を張って応えた。

「青嵐ですって？」

「青嵐とな？」

健太郎と一仙が揃って声を高くした。

「青嵐が江戸に来ているのですか？」

「あ、いや、もうお帰りになったかと」

真一郎が慌てて嘘をつくと、再び揃って落胆の表情を浮かべる。

「知る人ぞ知るお方だとお聞きしていやしたが、やはりお二人はご存じでしたか」

「もちろんです」と、健太郎。「うちには一つもありませんが、一仙さんが増女《ぞうおんな》の面をお持ちで、先日見せていただきました。青嵐はもう亡くなっているのではないか、などと噂されておりますが、そうですか、まだ息災でしたか。あなたはお目にかかったのですか？　一体どんなお方でしたか？」

健太郎が身を乗り出すのへ、真一郎はたじたじとなる。

「俺はお目にかかっちゃいません。青嵐どころか貴弥にだって……ああでも、面をお見せすることはできますよ」

背負っていた風呂敷包みを下ろして、真一郎は二人に青嵐の面を見せた。

「おお、こりゃまた妙々たる出来……こうして二つ並ぶとますます神々しいな」

「これが青嵐……」

真一郎の素人目には技の違いは判らない。だが、青嵐の面の方が年季が入っている分、より泰然として見える。

一仙がそれこそ翁のごとく目を細める横で、健太郎はつぶさに面を眺め、手に取って銘を確かめた。

「是非売ってください。おいくらですか？」

「お売りすることはできません。こいつは大事な預かり物ですから」

「誰から預かっているのです？　その方のところへ案内してください」

「お教えできません。お上の御用にかかわることですから……ここで見たことも内緒にしといてくだせぇ」

食い下がる健太郎を押しとどめ、真一郎は急いで面を仕舞い直した。

「それにしても、眼福だったわい」

「ええ、まさか江戸にこんな逸物が……貴弥の面と合わせて、いい土産話になりますよ」

健太郎の顔には微かに無念が滲み出ていたが、喜ぶ二人に見送られて、真一郎は一仙宅を後にした。

上野から小石川《こいしかわ》の方まで足を延ばしたものの、目新しい噂は聞かぬままに長屋へ帰ると、珍しく守蔵が家から飛び出して来た。

半刻ほど前に、権兵衛と思しき者が訪ねて来たというのである。「日本橋の伊勢《いせや》屋の吉太《きちた》郎《ろう》」と名乗ったその男は、背丈や顔立ち、身体つき、年頃が祈禱師に似ていたそうである。伊勢屋という名の店は多くて絞り込みにくい上、権兵衛は伊勢国の出でもある。

「加えて、そいつはこう問うた」

――牛込で小耳に挟んだのですが、こちらにお住まいの下っ引きさんが、欽吾郎親分から預かった青嵐の翁の面をお持ちだとか？――

一仙宅では調子に乗ってつい明かしてしまったが、真一郎たちは面の銘が青嵐だとは吹聴していなかった。また、錦屋から面を持ち出したのは欽吾郎だが、真一郎が面を預かったのは又平からだ。便宜上、調べ先で又平の名を出したことはあっても、欽吾郎の名を口にしたことはない。

「怪しいな。して、そいつはなんと？」

「面を買い取りたいそうだ。預かり物だからと断ったら、それならいつ、どこへ返しにゆくのかと問うてきた。まだ判らねぇと応えておいたが……」

ますます怪しい――

追って戻って来た多香と小兵衛、湯屋から帰って来た大介と鈴を交えて、色めき立って夕餉を済ませる。

「錦屋よりも、ここの方が忍び込みやすい。『下っ引き』がいまだ調べ回っていると知ったなら、やつはなるたけ早く江戸を発ちたい筈だ。とすれば、今晩にでも仕掛けて来よう」

そう小兵衛が言った通り、権兵衛は夜更けに現れた。


すっと冷たいものが頰を撫でて、真一郎はぼんやり目を覚ました。

――町木戸が閉まる四ツの鐘が鳴るまでは起きていた。

だが、伊賀者には町木戸などなんの妨げにもならぬことは、水無月の巽屋《たつみや》での一件で知っている。

それに、こうも気を張り詰めてちゃ、権兵衛に悟られちまう……

そう気を回して、気を緩めた挙げ句、真一郎はいつしか眠り込んでいたのだ。

夏場でもややひんやりしている多香の手を思い出して、真一郎は掻巻から手を伸ばした。

「お多香……」

抱き寄せるつもりで伸ばした手が、多香より骨ばった、だが紛れもない「人」に触れた。

飛び起きて掻巻ごと身を引くと、奥の板壁に頭を打ちつける。

「てっ！」

有明行灯の灯りのもと、人影が部屋の隅に置いていた桐箱を持って密やかに土間に下りる。

とっさに壁際の籠弓と箙《えびら》に手をかけたが、真一郎が矢に触れる前に一尺ほど開かれていた戸がするりと大きく開き、影が前のめりに引きずり出された。

「これまでだ」

「きちやさん……」

囁いた小兵衛につぶやき返してすぐ、男の声が途切れた。

腰を浮かせたままの真一郎へ、戸口の向こうから多香が囁いた。

「気を失っているだけだよ。真さん、悪いけどひとっ走り――」

「合点だ」

権兵衛を捕らえた時や、多香たちに何かあった時には、浜田の条七に知らせるよう、前もって言われていた。

急ぎ着替えると、尻端折りに龕灯を持って、真一郎は浜田へ走った。

顔見知りの番人が、駆けて来た真一郎に目を丸くする。

「どうした、真さん？」

「夜分すいやせん、久兵衛さんの言い付けで、大事な知らせがあるんでさ」

番人が拍子木を打ち、次の番屋でも似たような挨拶を繰り返す。

月は欠け始めてはいるものの、澄んだ夜空のもと、拍子木の音がよく通る。

浜田までの慣れた道をよどみなく駆け抜けると、粂七へ多香たちが獲物を捕らえたことを告げた。

「判った。夜明けまでになんとかすると伝えてくれ」

「承知しやした」

短いやり取りのみで踵を返し、半里余りの帰路を戻る道中で夜八ツの鐘を聞いた。

長屋に戻ると、表には多香と小兵衛、それから気を失ったまま手足を縛られた権兵衛が井戸端にいるのみだった。

粂七からの言伝を伝えると、多香が言った。

「ありがとう。あんたももうおやすみよ」

そう言われたところでとても眠れたものではないが、余計な手出しはせぬと約束している。他の三人の家も静まり返って寝息もいびきも聞こえぬことから、皆まんじりともせず、だが多香との約束を守ろうとしているらしい。

表で新たな気配がしたのは七ツ半かという時刻で、真一郎は搔巻から出て密やかに土間に下りた。指一本分だけ開けておいた隙間からは何も見えぬが、粂七は少なくとも二人、もしかしたら三人の助っ人を都合したようだ。

物音一つ立てずに権兵衛が運ばれて行くと、多香の囁き声がした。

「みんな、ありがとう」

はっとして真一郎が引き戸へ手をかけたところへ、多香がくすりとした。

「けりが着いたら帰って来るよ」


表の気配がすっかり消えてから、真一郎は引き戸を開いた。

向かいでは鈴が、隣りでは大介が、更にその隣りでは守蔵が、それぞれそっと戸口から顔を覗かせる。

「……お多香さん、帰って来るって言いましたよね？」

「ああ、そう言った」

薄闇の中で応えると、ほっと皆の安堵が伝わる。

にっこりとして、真一郎は皆を見回した。

「さあ、まずはもう一眠りしようや」

「ええ。皆さん、おやすみなさい」

「おやすみ、お鈴」

「おやすみ」

安堵と疲労から、此度は掻巻に包まってすぐ眠りに落ちた。

泥のように眠り込んでいた真一郎が目覚めたのは、その身を揺さぶられてからだ。

「真さん、起きて！」

「うう、お多香……」

「鈴です！　お客さんがいらしてるんです」

「客……？」

薄目を開くと、鈴が覗き込んでいる。

「何度も呼んだんですけど、お返事がないから……土井さんっていう能役者さんです。急ぎの用事があるそうです」

「うう」

うめきながら身を起こすと、戸口の向こうに旅行李《たびごうり》を肩にした土井健太郎が見えた。

「真一郎さん、朝も早くから申し訳ない」

「まったくでさ……」

「でも、もう五ツ過ぎですよ」と、鈴。

まだ五ツじゃねぇか……

鈴の声で目覚めたのか、隣りでも大介が起き出す音がした。

のろのろと搔巻から出ると、真一郎は上がりかまちの前に座った。

「健太郎さん、どうしやした？　今日は上方へお帰りになるんじゃなかったですか？」

「はい。ですが、昨日の青嵐の面があまりにも見事だったので、帰る前に今一度見せていただけないかと思いまして――まだ、真一郎さんのお手元にありますか？」

「青嵐の面……」

権兵衛が盗み損ねた風呂敷包みは、上がりかまちの隅に置いたままだった。

戸口から包みを見やって、健太郎は目を輝かせた。

「ああ、よかった！　まだこちらにあったのですね。私も能役者の端くれなれば、最後に一目、あの青嵐の翁を目に焼き付けておきたいのです」

その気持ちは判らぬでもないが、久方ぶりの安眠の邪魔をされた恨みがなくもない。

目をしぱしぱさせながら、真一郎は包みを健太郎へ差し出した。

「……どうぞ、ご覧くだせぇ」

「ありがとう。すまないが、ついでにしばし一人にしてもらえないだろうか？　じっくりこの翁と向き合ってみたいのです」

面だけに――か？

内心くすりとしながら、真一郎は腰を上げた。

「ほんじゃあ、俺はその間に顔を洗って来やす」

手ぬぐいを首に引っかけて表へ出ると、大介も目をこすりながら井戸端にやって来た。

「お鈴が……お鈴はなんで、真さんちに……？」

「客が来たんだ。能役者の健太郎さんだよ」

「客か……」

まだ半分眠っているような大介に苦笑しながら、真一郎は釣瓶《つるべ》を落とした。

手ぬぐいで洗った顔を拭いていると、健太郎がそろりと己の家から出て来た。

真一郎と目が合うと、にっこり微笑む。

「ありがとうございました。充分堪能《たんのう》させてもらいましたよ」

「えっ？」

「先を急ぎますから、これにてお暇いたします」

「ちょ、ちょっと待ってください」

「駕籠を待たせているんです。早くゆかねば」

こちらを振り向きもせず、健太郎はそそくさと木戸の方へ足を速める。

「健太郎さん、待って――待ちやがれ！」

健太郎の行く手の木戸の向こうに、守蔵の姿が見えた。

「守蔵さん、そいつを捕まえてくれ！」

「おう」

二つ返事で応えると、守蔵は手にしていた湯桶を投げつけるや否や、怯《ひる》んだ健太郎へ組み付いた。

駆け寄って背後から羽交い締めにすると、二人がかりで健太郎を井戸端まで引きずり戻す。

「大介、縄を持って来い！」

「な、縄……？」

「大介さん、これを」

「あ、ありがとう、お鈴」

鈴が差し出した襷《たすき》を受け取り、大介が健太郎を後ろ手に縛り上げると、健太郎はようやく大人しくなった。

「何をするんです？」

「そりゃ、こっちの台詞だ」

家に入った真一郎は、上がりかまちにあった風呂敷包みを取り上げた。

健太郎の前で桐箱を開け、面を包んでいる白布を取ると、中からは翁の面が現れる。

裏を返すと、銘は「貴弥」だ。

「こりゃ一体、どういうことですかね？」

「し、知りませんよ」

「知らねぇってこたねぇでしょう」

「あなたが昨日、一仙さんのお宅で取り違えたのではないですか？」

「俺が？」

「ほら、二つの面を並べて見せたから……どちらも似たような布に包まっていましたし、箱もそう変わらぬ大きさだったでしょう？」

「ふうん。では、貴弥の面が入っていた箱はどちらに？　その行李の中ですか？」

旅行李に手をかけて、真一郎は思いとどまった。

「いや、言い逃れできねぇよう、証人を呼びやしょう」

一仙の客とあらば、大ごとにしない方がいい。己と鈴で健太郎を見張ることにして、守蔵には久兵衛を、大介には駕籠舁《か》きと共に一仙を呼んで来るよう頼んだ。

半刻ほどの間に、前後してやって来た二人に事の次第を話し、真一郎は健太郎の旅行李を開いた。

「い、入れ間違えたのは私かもしれません。先ほど私も並べて眺めて、どちらも似たような包みだったから……けして悪気があった訳では……」

ぶつぶつと取り繕う健太郎をよそに、旅行李から出した桐箱を開けて面を取り出す。

白布を開くと、真一郎は中彫り——顔かたちの彫りのみで、仕上げ前——の童子の面を掲げて見せた。

「うん？」と、久兵衛が首をかしげた。「翁の面ではないのか？」

「健太郎さん、青嵐の面はどこへやったのだ？」

「ど、どういうことだ？」

三人三様に驚き顔になり、殊に健太郎は目を白黒させている。

「青嵐の面は、昨日のうちにお上に返してしまったんでさ。あれこれ確かめるために持ち歩いていたんですが、なんでもあの面を盗もうとしている不届き者の噂を聞いたそうで……万が一を考えて一旦戻せ、だが、もしも盗人が現れるようなら引っ捕らえよ――という、新たな御用を、この囮の面と一緒にいただいたばかりだったんです」

というのは方便で、実は権兵衛に備えて、夜の間は青嵐の面は小兵衛が潜んでいた久兵衛の家に置き、真一郎の手元の箱には多香の作りかけの面を入れていた。多香たちが本物を持って行ったかどうかはしらぬが、久兵衛宅を確かめる前に、安眠の邪魔をした健太郎にささやかな意趣返しをしたくなって、真一郎はわざと別の面が入った包みを差し出したのだ。

「まさか、健太郎さんがその『不届き者』だったとは……」

「ち、違う。わ、私は盗人では……」

首を振った健太郎へ、一仙も首を振って見せた。

「盗人でなければなんなのだ？　お父上の顔に泥を塗ったのですぞ？」

健太郎は一仙の家で見た青嵐の増女の面に魅せられ、譲ってもらおうとしたが、一仙は断っていた。いっそ盗んでしまおうと考えたこともあったが、一仙は父親の知己である。また、面は錠前付きの蔵に仕舞われているため、諦めざるを得なかった。

「ですが、翁の面を見たのちは、どうにも我慢できず……このまま帰れば、きっと気を病むと思い、つい……」

真一郎が一仙宅で入れ間違えたことにして、「貴弥の面」として江戸から持ち出し、その後は旅中で盗まれたことにして、青嵐の面を我が物にしようとしたという。ただ、盗みに慣れておらぬため、先ほどは布の中身を確かめずに慌てて入れ替えたのだ。

「なんと浅はかな——世間知らずにもほどがある。健太郎さん、あなたには貴弥の面でさえ分不相応……おお、そうだ。この作りかけの童子がぴったりだ」

一仙が呆れると、健太郎はそれこそ子供のようにうなだれた。

健太郎は同じ年頃の能役者に比べて芸がなかなか上達せず、このままでは気鬱になると、二親を半ば脅して湯治の許しを得たそうである。箱根でのんびりしたのちは、「ついでに江戸を見物しよう」と伴の秋之介に無理を言い、秋之介は仕方なく健太郎の父親の知己である一仙や観世座を頼ることにした。

「お父上の名に免じて表沙汰にはいたしませんが——」

しかるべきかたはつけるとして、一仙と久兵衛が健太郎を連れて行ってしまうと、真一郎たち四人は互いに見交わして微笑んだ。


遅い朝餉ののち、再びぐっすり眠り込んだ真一郎がその日二度目に——権兵衛に夜中起こされたことを数えれば三度目に——目覚めたのは昼過ぎの八ツだった。

掻巻の中で八ツの鐘を数えてから、のろのろと起き出して井戸端で顔を洗った。

出稽古がある鈴はともかく、大介と守蔵まで留守のようである。

空腹を覚えて、近所の一草庵《いっそうあん》で蕎麦でも手繰ろうかと思った矢先、言伝帳が目に留まった。

〈おいてやでまつ　多香〉

慌てて着替えると、真一郎はおいて屋まで小走りに急いだ。

番頭の庄三からいつもの角部屋にいると聞いて、案内を断り一人で二階へ上がる。

戸口で多香の名を呼ぶと、くぐもった声が応えた。

「お入りよ……」

どうやら、多香も一眠りしていたらしい。

起き抜けの襟元がやや乱れている。身を起こして己を見上げる多香の目も、首筋を撫でる仕草も艶めかしく、真一郎は思わず喉を鳴らしそうになる。

だが、多香は連日、夜通し気を張り詰めて見張っていたのだ。さぞ疲れが溜《た》まっていたことだろうと、真一郎は部屋に入って戸を閉めたのち、夜具の傍に膝を揃えて腰を下ろした。

「どうしたのさ？　改まって」

「いや、その、大変だったな」

「まあね」

「権兵衛はどうした？」

「権兵衛か……」

ふっと一瞬笑みを浮かべた多香は、布団の上で座り直すと真顔になった。

修行はしたものの役目に就いたことはない多香と違って、権兵衛は十代の頃から一人前の伊賀者として役目をこなしていたという。

「けれども、三十路になる前に役目を降ろされた」

「降ろされた？」

「兄弟や仲間が幾人も苦しみながら死してゆくのを間近で見てきたがため、しばらく正気を失っていたらしい。これじゃあ使いものにならないってんで、お頭が役目を解いたんだ。師匠があの翁の面をあげたのは、権兵衛が里で療養している時だった……」

――あいつが正気を失ったのは、かけがえのない者たちを続けざまに失ったからだ。役目まで解かれて気落ちしているあいつに幸あれと、何がしかの慰めにならぬかと思って、私はあの翁の面をやったのだ――

権兵衛は小兵衛から能の「翁」の謡は「神歌」といわれることや、翁の面が「御神体」であること、神事や言祝ぎに使われることなどを聞き、救われた気がしたという。

「それで権兵衛は、他の者とも『救い』や『仕合わせ』を分かち合いたくなったってのさ」

権兵衛は一人で諸国を旅しながら、祈禱師として主に寝たきりの者を調べて近付き、そうと望む者には遠からぬ安楽死を約束した。折を見て後日その者のもとへ忍び込み、阿芙蓉を含ませ、痛みを取り除いてから、速やかに息の根を止めた。

「死を与える時に翁の面を被っていたのは、師匠への感謝と尊敬の念、それから能の翁が年始めに、新たな始まりの言祝ぎに舞われることが多いから——だとさ」

——権兵衛こそ死を望んでいたのだろう。

やつにとっては死こそが、「救い」であり、「仕合わせ」でもあった……

「……権兵衛はどうなる？」

「判らない。役目に就いていなくても、やつは一族の者だ。やつの仕置を決めるのは、お頭と上の者たちさ。やつが殺してきた者たちは、皆、死を望んでいたというけれど、それが本当かどうかは私らには知りようがない。中には、ただの迷いで死を口にした者がいたやもしれない。最後の最後で心変わりした者だって……」

——心から死にてぇと思うやつはそういねぇ。阿芙蓉に惑わされてちゃ、最後の最後で思い直しても引き返せねぇ——

又平の言葉を思い出しながら、真一郎は頷いた。

錦屋では、隠居を殺した矢先に則助が現れた。とっさに阿芙蓉を含ませたが、則助が悲鳴を上げて暴れたために、落とした面は諦めて逃げざるを得なかったそうである。のちに岡っ引きが面を持って行ったと知って欽吾郎宅へ盗みに入ったが、その時には面は既に又平から真一郎へ渡っていた。権兵衛が真一郎のことを知ったのは牛込で、「小僧」が番屋で「両国の錦屋」だの「翁の面」だのと言うのを耳にしたからだという。

「小僧ってのは大介だな？」

「もちろんさ」

くすりとした多香へ、真一郎は更に問うた。

「小兵衛さんは、ほんとは『きちや』さんていうのかい？」

「……ああ、そうさ」

「吉太郎の吉に、貴弥の弥、だな？」

権兵衛が守蔵に名乗った吉太郎という名は偽名だろうが、この偽名にしろ多香の銘にしろ、吉弥――小兵衛――への敬慕の表れだろう。

「伊勢の里親が営む万屋《よろずや》のお得意さんで、お前が子供の頃、届け物の折に仕事を見せてくれた面打師……」

以前、そう多香に聞いたことがある。

「うん。ほんのたまにのことだったけど、あの人がいなかったら私は面打師にはならなかった。だから、師匠には違いないよ」

「……みんなに話しちゃいけねぇか？」

「みんな？」

「大介やお鈴や守蔵さんだ。みんな、お前が只者《ただもの》じゃねぇことはとうに知ってら。お前にも言いたくねぇことはあるだろう。だが、こんなのは大したことじゃねぇだろう？　お前がどこの何者なのか——こういう昔話なんかだって——みんなに話してみちゃあどうだ？」

「あんたには大したことじゃなくても」

「みんなにも大したことじゃねぇさ」

多香を遮って真一郎は言った。

「俺や久兵衛さんが知ってることなら、そう隠さずともいいじゃねぇか。お前はみんなを見くびってんだ。此度だって、みんなうまくやったじゃねぇか。お前を気遣って——お前のために、みんななんにも訊かずに手伝ってくれた」

「そりゃ此度は小兵衛さん——吉弥さんがいたから……」

「いんや」と、真一郎は首を振った。「吉弥さんがいたってうまくいかねぇときゃいかねぇし、いなくたってうまくいくときゃいくんだ」

「でも、もしもの時に」

「もしもの時なんて、いくらでも、そこら中にあらぁな。いや、もしもの折を考えるなら尚《なお》更《さら》、道は多い方がいい。お前にはきっとまた、一族のために働く時がくるだろう。お前はお前で『仲間』のために尽くすがいいさ。俺たちはお前の、つまり俺たちの『仲間』のために力を尽くす。そのためには、お前が何者なのか、お前は誰を——たとえば粂七さんや吉弥さん、お志乃さんを——信じているのか、みんなが知っていた方がいい。お前を差し置いて立ち回ろうなんて、さらさら思っちゃいねぇ。みんな自分の分はわきまえてらぁ。だが、お前や俺やみんなのもしもの折に、他にも道があったと悔やむのはごめんだぜ」

一息に言った真一郎をまじまじ見つめて、多香は自嘲のごとき笑みを浮かべた。

「そうか……久兵衛さんとあんただけが知ってるなんて、あの三人には不義理な話だね」

「そ、そうとも」

「守蔵さんはお歳で実直なお人だからさ。長屋では一番の古参だし、あんたが長屋に来るまであまり話したことがなかったんだよ」

「そうか」

「お鈴と出会ったのはあの子が十五の時、大介が長屋へ来たのは十八の時……」

「お鈴は今年二十二になったし、大介は――見た目は変わっちゃいねぇんだろうが――もう二十四だ」

「そうだねぇ……」と、多香はうなだれた。「あの三人には――いや、あんたや久兵衛さんにも――どっちつかずのまま、かかわっちまった私が悪かったよ」

「お多香」

まさか、今更全てを捨てようってんじゃねぇだろうな――？

あまりにも多香がしおらしく、らしからぬため、真一郎は内心青ざめた。

だが、一瞬ののち、多香は顔を上げて微笑んだ。

「なんだろうね。いつの間にか、こんなにお江戸が……いや、あの長屋が去り難くなっちまってたなんてさ」

「ああ、それは俺も同じだ」

「判ったよ。みんなにはちゃんと話してみるよ。なんならこの後、今日のうちにも」

「そ、そうか。そうだ。それがいい」

「けどさ、真さん」

「な、なんだ、お多香？」

まだ、何か言い分が――？

気構えた真一郎の襟を、すっと腰を浮かせた多香がつかんだ。

と、瞬く間に難なく転がされ、天井を背にした多香が己を覗き込んでいる。

「――まずは、殿始めを済ませてからだ」

にんまりとして、多香は真一郎を押さえつけて襟元をはだけた。

「殿始め……」

呆然とつぶやいた真一郎の唇を、多香の唇がゆっくり塞いだ。


日暮れ前に長屋へ帰ると、残っていた三人は大介の家に集っていた。

三人で早くも夕餉を済ませたところらしい。

「なんだ。今日はもう帰って来ねぇのかと思ったぜ」

「……みんなに、ちと大事な話があってな」

真顔で応えると、大介はにやにやしていた顔を引き締めた。

「なんだよぅ、改まって――ああ、もしや！　お多香さんも、やっと祝言を挙げる気になったのかい？」

「いんや」

くすりとして多香は小さく首を振った。

「私が伊賀者だって話だよ」

「いがもの？」

目をぱちくりした大介の両隣りで、鈴と守蔵がはっとする。

が、次の瞬間、大介が噴き出した。

「なんだそうか――そうだったのか！　常々只者じゃねぇと思っていたが、伊賀者ならおかしくねぇや。なぁ、みんな？」

「ええ……お多香さんにぴったり」

「ああ」と、守蔵も頷いた。「そんだけならよかった。俺はてっきり、お多香がここを出て行っちまうんじゃねぇかと思ったぞ」

大介と鈴にじっと見つめられて、多香は微苦笑を浮かべた。

「ここを出て行く気はないよ。もしかしたら、事と次第によっては、いつかは……けれども、それはみんなも同じだろう?」

眉尻を下げた二人と守蔵を見回してから、多香は己の出自や此度の顚末《てんまつ》を皆に明かした。

「……もったいぶるつもりはなかったんだ。久兵衛さんは顔が広いお人だから、仲間が昔お世話になったことがあって、そのつてで粂七さんが引き合わせてくれた。真さんはまあ、あれやこれやの成りゆきで……でも、あんたたちや守蔵さんには黙っていた方がいいと思っていたんだ。だって私は——私も、仲間の死を何度も見聞きしてきたからね。それだけじゃない。やむなくだが……人をこの手にかけたこともある。人殺しの因果を背負う覚悟はあるけれど、もしもみんなに累が及んだらいたたまれないと、ずっとうだうだしてたのさ」

多香が再び皆を見回すと、「はっ」と、やはり大介が真っ先に笑みを漏らした。

「今更だぜ、お多香さん。この手にかけたことはねぇが、俺だって、俺のせいでやむなく死んだ人を知ってるぜ。おふくろと、師匠と、二人もな。そうでなくとも、俺ぁもう六年もこの長屋に住んでんだ。お多香さんは信じるに足るお人だって、とうに知ってらぁ。お多香さんが『やむなく』ってんなら、俺は信じるぜ。だから、俺のこたぁ心配いらねぇ。俺ぁ何があっても恨みっこなしでいいぜ」

大介の両隣りで、守蔵と鈴も微笑んだ。

「うん、俺もそれでいい」

「私も」

皆の言葉に真一郎が胸を撫で下ろしたところへ、提灯を持った久兵衛が帰って来た。

「盗人の始末がついたでな」

あれから久兵衛たちは弓町に向かい、健太郎を待っていた伴の秋之介と落ち合った。表沙汰にはせぬと約束したため、秋之介には沈黙を貫いたが、道中で一仙はのちに父親の土井宗太郎に宛てて文を送るとして、その前に自ら此度のことを父親に打ち明けるよう、二度とこのような真似をせぬよう、健太郎に釘を刺したそうである。

健太郎と秋之介は予定通り朝のうちに江戸を発ったが、弓町まで出たついでに、久兵衛は近くの両備屋に足を運び、店のことをあれこれ差配して来たために遅くなったという。

「お多香の面は、一仙さんが手元に置いておくそうだ。健太郎にはもったいないからな」

「それは構いませんが……健太郎さんが盗人だったんですか？」

珍しく要領を得ない顔で多香が問うた。

「なんでぇ、真さん。お多香さんに話してねぇのか？」

「……忘れてた。それどころじゃなかったんだ」

にやりとして見せると、大介も合点した顔になって笑みを返し、得意げに今朝の「捕物」を多香に語り始める。

「お多香さんや青嵐さん――いや、吉弥さんほどじゃねぇけどよ。俺たちだってやるときゃやんのさ」

「そうらしいね」

「それにしても、吉弥さんが小兵衛さんだったとはなぁ……」

多香の師匠の青嵐は、吉弥という名にして老爺の小兵衛でもあったと、大介はつい先ほど知ったばかりだ。

「お多香さんが餓鬼の頃にもういっぱしの職人だったってんなら、吉弥さんはもしや久兵衛さんとおんなじくれぇのお歳かい？」

「歳を聞いたことはないけれど、少なく見積もっても還暦は越してるんじゃないかねぇ」

「小兵衛さんの時は七十でもおかしくねぇと思ったが、青嵐さんの時は守蔵さんと変わらねぇ歳に見えたぜ。お志乃さんといい、吉弥さんといい……お多香さんは三十路で間違ぇねぇんだろうな？」

「あんただって、ほんとはまだ十六、七の小僧じゃないのかい？」

「ちぇっ」

大介が大げさにすねた声を出すと、鈴がそっと笑みをこらえた顔をした。

そんな鈴を微笑ましげに見やって、久兵衛が腹をさすった。

「それはそうと、お前たちはもう飯を済ませてしまったのか。権兵衛のことといい、健太郎のことといい、大ごとになると踏んで、朝のうちにお梅に、今日はこっちに泊まると言って出て来たんだが……」

「俺とお多香は夕餉はまだですぜ。おいて屋でちっとつまみを食っただけでさ」

「ほう、おいて屋でな……」

からかい口調の久兵衛へ、多香が微苦笑を浮かべて言った。

「皆ではし屋にでも行きますか？　かかりは私が出しますよ。此度の騒動のお礼として」

「いや、それには及ばん。一仙さんからたっぷり口止め料をもらったからな。――さ、ゆこう。背中と腹がくっつきそうだ」

久兵衛が促すと、まずは多香と鈴が手に手を取って、それから守蔵、大介、真一郎と、久兵衛の提灯を追って歩き出した。


十日後の如月朔日《さくじつ》の昼下がり。

八ツ過ぎに大介と木戸へ向かうと、通りからやって来た又平に呼び止められた。

「待て待て、おめぇら、どこへ行くんだ？」

「はし屋でさ。今日は朝から一仕事しやしたから、ちょいと一服……」

「俺も楽器屋まで行って帰って来たとこなんでさ」

「……いいご身分だな。なぁ、おめぇら、暇ならまたちっと俺を手伝わねぇか？」

顔を見合わせたのち、真一郎たちは揃って首を振った。

「また欽吾郎さんに叱られたくねぇですからね」

「そうだそうだ」と、大介。

「下っ引きになった覚えもありやせんし」

「そうだそうだ」

権兵衛が牛込で、青嵐の面が真一郎の手元にあると聞いた頃、岡っ引きの欽吾郎もまた、ちらほらと同じ噂を耳にしていた。

青嵐の面は久兵衛宅に置きっぱなし、だが目につかぬところに隠してあったことを、真一郎は権兵衛を捕らえた翌日、長屋を訪れた吉弥から聞いた。欽吾郎がやって来たのは吉弥が帰ってほどなくしてからで、真一郎が面を又平に返しに行こうとした矢先であった。

欽吾郎からは、面をさっさと錦屋に返さなかったことをなじられたばかりか、真一郎たちが何ゆえ翁の面に似た男や寝たきりの者がいる大店、祈禱師などを探しているのかしつこく問われた。

「けど俺ぁ、又平さんから聞いた他の事件のこた一言も話しちゃいやせん。錦屋と似た事件を探してたのは、俺の勘働きってことにしておきやしたぜ」

又平に恩を売りつつ、伊賀者の醜聞を隠すためである。

結句、欽吾郎に引っ立てられるように錦屋に面を返しに行ったが、面は一昨日、錦屋から消え去った。

「……あの面が盗まれたって話を聞いたか？」

「へぇ。ですが、俺は神隠しだと聞きやしたが……」

「けっ。そんな莫迦な話があるか。あの面の値打ちを知ったやつが盗み出したに違ぇねぇ」

「そんならどうして、箱ごと盗んで行かなかったんで？」

錦屋では則助が怖がらぬよう、面は桐箱に入れたまま内蔵《うちぐら》に仕舞っていたが、中身だけがなくなっていたのだ。

「内蔵には他にも金や金目のものがたんまり入っていたにもかかわらず、翁の面だけが消えていたと聞きやした。とすると、盗人の仕業とは思えやせん」

真一郎が疑われぬよう面は一旦錦屋へ返せ、後から「一族」の者が取り返しに行くと吉弥から聞かされていた。だが無論、他言無用の秘密ゆえに、真一郎は精一杯誤魔化した。

「ふん。――小兵衛はどうした？　何も知らせがないままか？」

「へぇ。小兵衛さんとはあれきりでさ。けれども、又平さんが仰る通り、全てあの人の仕業なら、小兵衛さんこそ面の化身――いや、神仏の化身やもしれねぇですぜ」

「たわけたことを言いやがって。このくそったれ」

悪態をつき、真一郎たちを交互に睨みつけてから、又平は踵を返して去って行った。

「やれやれ。又平さんはあれでなかなか鋭いからな。お前も気を付けろよ」

「おう、任せとけ。俺はこう見えて、嘘も芝居も得意な方だ」

「そいつはいいのか、悪いのか……」

「なんだよぅ。真さんだって、散々俺たちを騙したくせによぅ」

「俺はお多香たちに言われてやむなく……だが、悪かった」

頬を膨らませた大介に、真一郎は素直に謝った。

吉弥が長屋を訪れた際、多香は皆に正体を明かしたことを伝えた。

——真さんが後押ししてくれたんだってな。ありがとうよ——

のちにこっそり真一郎に礼を告げた吉弥曰く、志乃から多香をそう仕向けるよう頼まれて来たという。

——お多香にも拠り所があった方がよいでしょう。私におためさんがいるように……あの長屋のみんなならら安心ですよ——

ためというのは、志乃がかつて仲間に裏切られたのちに出会った老女だ。志乃は江戸で夫の太輔の仇討ちを終えた後、衰えてきたためを支えるべく伊勢国へ戻った。

——お多香たちを育てた里親夫婦は、どちらももう他界している。なればこそ——殊に役目に就いていない多香のような者には——根無草《ねなしぐさ》とならぬよう、誰かしら、何かしら、どこかしらの拠り所があった方がよい——

吉弥が長屋に泊まり込んだのは、皆を見極めるためでもあったらしい。

――市中で素人を巻き込んでの立ち回りなぞ、そうあるものではないが、お多香の躊躇いは判らぬでもなかった。とばっちりはもちろんのこと、皆から「人殺し」として蔑まれ、厭《いと》われることを恐れたのだろう――

ならば、皆の「応え」次第で多香は長屋を――江戸を――出て行ったやもしれなかった。

抛り所……か。

斜向《はすむ》かいの多香の家を、真一郎はじっと見つめた。

「どうした、真さん。早く行こうぜ」

「大介」

「なんだい、真さん？」

「こないだはありがとうよ。お多香を信じてくれて」

束の間きょとんとしてから、大介は破顔した。

「てやんでぇ。先に信じてくれたのはお多香さんだ。俺たちを信じてくれたから、あれこれ打ち明けてくれたんだろう。いや、お多香さんが信じたのは真さんか……真さんは古参の俺たちを差し置いて、もうずっと前からお多香さんの秘密を知っていたんだろう？　なんてったって真さんは、あのお多香さんのお気に入りにして、命の恩人だもんなぁ」

いささか皮肉交じりの大介へ、真一郎は苦笑を浮かべた。

「お前にとっても俺は命の恩人だぞ？」

真一郎は矢馳船の折に、真冬の大川に落ちた大介を助けている。

「ああ」と、大介は目を細めてにっこりとした。「だから俺も真さんを信じてらぁ。真さんが惚れたお多香さんなら間違ぇねぇし、お多香さんが見込んだ真さんなら危なげねぇや」

「……大介」

「なんだい、真さん？」

「お前は本当に『たらし』だな……」

「いひひひひ」

今度は小憎らしい笑みを漏らした大介と競うごとく、真一郎ははし屋まで足を速めた。

第四話　春の捕物

「縁談？」

鈴に大介、真一郎、多香に守蔵までが口を揃えた。

如月は八日目の夕刻。

真一郎たち六軒長屋の住人は、久兵衛の家に集っていた。

「わ、私にですか……？」

おずおず問うた鈴を始め、皆を見回して久兵衛が頷く。

「うむ。神田の畳屋、最上屋《もがみや》の壱助《いちすけ》さんだ。お鈴も知っとろう？」

「し、知ってんのか？」

「向こうさんは、そう言っておったでな」

うろたえた大介へ、久兵衛がのんびり応える。

「壱助さんが、そんなことを……お断りしてください」

鈴がきっぱり断りを口にすると、大介はひとまず安堵の表情を浮かべたが、大介でなくともいきさつが気になるところだ。

　とはいえ、男の自分が根掘り葉掘り問うのははばかられる。

　真一郎が多香を見やると、大介と守蔵もそれに倣った。

「壱助さんってのは何者なんだい？」と、総代人として多香が問うた。「神田の畳屋だってのは判ったけどさ。お鈴はどこで、どうしてそのお人と知り合ったんだい？」

「壱助さんはお座敷のお客さんです。ああ、もともとは、多治郎《たじろう》のことでお話しにいらしたんですが……」

「多治郎――ってぇと、腰太郎《こしたろう》か」と、大介。

「はい。その多治郎です」

　腰太郎というのは掏摸《すり》たちの間で使われていた通り名で、多治郎が守り袋や印籠、煙草入れなど「腰物」のみを盗んでいたことがその所以だ。鈴の守り袋を掏った多治郎は、真一郎たちに捕らえられ、のちに江戸払いになっている。多治郎は他にも五十をくだらぬ腰物を盗んでおり、その中には壱助の鍾馗の縫箔《ぬいはく》が入った守り袋もあった。

「私のことは又平さんから聞いたそうです。盗まれた鍾馗の守り袋は壱助さんのお母さまの形見で、私の守り袋はお師匠さん――私にとっては親代わりの方の形見ですから、一度話してみたいと思ったと……これも又平さんから聞いたと、初めは枡乃屋に寄ってくださって、それから何度か、あけ正でのお座敷にも呼んでくださいました」

「壱助さんからもそう聞いた」と、久兵衛。

一目惚れというほどではないが、鈴を気に入った壱助は枡乃屋に幾度か足を運んだが、女将のとしに「邪魔をするな」と睨まれて、あけ正へと河岸を変えたという。お座敷で話すうちに鈴に惚れ込んで、それとなく妻問いしてみたものの、呆気《あつけ》なく断られたばかりか、今度は鈴を妹分として可愛がる姐芸者《あねげいしゃ》連中に睨まれた。

「遊び相手なら他をあたれと、こっぴどく叱られたそうだ。だが壱助さんは、けして遊びではない、お鈴に本気だという証に、儂に正式に縁組を申し入れてきたのだ」

――私もその、妻問いは初めてでして……お鈴さんとゆっくりお話ししたくて、妻問いののちに茶屋にお誘いしたのですが、どうもいかがわしい茶屋と思われたようです――

「一度断られているゆえ返事は急がぬ、此度はゆるりと考えて欲しいとも言っておった」

黙り込んだ大介を横目に、多香は更に問うた。

「壱助さんってのは、おいくつなんですか？」

「二十五になったばかりと聞いた」

「とすると、お鈴より三つ上か……釣り合いはいいですね」

「背丈はお多香と同じくらいで、身体つきは真一郎と同じくらいだ。太くも細くもない、強そうでも弱そうでもないが、ぼんぼんというよりは職人らしくきびきびしとった」

「さようで」

「壱助さんは跡取りで、下に妹が二人いるそうだ。最上屋は間口六間の、もう三代続いている店で、壱助さんは近々四代目になると聞いた。奉公人は、抱えの職人や女中を合わせて二十人ほどだとか」

「ふうん、なかなかの良縁じゃありませんか」

「そうなのだ」

「もう！　やめてください」

にやにや顔は見えておらぬだろうが、からかい口調の二人へ、鈴は頬を膨らませた。

「私にその気がないことは、お二人ともご存じじゃありませんか。私はお嫁さんにはなれません。一人でいいんです。どなたとも一緒になりません」

鈴がゆきずりの男に手込めにされたのは七年前だ。目が利かぬことからもとより奥手だった鈴は、以来男を恐れるようになった。お座敷は昼間しか引き受けぬ上、出稽古も男は断って、毎日七ツ過ぎには帰宅している。枡乃屋のとしや、姐芸者たちが揃って壱助へ睨みを利かせたのは、皆多少なりとも鈴の過去を知っていて、鈴を守ろうとしてのことである。

鈴に「その気」がないことは真一郎とて承知の上だが、こうも早く話が仕舞いになったことはいささか残念だった。壱助が大介より一つ年上で、一寸背丈が高いことは判ったが、肝心の顔立ちや人柄をまだ詳しく聞いていない。

後でこっそり久兵衛さんに訊いてみるか？

いや、なんなら直に見に行ってもいい——

ちらりと大介を見やると、大介も阿吽《あうん》の呼吸でこちらを見て微かに頷く。

翌日、鈴と多香が仕事に出かけたのち、真一郎と大介は連れ立って神田へ向かった。

入ったことはないものの、真一郎は最上屋を知っていた。神田に住んでいた折に、振り売りをしたことがあるからだ。

最上屋は通町《とおりちょう》の鍋町《なべちょう》から二町ほど東の三島町《みしまちょう》にある。畳屋ゆえに、店先に賑わいはないが、その分店構えも店者も落ち着いている。

あいにく壱助は留守だったが、辺りの評判は上々だった。壱助の亡くなった母親が家付き娘で、父親は職人上がりの婿であった。自分が職人だからか、父親は息子の壱助にも商売より先に職人技を教え込んだという。

「こういうところは、物を仕入れて売るだけの店とは違うからな。店主が職人の苦労を知ってる方が、奉公人たちも働きがいがあるだろう」

言いながら、ふと思い出したのは、深川の材木問屋の高木屋だ。冬青を身請けした高木屋の良介もまた、川並《かわなみ》——材木を運ぶ筏師《いかだし》——として働いてきたがゆえに、跡取りとして店の者に喜んで迎えられた。

壱助は商売は祖父母から手ほどきを受けたそうで、どちらも既に亡くなっているが、殊に祖母の愛嬌《あいきょう》は壱助の他、店を手伝う二人の妹にも受け継がれたようだ。妹たちはそれぞれ二十歳と十八歳でなかなか愛らしく、上の妹には許婚がいるそうである。

「早く一緒になりたいだろうに、『兄さんが嫁取りしてから』なんて、健気《けなげ》な子でね」

鍋町の飯屋のおかみはそう言ってから、大介を見やってにっこりとした。

「下の子も気立てはもちろんのこと、家仕事も得意だよ」

壱助のことを訊き出すのに、妹二人のことを先に問うたため、おかみは真一郎と大介が妹たちに気があると誤解しているらしい。

近所で昼餉を済ませると、神田川へ出て、柳原《やなぎわら》をのんびりと東へ歩いた。

彼岸会《ひがんえ》に入り、明後日は春分だ。川北から、ほどよくそよいでくる風が心地良い。

陽光を映す川面を眩《まぶ》しげに見つめて、大介がつぶやいた。

「……よさそうだったな」

なんだかんだ難癖つけるに違ぇねぇ――と思っていたため、真一郎はやや驚いた。

この二年ほどの事件や合奏を経て、大介と鈴はそこそこ親しくなった筈だが、鈴ばかりか大介にもいまだ身を固める気はないようだ。

「そうか？」

「ああ。店の者にも町の者にも好かれてんのは何よりだ。世話がいるような爺婆《じじばば》も、厄介な姑もいねぇ。女中がいるから、家事も案じるこたぁねぇ。小姑《こじゅうと》が二人もいるのはなんだが、下も十八ならすぐに嫁にいくだろう。見目姿のこた、とんと耳にしなかったけどよ。妹二人があの器量なら、壱助の面立ちもきっと中の上――いや、そもそも面立ちなんざ、お鈴にはどうでもいいことさ」

――色しかねぇ俺に、お鈴が惚れ込むなんて断じてねぇのさ――

――お鈴には、いつかお鈴にふさわしい男と身を固めて欲しいんだ――

一昨年聞いた言葉が思い出されて、真一郎はしばし迷ってから応えた。

「そもそも、お鈴は嫁入りなんざ望んでねぇぞ。夫婦となりゃあ、睦みごとは避けられねぇ。跡取りの嫁なら尚更だ」

「まあな。けど、昔より随分ましになったからよ。男と女は、兎にも角にも相性だ。あっちの話ばかりじゃねぇぜ。相性のいい男となら、お鈴もいずれその気になるやもしれねぇ」

「まあな」と、今度は真一郎が頷いた。「だが、お鈴は壱助さんにはその気にならなかったんだろう」

「そいつはまだ判らねぇ。本当にその気がねぇのなら、俺たちに――少なくともお多香さんには、とうに壱助のことを話の種にしていた筈だ。けれどもそうしなかったのは、大なり小なり、やつが気にかかっていたからに違ぇねぇ。女ってのはそういうところがあるからな」

鈴の本心は判らぬが、己より大介の方が女心に詳しいことは確かである。

ともあれ、鈴はひとまず断ったのだ。後は成りゆきに任せようと頷き合ったが、もののついでと、帰りしな枡乃屋へ寄ることにした。

が、行きは表にいた鈴の姿が見当たらない。

一休み中かと思いきや、顔見知りの茶汲みの美代《みよ》がこちらに気付いて手招いた。

「ちょっと！　鈴ちゃんが！」

真一郎たちが駆け寄ると、奥から女将のとしも出て来る。

昼過ぎに、店先で胡弓を弾いていた鈴が、急に悲鳴を上げて気を失ったという。

「幸いすぐに目覚めたけどさ。真っ青でぶるぶる震えて、ひどい怯《おび》えようだったんだよ」

「怯えてたのか？　病じゃなくて？」

眉根を寄せて大介が問うた。

「うん、尋常じゃないくらいにね。鈴ちゃんは何も言わなかったけど、壱助さんって客が言うには、通りすがりの男が近寄って来て、鈴ちゃんの顔をいきなり覗き込んだってのさ」

「壱助――さんが来てたのか？」

「なんだ、あんたも壱助さんを知ってたのかい。壱助さんはちょうど鈴ちゃんが倒れる少し前に来て、でも鈴ちゃんが弾いている時だったから、声もかけないで近くの縁台に座ってたんだよ。それで、目を覚ました後の鈴ちゃんがあまりにもおかしいから、今日はもう帰った方がいい、自分が長屋まで送るからって言ったんだけど、ほら、鈴ちゃんは人見知りだからさ……私らもよく知らない人には預けられないって言ったら、壱助さんがひとっ走り長屋へ行って、守蔵さんを呼んで来てくれた」

長屋へ行く前に壱助はとしに金を渡し、駕籠を呼んでおくよう頼んだ。また、六軒長屋で守蔵に事情を話すと、その足で久兵衛に知らせに行ったそうである。

「駕籠が着いて、ほどなくして守蔵さんがやって来てさ。鈴ちゃんは駕籠に乗って、守蔵さんと一緒に帰ったよ」

「そうか。ありがとう、おとしさん」

礼を言って大介はすぐさま踵を返そうとしたが、真一郎はとしに問うた。

「その、お鈴を覗き込んだ男ってのは、どんなやつだったんで？」

「私はろくに見ちゃいないけど、顔見知りじゃないよ」

「私も覚えがないわ」と、美代も首を振った。「逃げてくところをちらりと見ただけだけど、四十路過ぎくらいで、なんだか怖い――強面《こわもて》じゃあないんだけど、陰気でむすっとした顔だった。ひどい男よ。目の利かない鈴ちゃんをあんな風に驚かすなんて」

「驚かす？　脅したんじゃねぇですか？」

「どうかしら？　口は一言も利かなかった――と思うけど」

長屋へ帰るも、鈴の家はしんとしている。

「医者はいらねぇ、一休みしたら治るってんでな。ゆっくり寝かせてやれ」

守蔵にそう言われて、真一郎たちは声がけを諦めた。

四半刻ほどして、久兵衛が長屋にやって来た。

「壱助さんが来た時には留守にしておってな。先ほどお梅に言伝を聞いたんだ。今日はこっちに泊まるでな」

守蔵も事情は壱助から聞いただけで、鈴とはほとんど言葉を交わしていない。大介はもちろんのこと、男四人はなんとも落ち着かぬため、二人ずつ早めに日の出湯に足を運んで多香の帰りを待った。

七ツ過ぎに帰って来た多香が声をかけると、鈴は起きていたようで、多香を招き入れた。

女二人で鈴の家にこもること、四半刻ほど。

やがて出て来た多香が言った。

「みんな、久兵衛さんちに集まっとくれ。お鈴から大事な話があるんだ」

夕餉の支度も手につかずにいた真一郎たちは、すぐさま久兵衛の家に集った。

鈴の顔は青白く、目は赤く、膝の上で手ぬぐいを握りしめている。

だが、皆が揃っているのを見て取って、多香に促されることなく、自ら口を開いた。

「……ご心配おかけしました。枡乃屋では……突然のことで、取り乱してしまいました」

しばしの沈黙が訪れたが、隣りの多香が黙っているため、真一郎たちも余計な口を挟むことなく、鈴の次の言葉をただ待った。

「……枡乃屋で何があったか、おとしさんや壱助さんからお聞きになったと思います。急に誰かが近付いて来て……私は驚いてしまって……」

声を震わせて、鈴は目を落とした。

「でも、それだけじゃないんです。私はあれは――あれは、あ、あの男だと思うんです」

はっとして、真一郎たちは皆、鈴が手ぬぐいを目にやるのを見守った。

あの男――すなわち、鈴を手込めにした男だと、皆、瞬時に悟っていた。

「何を莫迦なことをと、思われるやもしれません……でも、あの覗き込んだ顔……それからあの漆の臭い……」

「漆の臭い？」

問い返した久兵衛へ、鈴は手ぬぐいを握りしめつつ、しかと頷いた。

「はい。あの時も、微かに漆の臭いがしたんです。私、度を失ってて、あの男のことはそれしか覚えていなくて、それすらも、今日、気を失って目覚めるまで忘れていました。あのことは忘れてしまいたくて――ずっと、思い出さないようにしてきたから……」

一月前、祖父を殺した「翁」に似た顔の吉弥を見て、気を失った錦屋の則助を真一郎は思い出した。

則助に阿芙蓉を含ませた権兵衛に殺意はなく、ほんの束の間のことだった筈なのに、則助には気を失うほどの恐怖が叩《たた》き込《こ》まれた。鈴を手込めにした男にも殺意はなかったやもしれないが、男がいたし終えるまでの恐怖は則助のそれよりずっと長かったに違いない。

しかも、やつは最中に時折——もしかしたらずっと——お鈴の顔を覗き込んでいた……

「久兵衛さん」

己と声を重ねたのは大介だ。

「なんだ、大介？　真一郎？」

「お願いだ。しばらく俺に金と真さんを貸してくれ。この通り」

「俺にも、金と暇を都合してもらえやせんか？」

両手をついた大介の横で真一郎も頼み込むと、久兵衛は小さく首を振った。

「それはならんな。真一郎には大事な仕事が控えておるのだ。お鈴を脅かしたならず者を探し出す、という仕事がな」

顔を上げた大介に、久兵衛は付け足した。

「儂はお鈴の親代わりだぞ。やつの娘への仕打ち、断じて許さん」

改めて、真一郎たちは策を練り始めた。

「一権兵衛去って、また権兵衛か」と、大介。

「二人一緒じゃないから、いいだろう」

「そりゃ、今は一人だけどよ。七年越しだぜ、やつが現れたのは。こいつは長丁場になるかもしれねぇ」

眉をひそめた大介へ多香が首を振った。

「それはなんともいえないよ。お鈴にとっては七年ぶりでも、もしかしたら、やつはずっとお鈴を見張っていたのやもしれない」

ぶるりと身を震わせた鈴を見て、大介が非難がましく言った。

「そう脅すこたねぇだろう」

「けれども、此度は泣き寝入りしない――そう、お鈴は決めたんだ」

「その通りです」

顔色は悪いままだが、鈴は気丈に頷いた。

「権兵衛はずっと近くにいたのかもしれません。私は目が見えないから、もう一度狙おうと思っていたのか、怖がる私を莫迦にしていたのか……とはいえ、私はあれから何ごともなく過ごしてきました。でも、それならそれで、権兵衛はもしかしたら他に――やはり目の利かない人にひどいことをしてきたんじゃないでしょうか。だから、もう泣き寝入りしたくないんです。手がかりがあるうちに、権兵衛を捕まえてしまいたい……」

ゆえに、囮を兼ねて仕事はいつも通りに行くという。

まずは一月、鈴を見守ることで一致をみた。

見守りには大介が名乗りを上げたが、これには守蔵が首を振った。

「お前はどうしたって目立つからな。今まで通り、たまさかに一緒に行き帰りするくらいにしておけ。俺も融通が利く方だ。見守りは、俺とお多香でやり繰りするってのはどうだ？」

「ええ。それがいいでしょう」

多香が頷いて、大介は真一郎と共に、主に調べに回ることになった。久兵衛は顔役としてのつてを頼りに、他に似た事件がないか探ってみるという。

「こういったことは、なかなか表に出てこぬでな……」

一昨年にも、浅草から向島にかけて、徳三郎《とくさぶろう》という煙草売りによる強姦《ごうかん》事件が相次いだことがあった。だが、真一郎たちが知った事件は三件のみ、内、お上に届け出た娘はたった一人で、余罪は徳三郎が自白するまで判らなかった。

「よし！　そんなら俺と真さんは、明日もう一度最上屋に行ってくらぁ」

大介が意気込む傍らで、真一郎の腹が鳴る。

「なんだよぅ、しまらねぇな」

呆れ声を上げた矢先に大介の腹も鳴って、皆が一斉に大介を見た。

「だ、だってもうじき六ツだぜ」

大介が慌てて言うのへ、守蔵と久兵衛も顔を見合わせる。

「腹が減っては戦はできぬ……皆で飯にしようかの」

「そうしやしょう」

真一郎と大介が声を揃えた途端に六ツの捨鐘が鳴り始め、ようやく鈴の顔が和らいだ。


翌日、朝のうちに真一郎たちは再び最上屋を訪れた。

此度は壱助は店にいて、真一郎たちをすぐさま奥へ招き入れた。

「ちょうど、お鈴さんを案じていたところでした。お鈴さんの具合はいかがですか？」

「一休みしたら落ち着いたようで、今日はお座敷に行くそうです」

「そうですか。それなら一安心です」

二人の妹の方が面立ちは良く、壱助は「中の上」より「中」といったところだが、「中」とは真一郎を含めた世の大半のことである。顔かたちそのものよりも、安堵の表情に鈴へのまごころを真一郎は感じた。

礼の言葉と共に駕籠代を差し出したが、壱助は慌てて差し戻す。

「とんでもない。他ならぬお鈴さんのためですから」

「困りやす。こちらも久兵衛さんから仰せつかったものなので」

昨日は言伝を受け取ったのみゆえ、久兵衛はまだ縁談を断っていない。壱助の機転はありがたいが、下手な借りは残しておけぬ。

壱助が金を仕舞ってから、真一郎は切り出した。

「枡乃屋で見た男のことを、詳しく教えてもらえやせんか？　お鈴は久兵衛さんには娘同然、私どもには妹同然でさ。二度とあのようなことがないように、できれば男を捕まえて、しっかり釘を刺しておきてぇんです」

「妹……ですか」

ちらりと大介を見やったのは、大介が鈴より年下に——それも一つや二つではなく、五つも六つも若く見えるからだろう。

むっとした大介の代わりに、真一郎は微笑んだ。

「はは、大介はこう見えて、お鈴より年上なんでさ」

「これはすみません。てっきり、もっとお若い方かと……しかし、安心しました。お鈴さんは身寄りがいらっしゃらないとお聞きしていましたが、久兵衛さんといい、守蔵さんといい、あなた方といい、しっかりした方々が一緒で何よりです」

穏やかに微笑み返してから、壱助は顔を引き締めた。

「それに引き換え、あの男の所業は許せません。お鈴さんはうんと近くのものも、色や形などがぼんやり見えるのみだそうですが、だとすれば、いきなり目の前にのっぺらぼうが現れたようなものだったでしょう。のっぺらぼうとあんな風に顔を突き合わせたら、私だって腰を抜かしてしまいますよ」

大介がぶるりとする横で、真一郎もぞっとした。

「いや、のっぺらぼうじゃなくたってごめんです。あの男はまるで、お鈴さんに接吻《せっぷん》するかのごとく――」

「せ、接吻？」

大介が声を高くすると、壱助は苦々しげに頷きつつ腰を上げた。

「真一郎さん、ちょっと正座してもらえませんか？」

真一郎が胡座《あぐら》から正座になると、壱助は立ち上がって部屋の隅へ行った。

「私は少し離れた縁台から、隅の床几《しょうぎ》に座っていたお鈴さんを見ていました。そこへ、あの男はこう――ゆっくり斜めからお鈴さんに近付いて、すぐ近くまで来てから、ふいにこうして腰をかがめて、じぃっとお鈴さんの顔を覗き込んだのです」

接吻を避けるべく壱助は手のひらを挟んだが、目と鼻の先に手のひらをかざされると、まさにのっぺらぼうに覗き込まれたようだった。

しかも権兵衛はすぐには身を引かず、鈴が悲鳴を上げるまで、間近で見つめていたという。

「実際には、ほんの一つ二つ数える間だったと思います。しかし、呆気《あっけ》に取られていた私はやつに遅れを取ってしまいました」

鈴が悲鳴を上げると同時に、壱助は駆け寄って権兵衛をなじった。誰何《すいか》するも権兵衛は一言も応えず、壱助が捕らえる前に踵を返して去って行った。

「後を追おうとしたのですが、お鈴さんが倒れたので……床几から転げ落ちぬよう支える間に、やつは人通りに紛れて御門の方――南の方へ行ってしまいました」

「そいつの顔かたちを見やしたか？」

「ええ。四十路は過ぎているように見えました。これといって目立つところはなかったように思いますが、何しろ束の間のことでしたので……うつむき加減で、少々陰気な様相でしたが本当にありふれた――私も人のことは言えませんが――どこにでもいそうな男でした。あ、背丈は私より少し高かったです。でも、身体つきは私よりやや細かった。とっさに、取っ組み合ってもなんとかなりそうだと思いましたから」

「着物や小間物を覚えていやせんか？」

「着物は藍色――濃藍でした。帯は鼠色《ねずみいろ》、いや、鈍色《にびいろ》……そのような色だったかと。提げ物はなかったような……風呂敷包みなど大きな荷も持っていませんでした」

「漆の臭いは？　お鈴はやつから何やら漆の臭いがしたってんですが？」

「さあ……私は気付きませんでした。あの、何か他にも私にお力になれることがありましたら、遠慮なく仰ってください」

壱助に丁寧に見送られて、真一郎たちは最上屋を後にした。

昨日に続いて柳原を歩きながら、大介がぼそりとつぶやいた。

「……いいやつだったな」

「ああ……」

鈴が倒れた時の委細は判ったが、権兵衛の手がかりはさほど得られなかった。

しかしながら、壱助の人柄は短いやり取りの間にも伝わった。久兵衛が言った通り、所作はきびきびしていて職人らしく、顔つきやちょっとした身振り手振りに実直さが滲み出ていた。声や話し方は老舗の跡取りらしく穏やかで、「お鈴さん」と鈴の名を呼ぶ度にそこはかとなく、だが紛れもない恋心が見て取れた。

権兵衛の着物や帯は、見目姿同様ありふれていてあてにならぬが、まずは他の目撃者を探すべく、真一郎たちは浅草御門から枡乃屋までの道のりをあたった。

番屋に寄り、表店でも訊き込みつつ枡乃屋の近くまで来ると、女将のとしが呼んだ。

「ちょっと！　真さん！　大介さん！」

「また、お鈴に何か？　今日はお座敷に行った筈ですが？」

「うん、鈴ちゃんは来てないよ。来たのはあいつさ――おそらくだけど」

「権兵衛が？」

「えっ？　昨日の男のことだよ。あいつは権兵衛っていうのかい？」

「あ、いや――俺たちが勝手にそう呼んでいるだけでさ」

苦笑を浮かべて、真一郎はとしに話の続きを促した。

「半刻ほど前のことだよ。通りからじっとこっちを――昨日、鈴ちゃんが座っていた辺りを見ている男に気付いてさ。お美代を呼んだら、昨日のあいつじゃないかってのさ。それで、あいつかどうか、どういう料簡《りょうけん》であんなことをしたのか問い詰めてやろうと思ってさ」

だが、としが足を踏み出した途端、男は踵を返した。逃がすものかと、としが足を速めたところ、南からやって来た振り売りが権兵衛を呼び止めた。

二人は二言三言、言葉を交わし、権兵衛は南へ、振り売りは北へ足を向けた。

「あいつはあっという間にいなくなっちまったけど、私は振り売りの方を追っかけて、あいつのことを訊いたのさ。そしたら、人違いだったたって言うんだよ」

――あれ？　幸治《こうじ》さんじゃねぇですか？――

――ああ？　人違いだ。そんなやつは知らねぇな――

「幸治さんってのは、昔の仕事仲間なんだとさ。でももう二十年も前の話だから、人違いでもおかしくないってんだけど……真さんたちには知らせておいた方がいいと思ってさ」

振り売りの名は圭太《けいた》といい、浅草今戸町の瓦器屋《かわらけや》・山新《やましん》の者だという。

「ありがとう、おとしさん」

大介と声を揃えて礼を言うと、真一郎たちは山新へ向かった。

山新は今戸町でも別宅のある大川沿いではなく、大川から二町ほど西側の長昌寺《ちょうしょうじ》の近くにあった。

　圭太はちょうど遅い昼餉を取っていて、真一郎たちの問いに快く応えてくれた。

「幸治さんってのは、昔、山谷町《さんやちょう》に住んでた金継師《きんつぎ》さ」

　――そんなら漆の臭いがしてもおかしくねぇ。

　焼き物の罅《ひび》や欠けを漆でつなぎ、金粉を施して模様のごとく直すのが金継師だ。

　大介と見交わして、真一郎は圭太の話に聞き入った。

　今戸町では釉薬《うわぐすり》をかけない素焼きの瓦器作りが盛んで、今戸焼と呼ばれるほどである。山新では器の他、七輪や焙烙《ほうろく》、火消壺《ひけしつぼ》も扱っていた。

「碗《わん》や丼の直しも請け負ってんだが、この辺りは寺が多いからな。焼き継ぎならうちでやるが、ちょいといい物は金継ぎがいいってんで、金継師んとこへ持ってくことがあってなぁ」

　幸治の父親は塗師《ぬし》で金継ぎは片手間でやっていたそうだが、幸治は塗物より金継ぎの方がうまかったそうである。

「それで、そのうち焼き継ぎも幸治さんにやらした方が早くてうまいってんで、幸治さんはうちに通って継ぎをするようになったんだ」

「枡乃屋の前で見たお人が、その幸治さんだったたんですね？」

「そんな気がしたんだが……人違いだって言われちまった。幸治さんとは、かれこれ二十年くれぇ会ってねぇからなぁ。歩き方や面影は似ていたんだが、ちょいと凄《すご》みがあって、やっぱり別人だったかと……幸治さんは真面目な、大人しい人だったからさ」

だが、二十年という月日は人が変わるには充分だ。

圭太は三十五歳だそうで、幸治とは十二、三歳の折に知り合った。幸治は圭太より五歳年上だから今年四十路で、二十年ほど前に浅草山谷町から引っ越したらしい。

「俺はまだ小僧だったからよくしらねぇが、急な話で先代が困ってたな。請け負ってた仕事は片付けてってくれたけどよ。何も辞めるこたねぇだろうって、先代が引き止めてたな」

「幸治さんは金継ぎを辞めたんですか？」

「そう聞いた。神田の古道具屋で働くとか、なんとか……」

山新は代替わりしていて、今の主は幸治の行き先を知らなかったが、圭太は幸治がかつて住んでいた長屋を教えてくれた。

「福寿長屋《ふくじゆながや》ってんだ。福寿院《ふくじゆいん》と背中合わせだからよ」

長屋の名と場所を聞いて顔色を変えた大介は、山新を出てその理由を口にした。

「……おそらく、お津江《つえ》さんの家の隣りだ」

津江は鈴の師匠で、親代わりでもあった。

はたして、福寿長屋は津江と鈴がかつて住んでいた家の隣りにあった。寺院と背中合わせの土地はややいびつで、津江は寺院と長屋に挟まった小さな一軒家に住んでいた。

鈴が六軒長屋に引っ越したのち、津江は三年ほど一人で暮らしていたが、四年前に事故で亡くなっている。友人を訪ねる道中で、牛込の石段から滑り落ちたのだ。

鈴が一人で六軒長屋に移ったのは、事件が辺りで噂になったからである。よって、真一郎たちは津江や鈴の名は出さぬと決めて、ただ「金継師の幸治」を探しているとして、福寿長屋を訪ねた。

幸治が引っ越したのは、正しくは十九年前だった。そして長屋は大家を始め、店子もこの二十年ほどの間に七割ほど代替わり、入れ替わりしていた。大家の跡を継いだ息子は、幸治のことは名前と背丈くらいしか覚えておらず、古参の店子も圭太と同じく、ぼんやりと神田の古道具屋に雇われたことを覚えているのみだった。

福寿長屋を訪ねる間に七ツの鐘を聞き、真一郎たちは家路に就いた。

「幸治さん、ですか……？」

話を聞いて、鈴は小首をかしげた。

「私がお師匠さんに引き取られたのは九つの時――十三年前ですから、その方が十九年前に引っ越されたなら、顔を合わせたことはない筈です。でも、名前は覚えがあるような……」

目が見えないことといい、手込めにされたことといい、鈴の過去は問い難く、真一郎はこれまで鈴の生い立ちをよく知らなかった。多香や大介はともかく、守蔵も似たり寄ったりだったようで、夕餉を食べながら、鈴がかいつまんで話した身の上に耳を傾けた。

盲目ゆえに、鈴は三歳にもならぬうちに実の親に捨てられたという。

「ですが、幸い、子供に恵まれなかった養親が引き取ってくださって、早くから三味線を習いました。養親のおっかさんが、お師匠さんに師事していたんです」

　養親はそこそこ裕福で、鈴は暮らしに不自由なく健やかに育ったが、八歳の時に養父が、九歳の時に養母がそれぞれ病で亡くなった。再び一人になった鈴は、養母の生前からの願いもあって、津江に引き取られた。

「お師匠さんは四年前に旦那さんを、前の年にはお父さんを亡くしていて、婆さま――お師匠さんのお母さんと二人暮らしだったんです。それから五年ほどして婆さまが……あっ」

　はっとした鈴を皆で見つめる。

「婆さまが寝たきりになってしばらくして、お薬を届けてくださった人がいました。その方の名前が幸治さんだったような……お薬が一粒金丹《いちりゆうきんたん》だったから、お師匠さんがちゃんとお礼をしなければと困っていました。確か神無月か霜月で、その後、ほどなくして師走に婆さまが亡くなって……」

　高価な薬ゆえに受け取れぬと津江は断ったが、幸治は半ば強引に置いて行ったらしい。

　硬い顔をして大介が問うた。

「九つで引き取られた五年後なら、お鈴が十四歳の時の話か？」

「ええ……」

　とすると、鈴が手込めにされた前の年だ。

「まさか、そん時からお鈴に目をつけていたんじゃ……」

鈴は津江から話を聞いただけで幸治とは顔を合わせていないそうだが、津江の家まで来たのなら鈴の噂を耳にしていてもおかしくない。

大介はもちろんのこと、真一郎と多香、守蔵まで憤りを露わにした。

――明日は、神田の古道具屋をあたろう――

そう大介と話して真一郎は眠りに就いたが、明け方に一つ閃いた。


翌朝、真一郎たちは神田より先に新鳥越町《しんとりごえちょう》に向かった。

質屋・ののやを訪ねるためである。

鈴の守り袋を探していた折に、店主の近之助《ちかのすけ》が津江を知っていたと昨晩思い出したのだ。

「確か、近之助さんのお父さんとお津江さんのお父さんが碁敵《ごがたき》だったとか……？」

「その通りです」

四十路過ぎと思しき近之助は、相変わらずにこりともせず、慇懃に頷いた。

「近之助さんもお津江さんをご存じだったんですよね？　三味《しゃみ》が流れた時に、お津江さんに知らせていたんでしたね？」

「その通りです。――一体、此度は何をお訊きになりたいんですか？」

「幸治っていう、金継師のことです」

近之助が微かに眉をひそめた。

「どうして、幸治さんのことを?」

「やはりご存じでしたか。久兵衛さんに頼まれて、幸治さんの行方を探しているんです」

こういった時、久兵衛の名は至便極まりない。

「昨日、福寿長屋を訪ねて、幸治さんが金継師を辞めて、神田の古道具屋に越して行ったことは判ったんですが、神田といっても広いので……福寿長屋はお津江さんの家の隣りですから、お父さんや近之助さんも幸治さんをご存じないかと、他に手がかりがないかと思ってこちらを訪ねてみたんです。近之助さんと幸治さんは、お歳も近いんじゃないですか?」

「久兵衛さんは、どうして幸治さんを探していらっしゃるんですか?」

「それは、私どもにはなんとも……」

曖昧に誤魔化した真一郎とその隣りの大介を、近之助は交互に見やった。

「……幸治さんは私より一つ年下で、お津江さんと同じ年でした。私は幼い頃——といっても、碁が上達した十二、三になってからですが、父と一緒にお津江さんの家を訪ねることがありました。そちらさんがご存じのように、幸治さんは隣りの福寿長屋に住んでいましたから、自然と顔を合わせるようになりました」

「とすると、お二人はご友人なんですか?」

「いいえ」と、近之助は首を振った。「折々に話をしただけで、共に遊んだことはありません。彼とはもう一回り――いや、十三年前に会ったきりで、なんのやり取りもしていませんから、友人というよりもせいぜい知人、それも大昔のです」

「さようで……」

相槌を打ってから、真一郎はふと問うた。

「十三年前、幸治さんとはどこで会ったんですか？」

「この店です。十三年前、幸治さんはお津江さんに妻問いした後にうちを訪ねて来ました」

「えっ？」

大介と二人して目を丸くするも、近之助は落ち着き払ったままである。

「お津江さんに振られた後に、私にそのことを話しに来たのです。幸治さんは、幼少の砌より、お津江さんに想いを寄せていたそうです」

近之助が初めて幸治と言葉を交わしたのも、幸治がののやを訪ねて来たからだった。津江の家に同年代の少年が出入りしていると知って、すわ恋敵かと探りに来たそうである。

「私は昔からこの通り朴念仁でしたから、幸治さんも安心したのでしょう。年に幾度かですが、ふらりとやって来ては少し話して行くようになりました」

幸治は福寿長屋で生まれ育ち、七歳の時に母親を亡くして、父親と二人暮らしになった。父親から仕事を仕込まれ、近之助と出会った頃には手習い指南所をやめていて、下仕事や遣い走りをしていたという。

「お津江さんは幼い頃は身体が弱かったそうで、幸治さんを始め長屋の子供たちと親しくなったのは手習いに通うようになってからだったと聞きました。幸治さんは真面目でどちらかというと内気な人で、お津江さんになかなか想いを打ち明けられずにいたのです」

　そうこうするうちに幸治が十七歳の時、父親が風邪をこじらせて亡くなった。幸治は塗師としては今一つだったが、金継師の腕前は認められており、父親の死後、山新に主に継師として出入りするようになっていった。

「奇《く》しくも同じ年に、私の父もやはり風邪をこじらせて亡くなりまして、互いにしばらくばたばたしました。幸治さんは父が亡くなった折にお悔やみに来てくださいましたが、次に顔を合わせたのは、二年後に私の母が亡くなった時、その次は翌年、幸治さんがお津江さんに初めて妻問いをして断られた後です」

「うん？　ということは、幸治さんは二度妻問いしたんですね？　二十年前——幸治さんが二十歳の時と、十三年前と」

「私が知る限りでは三度——二十年前と、十六年前と、十三年前の三度です」

「三度も？」と、大介が再び目を丸くする。

　鈴から聞いた話を思い出しながら、真一郎は問うた。

「十六年前というと、お津江さんの旦那さんが亡くなった後ですな？」

「はい。お津江さんのお婿さんはその前の年に亡くなりました。仕事からの帰り道で、通りすがりの子供を助けようとして、崩れた荷の下敷きになったそうです」

近之助曰く、津江の父親は経師屋にして書家でもあり、本業の他、書を教えたり、代書や本の写しなども請け負っていた。

母親は岡場所の年季を終えた元遊女で、三味線は一通り習っただけだったらしいが、津江はみるみる上達し、二十歳になる頃には弟子がいたという。

「お津江さんのお父さんは、殊に跡継ぎを求めていませんでした。経師屋の経師というのは経文を読誦《どくしょう》したり教えたりする師僧でもあるそうで、古くは写経師もそう呼ばれていたと聞きました。障子や襖貼りはともかく、屏風や巻物の表装は、読み書きと同じく才が物を言う、また、弟子を育てるよりも、一人で好きな仕事に打ち込みたいと常々仰っていました」

ゆえに、津江の婿は経師屋ではなく、津江の出稽古先の料理屋の板前だった。

津江に想い人がいたことは、幸治には寝耳に水だったようだ。父親の死後、二年余り仕事に励み、ようやく勇気を振り絞って妻問いしたというのに、あっさり振られてしまった。

津江は二十一歳の時——幸治の妻問いの翌年に——祝言を挙げた。夫は経師屋は継がぬが、婿として津江の家から仕事に通うようになった。

同年、幸治は神田へ引っ越した。慣れた仕事を辞めたのも、生まれ育った浅草を後にしたのも、津江を思い切るためだったのだろう。

だが、ほんの二年ののち、津江は子供を授かる前に夫を亡くした。

眉根を寄せて大介が言った。

「そのことを聞きつけて、幸治は十六年前、お津江さんの旦那が亡くなって一年経ってから、また妻問いしたんだな。惚れて一緒になったんだ。たった一年じゃあ、忘れられねぇだろうによ。その次はおとっつぁんを亡くした翌年に……不幸につけ込むような真似しやがって、まったくいけ好かねぇ野郎だぜ」

「見ようによっては、そのように思われるやもしれませんが……幸治さんはただ、力を落としているお津江さんの助けになりたいと考えていたようです」

「ふん、余計なお世話だ。間が悪くてしつけぇ男さ、幸治ってのは」

嫌悪を露わにした大介へ、近之助は此度はただ眉をひそめて、真一郎の方へ向き直る。

「お津江さんは三度目の妻問いを断ったのち、お鈴さんを引き取りました。それで、諦めがついたと幸治さんは言っていました。それが十三年前のことです。幸治さんと会ったのはその時が最後ですが、翌年、人伝えに幸治さんがおかみさんを迎えたと聞きました」

「えっ？　幸治さんがおかみさんを？」

「ええ。その時はまだ、つむぎ屋にいたと思います」

「つむぎ屋？」

「神田は関口町《せきぐちちょう》の古道具屋です」

「あの親爺《おやじ》め。もったいぶりやがって」

ぷりぷりしている大介へ、真一郎は苦笑しながら応えた。

「けど、俺ぁあの人は嫌いじゃねぇ。なんだかんだ、いろいろ教えてくれたじゃねぇか。それよりお前、頭に血を上らせて、余計な真似をすんじゃねぇぞ」

大介が先走って問い詰めぬよう、真一郎は釘を刺した。

「……判ってるさ」

近之助の話では、幸治の執着は津江にあったようだ。幸治が津江を「諦めた」のは十三年も前のことだが、大介はまだ、幸治が権兵衛だと思い込んでいる。

真一郎もその見込みは捨てていない。

ののやで真一郎は、ふと玉雪を思い出した。

玉雪は大介の師匠にして父親代わりだった音正を愛するあまり、正気を失い、大介を手にかけようとした。もしも幸治が鈴を手込めにしたなら、津江への叶わぬ執着ゆえだったやもしれないが、鈴と津江には血のつながりがなく、見目姿に似たところはなかったようだ。さすれば、津江の身代わりを求めてのことではないだろう。

なんにせよ、今はなんの証もねぇ……

自分たちはあくまでも金継師の幸治を探していることにすべしと頷き合ったが、たどり着いた関口町のつむぎ屋はとうに店を畳んでいた。

「もう十年も前の話だよ」

そう教えてくれたのは、裏長屋の大家のおかみである。

「幸治さんてお人がつむぎ屋で働いてた筈なんですが、行方をご存じありやせんか？　俺たちは幸治さんを探しに来たんでさ」

真一郎が問うと、おかみは困り顔になった。

「幸治さんなら、お亡くなりになったよ。もう大分前に」

「なんだって？」

「大介、落ち着け」

声を高くした大介をなだめて、真一郎はおかみに事情を問うた。

幸治はつむぎ屋では年季奉公人ではなく、口入れ屋から雇われたがため、住み込みではなくこの裏長屋に住んでいたという。

「ここへ来たのは十九年前だね。私が嫁にきたのがちょうど二十年前で、その翌年に引っ越して来たからね」

浅草では継師は辞めたことになっていたが、つむぎ屋では古い陶器や磁器を多く扱っていたそうで、幸治は継ぎの腕を買われて雇われたらしい。

「生まれも育ちも浅草だけど、なんだか急に違う土地にも住んでみたくなったんだって。ご両親を二人とも亡くしていて、兄弟も親類もいなくて独り身だから、気軽で身軽だって言ってたよ。その頃はまだ、うちのお義父《とう》さんが生きててね。前の長屋に話に行ったけど、亡くなったお父さんと同じく真面目な職人さんだってんで……本当に真面目で礼儀正しい、物静かな人だった。だから、長屋の人がお嫁さんを世話してあげて、三十路になる前——二十八だったかな——に、ここで祝言を挙げたんだよ。なのに、二年後につむぎ屋があんなことになっちゃって……」

いくつか盗品を売ったことが明らかになり、店が調べを受けた。店主は盗品とは知らずに買い取ったそうだが、売り手が一人ではなく数人いたため、店主や店者が疑われたのだ。

「結句、盗人たちに目を付けられただけで、店は騙されただけだってことになったけど、あれもこれも盗品じゃないかって噂になっちゃって、店を畳む羽目になったのよ。それで幸治さんは、口入れ屋で仕事を探しながら、人足仕事をしたり、振り売りをしたりしてたんだけど、おかみさんは不満だったみたいでね。二年と経たずに幸治さんを裏切って、よその男と通じちゃった。ひどい女だよ。石女《うまずめ》でもずっと養ってもらってたのに……でも、不貞がばれて、幸治さんもとうとう堪忍袋の緒が切れちゃったみたいでね。相手の男から間夫代を取って、おかみさんへ三行半《みくだりはん》を突きつけたんだよ」

おかみの話を聞きながら、真一郎は時の流れに頭を巡らせた。

「それが、八年前のことですね？」

「ええと……うん、そうなるね。八年前の秋だった」

となると、鈴の事件の一年前だ。津江の母親へ、一粒金丹を届けたのが同年の冬だった。

おかみさんと離縁したから、お津江さんがまたぞろ気になったのか……

「で、幸治さんはいつ亡くなったんだい？」と、大介。

「その次の年だよ」

「次の年？　次の年のいつだい？」

「知らせがあったのは、葉月の終わりだったね。幸治さんは厄払いを兼ねて、間夫代を使ってお伊勢さんに出かけたんだよ。でも、半月ほどして、道中の御油宿《ごゆしゅく》で急な疝痛《せんつう》で亡くなったって知らせがきて……もう誰も身寄りはいないから、長屋の物は売り払ってみんなの役に立ててくれって、今際《いまわ》の際に言ったとか……最期まで律儀な人だったよ」

礼を言って長屋を出ると、声を低めて大介に問う。

「お鈴の事件は、七年前のいつのことだ？」

「……水無月だ。水無月も終わりだったが、ひどく暑い日だったから、暑さでとち狂った野郎の仕業だろうと、長屋に越した時に久兵衛さんから聞かされた。だから俺は、てっきり徳三郎だと思ったんだ」

一昨年お縄になった徳三郎は、その年の春から夏にかけて強姦を働いて、文月末日に真一郎たちが捕らえた。

「そんなら、やつがお伊勢参《いせまい》りに出たのは、お鈴の事件の後か……」

妻の不貞の末に離縁に至ったならば、厄払いや気晴らしに伊勢参りもいいだろう。俗に間夫代はおよそ七両から十両で、伊勢までなら五両もあれば行って帰ってお釣りがくる。

「けどよ、そんなら何も次の年まで待つこたねぇだろう。お鈴のことがあったから、お伊勢さんに行くと嘘をついて、江戸から上方にでも逃げようとしたんじゃねぇか？」

「うむ。だが、離縁したのが秋だったなら、冬の旅は避けたいだろう。春になっても、しばらくは朝夕寒いからな」

二年前、如月の半ばに上方へ行こうと考えていた己を思い出しながら、真一郎は続けた。

「やつがお津江さんちに薬を持って行ったのは、おかみさんと離縁した後だ。やつのことだ。しばらく時をおいて、春か夏にでも懲りずにまた妻問いしたんじゃねぇか？　そんなら、お伊勢参りを思い立ったのは、おかみさんと別れたずっと後――またしてもお津江さんに振られたからじゃねぇだろうか？　つまり、お鈴の事件とはかかわりがない……」

「なんでぇ。真さんはやつの肩を持つのかよ？」

真一郎を遮って、大介は口を尖らせた。

「そうじゃねぇ。だが、お前も聞いただろう。幸治は七年前に死んでんだ。もしも幸治が権兵衛だったなら、おとといお鈴を驚かせたやつは別人だ。けれども、俺ぁお鈴の勘を信じてる。とすると、権兵衛は幸治じゃねぇことになる」

しかしながら、たとえ別人だったとしても、権兵衛と幸治にかかわりがない筈がない。昨日枡乃屋に現れた男が、圭太が見間違えるほど幸治に似ていたことは確かなのだ。

「じゃあなんだ？　権兵衛は幸治の双子の兄弟か？　それとも玉雪と深雪みてぇに、瓜二つの兄か弟がいるんじゃやねぇか……？」

大介もやはりどこかで、玉雪のことを思い出していたのだろう。

「ああ。もっと幸治の昔を調べてみなきゃなんねぇな。もう一度、福寿長屋を訪ねてみよう。長屋の連中はあてになんねぇが、辺りの者なら何か――たとえば、幸治に生き別れや腹違いの兄弟や、面立ちが似た親類がいたかどうか、知っているやもしれねぇからよ」

関口町から横大工町《よこだいくちょう》や永富町《ながとみちょう》を抜けると、更に東へ歩いて鍋町を渡った。と、通りすがりの三島町の最上屋で、壱助に呼び止められた。

「真一郎さん！　大介さん！」

何ごとかと駆け寄ると、壱助は昨日に続いて真一郎たちを店の奥へ招き入れた。

「よかった。夕方にでもそちらにお伺いせねばと思っていたんです」

眉をひそめた壱助が、懐から結文《むすびぶみ》を取り出した。

表に〈いちすけさまへ〉と宛名書きがある。

「これがつい一刻ほど前に、いつの間にか上がりかまちにあったのです。お客さまが恋文ではないかと渡してくだすったんですが、中を検《あらた》めてみたところ——」

開かれた文を見て、真一郎たちははっとした。

〈ろっけんながやのすずは　きむすめにあらず〉

「誰がこんなものを……」

苦々しげにつぶやいた大介へ、壱助が問うた。

「お心当たりはないのですか？」

「心当たりだと？」

目を剝《む》いた大介へ、壱助は慌てて手を振った。

「ああその、文に書かれていることではなく、誰か、このような真似をしてまでお鈴さんを貶《おとし》めようとする者に、お心当たりがないものかと……」

「見当がつきやせん」と大介の代わりに真一郎が応えた。「お鈴は人に恨まれるような娘じゃありやせんから……けれども、壱助さんからの縁談は、お鈴には玉《たま》の輿《こし》のようなもんですから、縁談を妬んでの嫌がらせやもしれやせん。お鈴の縁談を知っているのは長屋の者のみですが、枡乃屋やあけ正の女たちは壱助さんのお気持ちに気付いていることでしょう。そっちは俺たちが調べてみやすが、壱助さんの方はどうですか？」

「私の方？」

「誰か、壱助さんに想いを懸けている女にでも、お心当たりはありやせんか？」

「……心当たりはありませんが、少し探ってみます」

顎に手をやって束の間沈思してから、壱助は頷いた。

「この文は真一郎さんがお持ち帰りください。ですが、お鈴さんには内緒にしてもらえませんか？　その……こんなことをわざわざ持ち出して、お鈴さんに不愉快な思いをさせたくないんです。あんなことがあった後ですから、尚のこと……私は、お鈴さんの昔を問うつもりはありません。それよりも、昨日の今日ですが、あの男は見つかりましたか？　あの男のことでも、この文のことでも、いや、なんでもいいんです。お鈴さんのためにできることがあれば、私はなんでもいたしますから」

その真剣な眼差しから、壱助は文に書かれたことにかかわらず、鈴との縁組を望んでいるのだと真一郎は踏んだ。

「内緒にはしておけやせん」

壱助のみならず、大介まではっとしたが、真一郎は続けた。

「お鈴は目は利かねぇが、子供じゃねぇんです。こうした嫌がらせがあったことはお鈴も知ってた方がいい。それとも壱助さん、あんたがお鈴なら隠しておいて欲しいですかい？」

「……いえ。それに、こうして文がきたということは、あの男も実は、誰かに頼まれてお鈴さんに嫌がらせをしたのやもしれませんね」

その見込みは薄いが、壱助は鈴と権兵衛の因縁を知らぬ。

「あの男の行方はまだ判りやせん。ですが、壱助さんは唯一あの男の顔をしかと見たお人です。もしもこれはと思う男が見つかりやしたら、面を確かめてもらえやすか？」

「もちろんです」

最上屋を出ると、人気《ひとけ》を避けるべく、東に進む代わりに北へ向かって柳原に出た。

「くそったれ！　一体、誰があんな文を――誰かが、お鈴の仕合わせをふいにしようとしてやがるんだ！　まさか、あの文も権兵衛の仕業じゃねぇのか？　七年前に、お鈴の噂を流したのだって……」

七年前、鈴は手込めにされたことを津江にしか明かさなかったが、辺りですぐに噂が立って、鈴は六軒長屋に引っ越して来た。

権兵衛は無論、お鈴が生娘でないことを知っているが……

「噂はともかく、文はどうだろう？」と、真一郎は小首をかしげた。「お鈴のことは、少し調べれば判るからな。ありゃあ、きっと女の仕業さ。お鈴を妬んでいる女か、壱助さんに惚れている女か、どちらかだろう」

「そうか――そうだな」

気を落ち着けて頷いてから、大介は付け足した。

「あいつ……やっぱりいいやつだったな」

「ああ」

柳原に出てまもなく八ツを聞いた。

浅草御門までの道のりで遅い昼餉の蕎麦を手繰ると、真一郎たちは疲れを押して福寿長屋へ向かった。


福寿長屋でも、近所でも、帰りしな再び寄ったののやでも、幸治の腹違いや種違いの兄弟や同じ年頃の親類の話は得られなかった。

六ツ近くにへとへとになって長屋へ帰ると、久兵衛が来ていた。梅から煮物や漬物などを預かって来たそうである。

急ぎ風呂を済ませて、皆が集っていた久兵衛の家に真一郎と大介も上がり込んだ。

落文《おとしぶみ》のことを聞いて鈴はしばしうつむいたが、すぐに顔を上げて微笑んだ。

「お断りする手間が省けましたね」

「そうでもねぇぞ」と、応えたのは大介だ。「壱助さんはお鈴には内緒にしてくれって言ったんだ。お前の昔は問うつもりがねぇとも……なかなか見どころのある男じゃねぇか」

「それは……つまり、私にはもったいない方なんです。久兵衛さん、あのお話は早くお断りしてください」

鈴が困った顔をしたところへ、多香が口を開いた。

「幸治はとうに死んでて、親類の手がかりもない――それで真さん、明日からどうするつもりだい？」

「金継師――いや、漆職人を探すつもりだ。幸治に似た……いや、幸治は本当に死んだんだろうか……？」

つぶやきのごとく言うと、多香がにやりとした。

「実は私も、幸治の死を疑ってんのさ。私はお鈴の勘を信じているからね。枡乃屋に現れた男は権兵衛で、そいつは幸治にそっくりなんだ。だが他人の空似も、玉雪や深雪ほど似た兄弟も、そうそういるもんじゃあない」

久兵衛の発案で、真一郎たちは一連の出来事を書き出した。

「ええと、幸治はお津江さんと同い年で、今年四十路だから、生まれたのは……」

「宝暦《ほうれき》四年だ」と、久兵衛。

宝暦四年　　　幸治、津江、誕生。
宝暦十年　　　幸治七歳、母親死去。
明和《めいわ》二年頃　　幸治十二歳、近之助十三歳に出会う。
明和七年　　　幸治十七歳、近之助十八歳、共に父親死去。
明和九年・安永《あんえい》元年　近之助二十歳、母親死去。
安永二年　　　幸治二十歳、津江に一度目の妻問い。

安永三年　　　　幸治二十一歳、神田のつむぎ屋へ。津江、祝言。
安永五年　　　　津江二十三歳、夫死去。
安永六年　　　　幸治二十四歳、津江に二度目の妻問い。
安永八年　　　　津江二十六歳、父親死去。
安永九年　　　　幸治二十七歳、津江に三度目の妻問い。津江、鈴を引き取る。
安永十年・天明《てんめい》元年　幸治二十八歳、祝言。
天明三年　　　　幸治三十路、つむぎ屋、店仕舞い。
天明五年秋　　　幸治三十二歳、妻の不貞発覚。
同年冬　　　　　幸治、津江に薬を届ける。津江、母親死去。
天明六年六月　　権兵衛現る。
同年八月　　　　幸治三十三歳、伊勢参りの道中、御油宿で死去。
寛政《かんせい》五年二月　権兵衛現る。

こうして書き出してみると、幸治の身の上は己のそれに似ていないこともない。
真一郎は十三歳で母親を亡くし、父親の真吉と江戸に来た。矢師として親子二人で暮らすこと十年。二十三歳で真吉が亡くなったのちに真一郎は一度矢師を辞め、人足仕事や振り売りをして暮らしを立てていた。また、幸治が己と同じく並の見目姿かつ、皆、律儀な職人だったと証言していることから、幸治を疑いたくない気持ちが真一郎には多分にあった。

「この八年だね」と、多香。「おかみの不義が見つかって、三行半を渡してからの幸治を調べよう。幸治が生きているのなら、その『死』はおそらく、幸治自らが仕組んだことだ。でもって、長屋に知らせた者がいるんなら、少なくとも一人は助っ人がいたってこった。私はちょいと粂さんを——仲間のつてを頼ってみるよ」

「ああ」

真一郎を始め、皆、多香の言葉に頷いた五日後の夕刻。

牛込に幸治と思しき者がいると、景次《けいじ》が長屋に知らせに来た。

「まったくよぅ。江戸に着いたばかりで、こんな遣いをさせられるたぁな」

多香と同じく伊賀者の末裔にして掏摸《すり》の景次は、江戸と上方を行ったり来たりしていて、つい一刻ほど前に浜田の粂七を訪ねたところだった。

粂七からの言伝によると、幸治と思しき者は牛込の岩戸町《いわとちょう》で、「幸之助《こうのすけ》」の名でなんでも屋をしているらしい。

「金継ぎもできるってんで、近くの寺や武家に重宝されているらしい」

「なんでも屋か……」と、真一郎はつぶやいた。「いや、それよりも牛込たぁ……」

久兵衛は今宵は別宅だが、己を含めて長屋の五人は一様に眉をひそめた。

というのも、津江の亡骸が見つかったのが、牛込の赤城明神社《あかぎみようじんしや》の近くの小坂だからだ。津江は四年前、寛政元年の如月二十六日に、音羽町《おとわちよう》の友人・廉《れん》を訪ねる道中で亡くなった。だが、身元が判るようなものを身につけていなかったため、当時既に六軒長屋で暮らしていた鈴が知らせを受けたのは、津江が出かけてから四日目の二十九日だった。

「もうお亡くなりになりましたが、牛込の岩戸町にはお師匠さんのお師匠さん――お喜美《きみ》さんが住んでいらっしゃいました。あの日はお廉さんに会いに行くことしか聞いていませんでしたが、亡骸が赤城明神の傍で見つかったと聞いて、きっとお喜美さんのところへ寄ってから、お廉さんを訪ねるつもりだったんだろうと思いました」

還暦を過ぎている上に一人暮らしの喜美を案じて、津江は毎月二十日前後に様子を見に牛込を訪ねていた。四年前はちょうどやはり喜美の弟子だった廉が喜美の家に来ていて、津江は改めて二十六日に廉を訪ねる約束をしたらしい。

「お喜美さんがお歳なので、どちらかの家でお世話をしようかという話が出ていたそうです。だから、お師匠は二十六日も、お喜美さんを訪ねてから音羽町に行こうとしたのかと……」

廉も同様に考えて、津江が現れぬのは道中の喜美に何かあったのではないかと案じた。しかしながら翌日牛込に行ってみると、津江は喜美を訪ねておらず、だが喜美の具合が悪かったため、廉は喜美の家に居残った。廉が津江の死――身元の判らぬ亡骸――を知ったのは更に翌日の夕刻で、その次の日に廉自らが鈴に知らせに浅草へ来た。

「……幸治は、お喜美さんが岩戸町に住んでることを知っていたんじゃねぇか？」

「きっとそうだ」

大介が言うのへ頷くと、重い沈黙が訪れた。

お鈴を手込めにしたばかりか、お津江さんまで手にかけたんじゃ……？

皆も思いは同じだったようだ。

翌日、真一郎と大介は早速最上屋を訪ねた。

壱助は一も二もなく牛込行きを諾して、その日のうちに幸之助——幸治——が枡乃屋に現れた男に間違いないという証言を得た。

「あいつは俺たちが必ず懲らしめやすから、どうか手出しはしねぇでくだせぇ」

「ええ。どうせ番屋に引っ張ってったところで、大した咎めは受けぬでしょう。ただのいたずらだったと言われればおしまいですから、あとは用心棒の真一郎さんのご手腕にお任せしますよ」

どうやら久兵衛は、真一郎を「用心棒」だと壱助に教えたようである。それが名ばかりであることを壱助は知らないが、力ずくでなくともかたはしっかりつけるつもりだ。

ただのいたずらで済ませるものか——

壱助が一人で帰路に就いてから、真一郎は大介に念を押した。

「お前もだ。お前も余計な手出しはすんじゃねぇぞ。お鈴のことだけじゃねぇ。お津江さんを殺した証を、なんとしてもつかむんだ」

「判ってるさ。しつけぇなぁ」

強姦のみでは手鎖《てぐさり》か、せいぜい重追放だ。だが、人殺しなら死罪にできる。

牛込への道中はもとより、幸治を認めてから大介の目には剣呑《けんのん》さが増している。

今更ながら、守蔵が見守りを申し出た本当の理由を真一郎は知った。

つむぎ屋を訪ねた時もそうだったが、もしも一人で見守るうちに権兵衛が――幸治が現れていたら、大介は後先考えずに飛び出して、すべてをふいにしていたやもしれなかった。

幸治が岩戸町に越して来たのは五年前の暮れ――津江が亡くなる三月ほど前らしい。間夫代はとうに使い切ったようで、なんでも屋として細々と暮らしを立てているようだ。

続く八日間、景次の力も借りつつ幸治を探ったが、津江の死から四年が過ぎている。しかとした証は何も得られなかった。

久兵衛はもちろんのこと、時に梅をも交えて、皆で夜な夜な案を練った。

そうして迎えた二十六日――津江の祥月命日――に、真一郎たちは仕掛けることにした。

用心棒らしく身なりを整えて、真一郎は朝のうちに大介と景次と三人で牛込に向かった。

岩戸町に着くと、大介と景次は表で待たせて、一人で幸治の住む長屋の木戸をくぐる。

五ツを過ぎたところだが、仕事がないのか、幸治はまだ眠っていた。

「……朝からなんだ？」

「もう五ツ過ぎですぜ」

いつもより伝法に、だがにこやかに微笑んで、真一郎は幸治を見下ろした。

「言伝を承ってめぇりやした」

「言伝？」

「暮れ六ツに、浅草の大福寺《だいふくじ》で待つとのことでさ」

「大福寺だと？」

「ご存じでしょう？　あんたの古巣の、山谷町の北にある寺のことでさ」

「だ、誰がそんな言伝を？」

「お津江さんでさ」

息を呑み、幸治は大きく目を見開いた。

「なんだと？　そ——そんな人は知らん」

「ははは、あんたは白《しら》を切るやもしれねぇと言われやしたが、その通りか。なんにせよ、お伝えしやしたぜ。今宵、暮れ六ツ、大福寺ですぜ」

「だ、大福寺なんて、俺は知らねぇ……浅草なんて、そんな遠くにゃ行かねぇぞ」

「今日は大事な日だから、あんたは必ず現れると、お津江さんは言っていやしたぜ」

「おい、待て！」

踵を返した己を幸治が呼び止める。

ゆっくりと振り返って、真一郎は精一杯にやりとして見せた。

「待てねぇな。こう見えて俺も忙しいんだ」

呆然としている幸治を置いて足早に木戸を出ると、少し離れたところにいた大介たちと落ち合う。

「どうだった？」

「うん。やつは幸治で間違ぇねぇ。でもって首尾は上々だ。やつはきっとやって来る……」

以前、矢取り女を殺した紋《もん》という女をおびき出したように、此度は幸治を大福寺へおびき出し、津江の亡霊に扮《ふん》した多香に問い詰めさせて、津江を殺したことを――叶うなら鈴を手込めにしたことも――白状させようと目論《もくろ》んでいた。

大福寺なら人目につかぬし、幸治も見知った場所である。

何より、大福寺には津江の墓がある。津江の亡き父親は孫福と親しく、津江に――幸治にも――手習いを教えたのも孫福だった。

そのことを、幸治が知らねぇ筈がねぇ――

とはいえ、万が一の不首尾に備えて、大介と景次の二人を見張りに置いて、真一郎は浅草へ戻った。

この日のために、又平には渡りをつけてあった。これまた紋の時と同じく、前もって又平に大福寺へ来てもらい、幸治の白状を聞かせてその場でお縄にしてもらうためである。翁の一件では結句なんの手柄も上げられなかった又平は、二つ返事で飛びついた。

七ツ過ぎに、鈴と見守りの守蔵が帰って来た。幸治が見つかって、見守りは不要となったが、鈴が「仕掛け」に不安な顔をしていたため、力づけについて行ったのだ。

「案ずるな、お鈴。大福寺でならきっと、お津江さんの無念が晴らせるさ」

「ええ。うまくいくように、お師匠さんも見守ってくださる筈……」

鈴と守蔵は別宅で首尾を待つことになっている。四人一緒に木戸を出ると、鈴と守蔵は別宅へ、真一郎と多香は大福寺へ向かった。

大福寺には珍しく孫福がいて、境内を掃き清めていた。

「お手柔らかにな」

「へぇ」

孫福が沈痛な面持ちをしているのは、幸治もかつては孫福の筆子《ふでこ》だったからだろう。

家路に就いた孫福と入れ替わりに、真一郎たちは大福寺に上がった。

真一郎が雨戸を閉める傍ら、多香が着替えにかかる。

着物や小間物は、津江が死した日に身につけていた物だ。津江の形見は主に鈴と廉の二人で分けたが、最期に身に着けていた物は鈴が引き取り、箪笥《たんす》の奥に仕舞い込んでいた。

さぞ無念だったろう──

着替えの折に多香の肌身がちらりと目に入ったが、流石に情欲を覚えることはなかった。むしろ、祈るがごとく神妙に着物に触れる多香を見て、真一郎も気を引き締める。

もしもの幸治の逃走に備えて弓矢を携えて来た。風呂敷に包んでいたそれらを取り出すと、竹筒の箙《えびら》を腰にして、籠弓の弦を確かめる。

大福寺は日中でも参詣客は少なく、日暮れを前に農民たちも辺りの田畑を後にした。

多香を本堂に置いて、真一郎は表へ出た。

寺の裏手から濡《ぬ》れ縁《えん》越しに辺りを窺うこと半刻ほどして、六ツの鐘が鳴り始める。

幸治はともかく、又平さんが来ねぇってのはどういうことだ──？

じりじりしながら真一郎は鐘を数えた。

鐘が鳴り終えても、又平や幸治の気配はなかった。

幸治のやつ、まさか捨て置くつもりか？

このままだんまりを決め込まれては、真一郎たちは打つ手に窮する。

東の方からやって来る夜の帳《とばり》を見やって真一郎が眉根を寄せた時、小走りな足音と共に大介がやって来た。

「やつが来る」

はたして大介が言った通り、ほどなくして提灯を手にした幸治が現れた。

「俺だ。幸之助だ」

辺りを見回して、幸治は偽名を名乗った。

「克次さんの差し金か？　嫌みな真似はやめてくれ」

克次の名を聞いて、真一郎は傍らの大介と見交わした。

やっぱり大嶽親分と通じていやがった――

二月余り前に、奥山で出会った悌二郎の仲間の名が克次だ。

幸治が「死ぬ」にあたって、一人で策を弄した筈がない。となると、古巣――つまり浅草のつてを頼ったのでないかと真一郎たちは推察し、久兵衛が己のつてを頼って探りを入れていた。これまた証はつかめていなかったが、やくざ者の悌二郎や克次の親分である大嶽虎五郎は、千住宿の賭場を含めて、浅草の北側を縄張りとしている。ゆえに真一郎は幸治を訪ねた折に、やや居丈高に――やくざ者の子分に見えるよう――振る舞ってみた。

微かに雨戸が軋《きし》む音がした。

「お津江さん……！」

真一郎たちからは多香の姿は見えないが、濡れ縁を見上げる幸治の驚き顔は窺えた。

「まさか、生きていたとは――」

「……何を仰いますか、幸治さん……」

声音を変えた多香が悲しげに、つぶやくように幸治に応えた。

「あなたは私の死を、しかと見届けたではありませんか……」

「し、しかし……ではあなたは亡魂なのか？　いや、まさかそんな……」

幸治がうろたえる中、西から密やかに近付いて来る影に真一郎は気付いた。ようやく又平がやって来たらしい。多香の背中から少し離れた闇に、影がそっと身を落とす。

「無念なのです……あなたに二度も裏切られたことが……」

「二度も――？」

「お鈴を手込めにしたこと……私を殺したこと……」

「お、俺はあなたを殺しちゃいない。あなたが勝手に足を――うん？」

束の間の沈黙ののち、幸治は声を荒らげた。

「騙されねぇぞ！　下りて来い！　あんた一体何者なんだ！」

「……私は津江ですよ。四年前の今日、牛込で、あなたは私を」

「殺しちゃいねぇ」

多香を遮って幸治は言った。

「お津江さんが勝手に足を滑らせたんだ。あっという間だった。医者を呼ぶまでもなく、事切れていた」

もう騙せぬと判じたのだろう。多香が濡れ縁から階段を下りて、幸治の前に立つ。少し離れているがゆえに、幸治が提灯を掲げるも、多香の顔は暗がりに隠れたままだ。

黙り込んだ多香を睨みつけながら、幸治は提灯を足元に置いて、懐から匕首《あいくち》を取り出した。

「さあ、白状しろ。お前は誰なんだ？　なんのためにこんな真似を？」

鞘《さや》を払って抜き身をぎらつかせ、幸治は多香の方へ歩み寄る。

真一郎は慌てて箙から矢を抜いてつがえたが、多香の方が一枚上手で、向かって来る刃《やいば》へすっと足を踏み出すと、難なく幸治の手から匕首を叩き落とした。幸治がうめいた束の間に利き手をつかんでひねり上げると、幸治がやむなく膝をつく。

早々に見破られたのは見込み違いだが、女を匕首で脅したのだ。

また、幸治は津江が死した時に、その場にいたことを認めている。

少なくとも、番屋には引っ張れる――

と、いつの間に己の傍を離れたのか、大介が二人のもとへ駆け寄った。

落ちた匕首を拾い上げ、両手で突き出して幸治を脅す。

「白状すんのはお前だ、幸治！　しらばっくれんじゃねぇ！　ここへやって来たのがその証だ！　この人を――お津江さんを殺したのはお前だろう！　足を滑らせたなんて嘘だ！　お前がお津江さんを石段から突き落としたんだろう！」

「大介、おやめ！」と、多香が短く叫んだ。

「大介……そうか、お前たちは六軒長屋の者たちか。とすると、お前の名は多香、今朝俺のところへ来たのは守蔵か真一郎だな。──つまりこれは、お鈴の仇討ちか？」

おそらく鈴の住まいを──六軒長屋の木戸の名札を──確かめたことがあるのだろう。

「そうだ！　お前が──お前がお鈴を──お津江さんも──」

声を震わせた大介を幸治は見上げた。

「お鈴のことは……過ちだった」

「なんだと？」

「俺もなんだか判らねぇ。なんであんなことをしでかしたのか……あの日は暑くて──俺ぁなんだかむしゃくしゃしていて、つい……」

「ば、莫迦を言うな！」

ふっと、幸治が鼻で笑ったように見えた。

「けど、俺ぁ、お津江さんは殺しちゃいねぇぜ」

「この野郎！」

幸治めがけて大介が突進した。

大介は真一郎の斜め前──幸治との間にいるがため、止めるには大介に射かけるしかない。

足か、肩か──

真一郎が刹那迷う間に、横から大介の鼻先を何かがかすめた。

大介が怯んだ一瞬の隙をついて、多香が幸治を横倒しに投げ出し、今度は大介の手をつかんで匕首を取り上げる。

大介を怯ませたのはどうやら景次で、石か手裏剣でも投げたようだ。

多香が匕首を放り出すと、羽交い締めにされた大介が叫んだ。

「なんで止めるんだ！　こいつが死ななきゃ、お鈴はこれからもずっと苦しむ！　お津江さんも浮かばれねぇ！」

強姦のみでは死罪にならぬ。手鎖は無論のこと、重追放になったとしても、鈴はこれからも幸治の影に怯えて暮らすことになろう。

痛いほどに大介の思いが伝わって、真一郎は今度は身体を起こした幸治へ狙いを定めた。

多香が大介を幸治から引き離したため、妨げになるものはなくなった。つがえているのは征矢《そや》で、幸治の顔はよく見えぬが、足元から襟元までは提灯に照らされている。ただ、大介を見つめている幸治は真一郎からは横を向いていて、心臓は狙えそうにない。

とっさに首に狙いを定めたものの、真一郎は射を躊躇った。

——と。

大介と多香の背後から影が飛び出して来た。

腰を低めて多香が放り出した匕首を拾うと、まっしぐらに幸治へ襲いかかる。

閃く刃と共に灯りに浮かんだ顔を認めて、真一郎は今度は迷わず矢を放った。

矢尻が刃を弾《はじ》いて匕首が宙に飛ぶ。

武器を失ったまま、近之助が幸治に組みついた。

「お前が……お前がお津江さんを――！」

「近之助さん――」

東の間近之助と睨み合って、幸治は観念したようにつぶやいた。

「……そうだ。俺が殺《や》った」

「この畜生め！」

幸治へ馬乗りになって、近之助がその首へ手をかける。

「近之助さん！」

急ぎ駆け寄った真一郎が近之助を引き剥がしたところへ、新たな足音が近付いて来た。

「おおい！」

又平だった。

薄闇から姿を現した又平の半身は血まみれで、皆思わずぎょっとする。

「又平さん、そりゃどうしたんで？」

「どうしたもこうしたも、出がけにくだらねぇ夫婦喧嘩《げんか》で足止めされてよ……ああ、この血は俺んじゃねぇ。喧嘩したのも俺とお菊じゃねぇ。それより、これはどうしたことだ？」

大介を羽交い締めにした多香と、近之助を羽交い締めにした真一郎、それから地面に仰向けになっている幸治を見回して、又平が問うた。

「どうしたもこうしたも……」

何から話したものかと、真一郎が迷うことしばし。

ゆっくりと身体を起こした幸治が、又平を見つめて膝を揃える。

「牛込の岩戸町の——いや、浅草山谷町の幸治といいやす。俺は七年前、お鈴って子を手込めにしやした。それから四年前には、お鈴の親代わりのお津江さんを殺しやした。この通り、逃げも隠れもいたしやせん。どうかお縄にしてくだせぇ」

「そうか」

神妙に縄にかけられたのち、幸治は近之助へ向き直って微かに口角を上げた。

「あんたが『畜生』なんて言葉を使うのを、初めて聞いたよ。あんたは——あんたもやっぱり、お津江さんに惚れていたんだな……」


大福寺の前で東西に別れると、小塚原縄手の方へ向かう又平と幸治とは反対に、真一郎たちは近之助を連れて、橋場町へ出てから別宅へ向かった。

景次は又平や近之助には姿を見せたくなかったようで、一言も口を利かずに帰って行った。

別宅で真一郎が捕物の首尾を話したのち、近之助が口を開いた。

「幸治の言った通りです。私もずっと、お津江さんを好いていました」

近之助が津江に恋心を抱いたのは、父親と共に幾度か津江の家を訪ねた後だった。

「私は時にお津江さんのお父さんの碁の相手を務めましたが、もっぱら父親同士の勝負を眺めていました。ある日、眺めているだけではさぞ退屈だろうと、お津江さんが声をかけてくれ、それからお津江さんの三味を聞いたり、お津江さんに碁を教えるようになりました」

しかしながら、近之助はその頃には既にののやを訪ねて来た幸治と話しており、幸治の津江への恋心を知っていた。幼馴染みの二人ならば、己がつけ入る隙などなかろうと、近之助は己の気持ちをひた隠しにしてきた。

「ですが幸治が想いを告げる前に、お津江さんには好いた人ができました。幸治が振られて、お津江さんは祝言を挙げて……お津江さんのことはずっと気にかかっていましたが、折々に幸治から話を聞いていたので、私の出る幕はなさそうだと諦めているうちに、お津江さんは亡くなりました」

真一郎たちに話した通り、幸治とは津江の死より前から付き合いが途絶えていたが、近之助は幸治の「死」を知っていた。

「お津江さんが亡くなる前に教えてくれたのです。すみません。あの日は少々意地の悪いことをいたしました。何ゆえ幸治を探しているのか教えていただけなかったので……けれども真一郎さんたちは夕刻にまた現れて、今度は幸治に似た兄弟か親類を探していると仰いました。その事由は気にかかりましたが、これまた私の出る幕ではないと放っておきました。そしたら今日、店仕舞いののち、蕎麦屋への道中であいつを見かけたのです」

とっさに後を追い始めたものの、声をかけるのは躊躇われた。幸治は死んでいるのだから別人に違いなく、何やら険しい顔をしていたからだ。

「大福寺へは見知った道のりですが、何分暗くて、少し遅れを取ってしまいました。ですが、あいつの声を聞いて、すぐさま幸治だと悟りました。あなた方とのやり取りから、あいつのお鈴さんへの悪行と、あいつがお津江さんを手にかけたということも」

「驚きやした。藪から棒に、近之助さんが飛び出して来たもんだから——俺ぁてっきり、又平さんかと……」

「私も驚きました。真一郎さんの弓の腕前は噂でお聞きしていましたが、あの暗がりで、あのように小さな的にも当てられるとは。私はあなたを侮っておりました。あれこれ探るのはお得意のようですが、てっきり用心棒とは名ばかりで、腕っぷしの方はそれほどでもなさそうだと思い込んでおりました」

「あはははは」

笑って誤魔化した真一郎へ、近之助が頭を下げた。

「ありがとうございました。おかげさまで、私は人殺しにならずに済みました」

近之助が顔を上げると、今度は鈴が頭を下げた。

「ありがとうございました。お師匠さんと私の無念を晴らしてくださって……近之助さんの想いを知ったから、あいつも観念したのでしょう」

近之助の前に大介が幸治を殺そうとしたことは、鈴には明かしていない。

――俺がやつを殺そうとしたことは、お鈴には言わねぇでくれ――

別宅への道中で、大介がそう頼んだからだ。

「皆さんも、ありがとうございました。皆さんにはご迷惑をおかけしました」

「迷惑だなんて、とんでもねぇ」と、大介が即座に首を振る。

「でも、大介さんと真さんは、笛の注文や他のお仕事を断っていたでしょう。守蔵さんもお多香さんも、私の送り迎えでお疲れだったでしょう。久兵衛さんだって、あちこちに探りを入れるために、行かなくてもいい茶会や宴会に顔を出してくださって……」

「笛はこれからちゃんと作るからよ。お鈴が案ずるこたぁねぇ」

「そうとも。こっちの仕事の方がよっぽど大事だ。早々にかたがついてよかったがな」

「ああ」と、守蔵も頷いた。「俺のことも心配いらねぇ。お鈴の送り迎えで歩き回ったおかげで、いいからくりをいくつか思いついたんだ」

「あんなのは大したことないよ。お鈴だって、先だっては私のためにあちこちで訊き込んでくれたじゃないのさ」

皆に続いて多香が言うと、最後に久兵衛も微笑んだ。

「うむ。儂もあんなことは取るに足らん。……だがな、お鈴、運良く幸治は捕らえたが、これからも気を抜くでないぞ」

「はい」

力強く頷いてから、鈴は津江に扮した多香を見た。

「人気のない通りは歩かない。夜のお座敷には行かない。日暮れまでには必ず帰る……お師匠さんとの約束は、これからもちゃんと守ります。私ももういい大人ですから、皆さんの手を煩わせないようしっかり努めます」

姿かたちは見えずとも、鈴は多香に津江の面影を見ているのだろう。紋を嵌《は》めた折に殺された矢取り女・みきの香を使ったように、此度もそれらしく、また験担ぎとして、着物には生前の津江が愛用していた香を焚《た》きしめてあった。

「それにしても」と、近之助も多香を見やった。「よくもまあ、このような真似を……こうして見ると別人ですが、この格好といい、先ほどの声真似といい、お津江さんによく似ていました。幸治が一度は騙されたのも無理はない」

「私など、お師匠に比べたらまだまだです」

多香が「師匠」と呼んだのは、声真似が得意な伊賀者の姉分の志乃である。

「お師匠というとなんの……？　お多香さんは一体何者なのですか？」

「ふふ、お師匠というのは店の姉御のことですよ。私はただの矢取り女です」

にっこりとした多香に続いて、真一郎たちも皆それぞれ微笑を浮かべた。


大福寺での捕物からちょうど二十日後の八ツ過ぎ。

又平が長屋にやって来て、幸治が死罪となったことを知らせた。

折しも守蔵も大介も留守で、真一郎は一人で矢作りをしていた。

「おお、感心、感心」

幸治を捕らえたことにより、手札をもらっている定廻《じょうまわ》り同心の田中忠良《たなかただよし》から金一封が出たそうで、又平は上機嫌だった。

又平から分け前をせしめると、真一郎は多香へ言伝を残して表へ出た。

〈おいてやでまつ　真〉

幸治の探索に明け暮れるうちに桜はとうに咲いて散り、もう十日もすれば立夏である。

対岸の葉桜を眺めつつおいて屋へ行き、酒と肴《さかな》を頼んでしまうと、真一郎は二階のいつもの角部屋の窓から「お山」――筑波山――を探した。

辺りは晴天だが、筑波山はやや霞《かすみ》がかっている。

窓辺でちびりちびりやっていると、七ツを半刻ほど過ぎて多香がやって来た。

真一郎の隣りに、やはり窓辺に腰を下ろして多香が言った。

「――幸治が死罪になったんだってね」

「なんだ、早耳だな」

「帰りがけに広小路で又平さんに会って、ちょろっとね。詳しいことはあんたに聞けと言われたよ」

多香の杯に酌をしてから、真一郎は口を開いた。

「やつはお津江さんを殺しちゃいなかった」

「そうかい」

「驚かねぇのか？」

「だって、殺しちゃいないから、私が偽者だといち早く気付いたんだろう」

多香の言う通りであった。

――ああいう始末になったのは俺のせいでもありやすが、俺はお津江さんは殺しちゃいやせん。お津江さんは自分で足を滑らしたんです。俺は手を下しちゃいねぇ――

鈴が手込めにされたのち、津江は男から漆の臭いがしたことを聞いて、幸治を疑ったようである。だが、すぐに問い詰めるには躊躇われたのか、津江なりに調べを重ねたのか、津江が幸治の神田の長屋を訪れた時には、幸治は既に「死んでいた」。

三年後、津江は牛込で幸治と思わぬ再会をした。

津江は驚きながらも幸治を問い詰めた。幸治はなんとか言い逃れようと試みたが、津江は手込めは幸治の仕業だったと悟って、番屋に駆け込もうとした。

「幸治はお津江さんを追いかけて――だが、お津江さんは幸治が追いつく前に、自ら石段で足を滑らせた……」

「それでも死罪になったってんなら、お上はやはり幸治が殺したと判じたのかい？」

「いや、幸治は別の殺しを白状したんだ。船橋宿《ふなばししゆく》の泰作《たいさく》って男を殺した、と」

「なんだって？」

眉根を寄せた多香へ、真一郎は事を初めから語り出した。

己が推察した通り、幸治は津江の母親が亡くなった翌年の春、四度目の妻問いをした。

「もちろん四度目も振られたんだが、おかみさんに裏切られたこともあってか、幸治はその時初めてお津江さんを恨めしく思ったそうだ」

津江への未練と独り寝の寂しさから、幸治は千住宿の私娼宿に通うようになった。道中で津江の様子を窺い、宿で色欲を満たして帰るようになって三月ほど経ったある日、幸治は帰り道の小塚原縄手で鈴を見かけた。

「その日に限って、何故だか宿では一物が役に立たず、馴染みの――いや、馴染みになったと思っていた女郎に莫迦にされたってんだ」

――魔が差した、としかいいようがありやせん。むしゃくしゃしていた上、あん時は夕刻にもかかわらずひどく暑くて、何故だか辺りに人気がなくて、ちょうど行く先に手頃な茂みがあって……ふいにお鈴がいなくなれば——お津江さんも一人になってみりゃあ——今度こそ俺と一緒になってくれるんじゃねぇかと……けれども殺すには忍びず、勝手に身投げでもしてくれねぇかと思い巡らすうちに、いつの間にかあんなことを——

「なんて男だ。それだけでも私にとっちゃ死罪に値するよ。大福寺でもそうだったが、やつは手込めだけなら死罪にならないと高をくくっていたんだよ」

「ああ」

鈴を手込めにしたのち、幸治は「我に返って」罪に慄《おのの》いたという。手元にはまだ間夫代がそっくり残っていたため、上方へ逃げようと考えた。とはいえ、朱引の外に出たことがない幸治は一人旅が不安で、千住宿で顔見知りになった男に、上方へ発つ者がいたら渡りをつけて欲しいと頼んだ。

「それが克次——つまり、大獄とつながるきっかけになった」

——何も上方なんて遠くに行くこたねぇ。東海道で死んだことにして、船橋宿辺りでやり直せばいい——

そうそそのかされて、幸治は「御油宿で死んだ」ことになった。

「けれども三年もすると江戸が恋しくなって、幸之助として牛込に引っ越した。牛込を選んだのは、知り合いがいないということよりも、お津江さんのお師匠さんが住んでいるからだったそうだ。やつのお津江さんへの執着はちっとも薄れてなくて、お師匠さんの近くに住めば、時折訪ねて来るお津江さんに会えると踏んだのさ」

目論見通《もくろみ》り、幸治は牛込に越して二月余りでばったり津江に再会し――結句、津江を死なせる羽目になった。

「それからやつは、死んだように大嶽親分の言いなりになってってたんだとよ」

克次や大嶽は幸治が津江を殺したと信じて疑わず、幸治にとってもそれはあながち間違いではなかった。ゆえに捨て鉢になった幸治は、大嶽にいいように使われるようになり、馴染みのある船橋宿でついに本物の人殺しになった。裁きまで時がかかったのは、この船橋宿での殺しの裏を取るためだったらしい。

枡乃屋で鈴を見かけたのは偶然だ。

鈴を手込めにして以来、幸治は浅草をできる限り避けていた。だが、近頃めっきりなんでも屋の仕事が減っていたため、新たな「仕事」を求めて大嶽を訪ねる道中だったという。

――盲のくせに……あんなことがあったのに、のうのうと生きてるお鈴に腹が立って、ちと驚かせてやろうと近付きやした――

「呆れたね。やっぱり七年前にお鈴の噂を流したのは、幸治だったんじゃあないか？　やつが『悸いた』のは罰であって、罪じゃない……私が思うに、やつはお津江さんやお鈴を見下していたんだよ」

「お津江さんも？」

「ああ。お津江さんのおっかさんは女郎だったろう。そんな女と娘が自分よりいい暮らしをしていたことを、やつはどこかで妬んでいたんじゃないか？　だから、振られる度に執着が増してった――」

お多香の言う通りやもしれねぇが……

二つの杯に酒を注ぎ足してから、多香は傍らの真一郎を見た。

「なんにせよ、かたがついてよかったじゃないか」

「ああ」

「なのに、どうしてあんたはそう浮かない顔をしてんのさ？」

今一度筑波山を見やって、真一郎は切り出した。

「近之助さんが飛び出して来た時のことだが……」

「ああ、あんたの腕前には景次さんも舌を巻いてたよ。景次さんも手裏剣を構えたそうだが、とても間に合わなかったってさ」

「うん、ありゃあ会心の射だった……だが、そのことじゃねぇんだ」

多香へ向き直ると、その黒い瞳をまっすぐ見つめる。

「実は、俺はあん時、幸治を殺そうとした。お前が大介を止めた後、やつの首を狙っていたんだ。あんなつまらねぇことでお鈴を手込めにしやがって……人の道を外れたやつは、獣と同じだ。そんなら、大介の代わりに俺が殺してやろうと思ってな……けれども俺は躊躇った。

殺しが怖かったんじゃねぇ。人ならぬ獣なら、何度も狩りで殺したことがある。ただ、又平さんが近くにいると思ってよ。こいつぁ言い逃れできねぇ、これじゃあ俺は『人殺し』になっちまうと、とっさに勘定したんだ。つまり、俺も幸治と同じ穴の狢《むじな》だったんだ」

「莫迦を言うんじゃないよ」と、多香は言下に首を振った。「あんたと幸治は似ても似つかないさ。だって、よしんばあんたがあいつを殺していたとしても、それはお鈴と大介のためで、あんたの私欲のためじゃないもの」

「あん時はな……だが、俺だってひょんなことで、幸治のようにならねぇとは限らねぇ。俺にはやっぱり、やつが根っからの悪人だったとは思えねぇんだ」

真一郎にはまだ、幸治を信じたい気持ちがあった。

幸治はもともとは善人で、幼き頃から育んだ恋心にやましさはなく、ただ、三十路にして勤め先を失ったり、妻に裏切られたりと不幸が続いたがゆえに、いつしか津江をも恨めしく思うようになり、とうとう道を誤ってしまったのだ、と。

己と幸治と、どこが違うのか？

実は己も幸治と同じく、いつ何時、道を誤ってもおかしくないのではなかろうか……？

幸治と似たような生い立ちや、大福寺での迷いが相まって、真一郎はここしばらく、柄にもなく思い悩んでいた。

「……俺ぁ、金にはとんと縁がなかったが、人には恵まれてきた。郷里でも、神田でも、浅草でも――殊に六軒長屋では。女には振られてばかりだったが、女に限らず、人にこっぴどく裏切られたことはねぇ。幸治も今少し、周りに恵まれていれば――」

「恵まれていたさ」と、多香は真一郎を遮った。「母親は早くに亡くしたけれど、その分、父親はきっと幸治を大事に育てたことだろう……あんたの親父さんみたいにね。幸治は山新でもつむぎ屋でも金継ぎの腕を見込まれて、福寿長屋でも神田の長屋でも真面目で律儀だと評判は良かった。友とはいえなかったかもしれないけれど、近之助さんという、折々に語り合える相手もいたじゃないのさ」

「それはそうだが……」

「そもそも、どんなにむしゃくしゃしていようが、暑かろうが、格好の折があろうが、大方の者は罪を犯しやしないんだ。貧しくても人様から盗もうとは思わないし、不幸が続いたからって、人を傷つけたり殺めたりしないのさ。――それに、真さん」

「なんだ？」

「あんたが本当に勘定したなら、あの時、近之助さんを放っておいただろう。けれどもあんたは大介だけじゃなく、近之助さんも人殺しにすまいとした。幸治は根っからの悪人ではなかったかもしれない。だが、やつは結句、私利私欲のために人の道を踏み外した。あんたにはほんの一歩に見えるのかもしれないけれど、あんたはけして誤ることのない一歩だよ」

「お多香……」

「安心おし。あんたは幸治のようにはならない。私が太鼓判を押してやるよ。なんてったって、あんたはこの私が見込んだ男だもの」

きっぱり言って多香は微笑んだが、すぐに笑みを引っ込めて筑波山の方を見やった。

「……実を言えば、私もあの時、やつを殺してやりたいと思ったんだ。でも、あんたと同じく怖気付《おじけづ》いた。真さん、あんたが思いとどまってくれて本当によかったよ。あんなやつのために、あんたが——私だって——人殺しになるのはごめんだよ。たとえ死罪は免れても、遠島になっちまったら、もうみんなと一緒にはいられない……」

「ああ」

改めて真一郎に向き直ると、多香は思い定めた顔で口を開いた。

「霜月に、大介が見かけた男を覚えているかい？　広小路で私と一緒にいたっていう」

通りすがりに道を訊かれただけだと、のちに多香は言っていた。

「あの男は実は、私の恋人——」

「えっ？」

「——だった男の弟さ」

「なんだ。驚かすなよ」

胸を撫で下ろした真一郎へ、多香は静かに続けた。

「総二郎《そうじろう》って名でね。その昔、幼かったあの子が人質として攫《さら》われて、晃太郎《こうたろう》さん——あの子の兄さんが助けに行った。その知らせを受けて、私は勝手に後を追った。晃さんが敵とやり合う間にあの子を助け出したけど、晃さんは苦戦していて……私は助っ人として敵にとどめを刺した」

目をそらすまいとして、真一郎は杯を握りしめた。

「それで私も敵方の恨みを買って、しばらく『仕事』を務めることになって……結句、もう二人殺める羽目になった。一人は敵方、もう一人は晃さんだ」

「どうして――」

「私が下手を打っちまってね。思わぬところで敵に襲われたのさ」

多香を救うべく晃太郎は敵と戦い、深手を負った。敵も無傷ではなく、多香は逃げ出した敵を追って仕留めたものの、戻って来ると晃太郎は既に虫の息だった。

やがて遠くからいくつかの足音が聞こえてきて、晃太郎は多香に囁いた。

――俺はもう持たん。だが、やつらに殺されるのは業腹だ。やつらが来る前に、お前の手で眠らせてくれ――

「私は毒を取り出して、あの人に含ませた。ああいう時のために持たされていた毒さ。そうしてあの人の亡骸を置いて逃げようとしたんだが……やって来たのは仲間だった」

多香は眉根を寄せて顔を歪《ゆが》めたが、目をそらすことはなかった。

「仕方がない、どのみち助からなかったと仲間は言った。私もそう思った。あの時はああする他なくて、それがあの人の望みでもあった。敵を殺したことも悔やんじゃいない。そもそも向こうが仕掛けてきたことで、命をやり取りしていることは、敵方も承知の上だったんだ。ただね、真さん……あれからずっと、私の胸には何かがつかえたままなのさ。このわだかまりはきっとなくなるまいよ。いや、なくしたくないんだよ」

――多香の蟠《わだかま》り明け候ば、いつなんどきいかなる折にも、夫婦となり候こと違へ致すまじく候――

杯を置いて、真一郎は多香の手からも杯を取り上げた。

そっと静かに、だが迷うことなく多香の肩に手を回して、抱き寄せる。

「俺の手前勝手な誓いなんざ、うっちゃっておけ。お前は――お多香はお多香の好きにすりゃあいい」

多香が己に身を任せるのへ、両腕を回して抱きしめた。

晃太郎への妬心はなかった。

ただ愛《いと》おしさに、真一郎は腕に力を込めた。

「……真さん、苦しいよ」

多香の囁きが胸をくすぐり、真一郎は少しだけ腕を緩めた。

見上げた多香がくすりとした唇を、己の唇でそっと塞ぐ。

束の間の接吻ののち、真一郎は多香を横にした。

多香の腕が背中に回って、今度は己を抱き寄せる。

再び口づけ、舌と足を絡め合い、ゆっくり肌身を合わせてゆく。

ひととき互いのぬくもりを確かめてから、真一郎たちはやがて一つになった。


翌日。

七ツ過ぎに真一郎はののやを訪れた。

幸治が死罪になったと告げると、近之助は暖簾を下ろして、真一郎が又平から聞いた委細に耳を傾けた。

「では、幸治が私にお津江さんを殺したと白状したのは、直に手を下していなくとも、お津江さんが足を滑らせたのは己のせいだと認めたからですね？」

「いえ。あれは幸治の悪あがきだったみてぇです」

大福寺で幾分親しみを覚えたがゆえに、やや伝法な言葉遣いで真一郎は応えた。

「悪あがき？」

「やつはお鈴への悪行を認め、お多香を匕首で脅したんです。番屋行きは免れやせん。番屋に行ったが最後、あれこれ問い詰められて、船橋での殺しがばれちまうに違ぇねぇ。どうせ死罪になるのなら、近之助さんの手にかかり、近之助さんを道連れにしてやろう――」

幸治は、近之助の津江への想いに気付いていた。偽名を「幸之助」としたことからも、近之助をずっと恋敵、はたまた盟友と思っていたのだろう。

「目論見は外れやしたが、温厚な近之助さんが人殺しを犯すほどお津江さんに想いを懸けていたと知って、やつはなんだか憑き物《つきもの》が落ちたように満足したそうで――番屋であっさり船橋での殺しを認めたそうです」

一通り話し終えると、真一郎は懐から袱紗《ふくさ》に包んだ櫛《くし》を取り出した。

「こいつは、幸治の家で見つかった、お津江さんの形見です。やつはお津江さんが事切れていることを確かめたのち、逃げ出す前に、こいつを盗《と》って行ったたってんです」

峰が角ばっている半京形の櫛には、蒔絵《まきえ》で水面《みなも》をたゆたう浮舟が描かれている。

「又平さんがお鈴にと持ち帰ってくだすったんですが、お鈴はお津江さんと親しかったお廉さんにどうかと……けれどもお廉さんは、近之助さんにお返しくださいとのことでした」

おかげで真一郎は今日、廉の住む音羽町まで往復してから、更にここまでやって来た。

「なんでもこの櫛はお津江さんが、亡くなる前の年にののやで買い求めた物だそうですね」

「ええ。舟の意匠は珍しいので、津の字を持つお津江さんにお似合いではないかと、五年ほど前にお勧めしました」

船着き場や渡し場、港といった意味が「津」の字にはある。櫛の意匠といえば花木が主で、舟は確かに珍しい。さすればこの櫛は流物《ながれもの》ではなく、近之助が津江のために買い求めたものではなかろうか――と真一郎は推察していた。「苦労を共にし、死ぬまで添い遂げよう」という意を込めて、櫛を妻問いの贈り物とする男は多い。

切ない目で櫛を見つめる近之助へ、真一郎は問うた。

「近之助さんは、どうしてお津江さんに想いを打ち明けなかったんですか？　幸治に遠慮していたみてぇですが、幸治が『死んだ』後――殊にお鈴が六軒長屋に越してからなら、なんの妨げもなかったんじゃ……？」

しばしの沈黙ののち、近之助は真一郎を見た。

「幸治がそうしたように、お津江さんもあいつの妻問いの後、折を見て店へ来て、世間話を交えて幸治の来訪に触れました。いつも通りすがりに寄ったようなことを言っていましたが、今思えば、私を幸治の味方とみなして、様子を窺いに来ていたのかもしれません。『不幸につけ込むような真似』と、大介さんは言いましたね。私には本当にそんな風には見えなかったのですが、お津江さんは幸治のことを少々煩わしく思っていたようでした。ですが……四度目の妻問いのことは、どちらからも聞きませんでした。おそらく私は、どちらの信頼も失ったのでしょう」

櫛に目を落として、近之助は続けた。

「……私も、お津江さんのお婿さんを妬んでおりました。お婿さんのことは幸治より先に知っていましたが、お津江さんから話を聞いた時は鳶《とび》に油揚げをさらわれた心持ちでした。お婿さんが亡くなった時はどこかほっとして、ささやかな喜びさえ覚えました。見知ったお父さんが亡くなった時は共に悲しみましたが、そののち幸治が振られた時には、やはり安堵しました。そういった私のさもしさが二人には伝わっていたのでしょう。ですから、お津江さんはお鈴さんのことで幸治を疑っていたことなどおくびにも出さず、幸治は私を道連れにしようとした……」

「待ってくだせぇ。そりゃ誤解です」

「誤解？」

「あ、いや、幸治はおそらくご推察の通りでしょうが、お津江さんは違いやす。お廉さんが仰るには、お津江さんは近之助さんに気があったと……」

「まさか」

「そのまさかでさ。ただ、長い時を経て抱いた恋心だったがために、お津江さんは迷っていらしたようです。ですから、お師匠さんの前ではとても明かせず、お津江さんは改めてお廉さんと会う約束をしました。『櫛のことで相談がある』と言われて、お廉さんはすぐさま近之助さんのことだと思ったそうです」

津江はその前に、ののやで櫛を買った時に廉に近之助のことを話していた。

――流物だからって、ものすごく安く譲ってくれたのよ。ねぇ、どう思う？――

――どうって、その近之助さんがお津江に気があることは間違いないわ。この櫛ならうんと高値で売れるもの。でも、流物で妻問いはあんまりでしょう。そのうち、新しい櫛を用意してくれるんじゃないかしら――

――小さい頃から礼儀正しくて、とても奥ゆかしい人なのよ。だから、ずっと気付かなかった……――

――灯台下《もと》暗しね。よかったじゃないの。鈴ちゃんも長屋に馴染んだみたいだし、旦那さんを亡くしてもう十年余りよ。ずっと独り身でいることないわ――

「櫛を買って一年が経っていたから、ようやく身を固める気になったのかと、それならお師匠さんは自分が引き取ろうと考えながら、お廉さんはあの日、お津江さんがいらっしゃるのを、今か今かと待っていたんですよ」

新鳥越橋を渡って聖天町を抜けると、長屋の手前で、南からやって来る久兵衛が見えた。

「お出かけだったんですか？」

「うむ。良い知らせと悪い知らせがある。お前はどちらを先に聞きたい？」

「悪い知らせですかね……」

多香ももう帰っていて、皆で久兵衛の家に集った。

「悪い知らせは大嶽のことだ。やつは幸治なぞ知らぬと白を切り通して、此度はお咎めなしとなった。克次もだ」

大嶽は近頃、「目に余る」悪事に励んでいるらしい。ただ、顔役の中には大嶽と通じている者がいて、大嶽の悪事の証はつかめずにいた。真一郎たちは委細を知らぬが、普段は清濁併せ呑む久兵衛も腹に据えかねていたそうである。大嶽が幸治にかかわっていたと知って、久兵衛はここしばらく仲間の顔役と色めき立っていた。

「大嶽のことゆえ、しらばっくれることは見越していたが、子分も含めてまったくのお咎めなしは解《げ》せんでな……」

落胆を隠さずつぶやく久兵衛を、真一郎はさりげなく促した。

「それで、良い知らせってのはなんなんで？」

「ああ、件の落文の差出人が知れたのだ」

久兵衛は今日は寄り合いで大嶽のことを話し合ったのち、最上屋に出向いて壱助に縁組の断りを入れて来たという。

「お前が言った通りだったと、壱助さんは感心してたぞ、真一郎」

「ありゃあ守蔵さんの手柄でさ」

差出人を探るべく、守蔵も鈴の送り迎えの合間に慣れぬ訊き込みを続けていた。その甲斐あって、以前あけ正で話した芸者がほんの数日前にわざわざ長屋へ守蔵を訪ねて来た。ある男がお座敷でそれとなく、呼ばれていない鈴の様子を問うたというのである。芸者曰く、この男は壱助の友人で、壱助があけ正で初めてお座敷をかけた折に同席していた。

守蔵からこの話を伝え聞いた真一郎は、この男こそ落文の差出人ではないかと推し当てて、その日のうちに壱助に知らせた。

「隣町の跡取り仲間だそうだ。壱助さんがあけ正でお座敷をかける際、一人では心許ないと連れて行った男でな」

「その男は、実は壱助さんに惚れてたのかい？」と、大介。「だから、お鈴と祝言を挙げさせまいと――」

「いや、そいつが惚れていたのは壱助さんの上の妹さんだ。壱助さんが身を固めてしまうと、許婚がいる妹さんも嫁にいってしまうでな。今ひとときの猶予を得るため、縁組をぶち壊そうとしたらしい」

男が鈴と親しい芸者を呼んでお座敷をかけたのは、壱助が文を受け取って以来、縁組についてだんまりを決め込んでいたからだという。

「壱助さんはこの友人を疑ってはおらず、ただ文の差出人を焚きつけぬよう、お鈴から返答があるまでは何も言うまいとしていただけだったのだが、友人はやきもきしてお鈴の様子から縁組の行方を探ろうとしたようだ」

「あはは、そりゃあとんだ藪蛇《やぶへび》だ」

「うむ。文を書いたのは壱助さんは知らぬ女だったが、こちらは妹さんの許婚に岡惚れしていたそうでな。二人は妹さんと許婚をそれぞれ待ち伏せするうちに互いに気付いて、結託して事に及んだのだ」

　文を落としたのはあの日店に寄った友人だったが、字が見知らぬ手だったため、壱助は友人の仕業とは思いも寄らなかったという。

「その友人とは長い付き合いらしくてな。それならそうと、もっと早くに教えてくれればよかったものを——と、壱助さんは友の所業を嘆いておった」

「打ち明けていたところで、どうにもならない恋もありますよ」と、多香。

「うむ。これればかりはな……」

　ひとときしんとした中、大介がおずおず問うた。

「お鈴……本当に断っちまってよかったのか？　本当は、壱助さんを好いているんじゃねぇのかい？　『私はお嫁さんにはなれません』——なんて、お前は言ったがよ。お鈴はこの久兵衛さんの娘で、どこに出しても恥ずかしくねぇ。けして、お嫁になれねぇなんてこたぁねぇんだぜ」

　鈴は刹那はっとして、だがすぐさま小さく首を振った。

「あれは——間違えました。私、言いましたでしょう。その気はないと……つまり、お嫁さんには『なりたくない』んです」

　大介に微笑んでから、鈴は多香を見やった。

「お多香さんも言いましたよね。ここを出て行く気はないって。もしかしたら、事と次第によっては、いつかは——とも」

「ああ」

「——七年前にここへ越して来た時、私はまだ死んでしまいたいと思っていました。一人暮らしも初めてで、本当はとても怖かった。でも、あの時死ななくてよかったです。お隣りさんがお多香さんで、親身にいろいろ教えてくださって——お師匠さんが亡くなった時も、長屋の皆さんが揃って励ましてくださって……なんだかんだあったけれど、今はこうして仕合わせに暮らしているんだもの」

「ふふ、ちっとは役に立てたんだったらよかったよ」

多香と微笑み合ったのち、鈴は皆を見回した。

「私は何をするにも人一倍、時がかかります。ここに馴染むまでにも大分長くかかりましたが、この長屋は勝手が良くて、皆さん揃いも揃って親切で……やっと私も人並みに暮らせるようになったんです。事と次第によっては、いつかは出てゆかねばならないのかもしれませんん……ですが私は今しばらく、ううん、叶うならずっとここで暮らしたいんです……」

「そ、そうかい」と、大介が嬉しげに口元を緩めた。「俺もここを出て行く気はねぇぜ。他に行くとこなんかねぇし、ここは滅法居心地がいいからな」

「俺もこの歳で引っ越しは勘弁だ」

くすりとして守蔵は付け足した。

「真一郎のことも案ずるな。お多香がいる限り、真一郎がここを出て行くこたぁねぇ」

「その通りでさ、守蔵さん。けれども、俺がこの長屋に留まる事由はお多香だけじゃねぇですぜ。みんながいるから……俺も叶うなら、みんなと一緒に、ずっとここで暮らしてぇ。そのためにも、久兵衛さんにはうんと長生きしてもらわねぇと……」

皆に一斉に見つめられて、久兵衛は苦笑を漏らした。

「うむ。儂もまだ心残りが山ほどあるでな。それよりも皆、逆縁は許さんぞ」

真一郎たちがそれぞれ頷くのを見て、久兵衛は言った。

「花見は逃してしまったが、皆で飛鳥山にでも行こうかの？　日帰りは面倒だから向こうで宿を取って、少しのんびりするのはどうだ？」

「妙案でさ、久兵衛さん」

大介が飛びつくと、皆の顔がほころんだ。

「それなら真一郎、手配りは頼んだぞ」

「合点でさ。けど、久兵衛さん、その前になんか食わせてくだせぇ。俺ぁ、今日は音羽町まで行って帰って、ののやにまで……」

「ははは、そうだな。事が落着した祝いに、はし屋で一杯やろう」

再び顔をほころばせて頷いた皆と共に、真一郎も腰を上げた。

守蔵も腹を空《す》かせていたようで、珍しく久兵衛と並んで先頭を切って歩いて行く。

大介はいつも通りそれとなく鈴の足元を気遣いながら、はし屋が先だって出し始めた松《まつ》烏賊《いか》——蛍《ほたる》烏賊《いか》——について話し始め、鈴が楽しげに相槌を打つ。

多香に続いて通りへ出ると、真一郎はふと振り向いて、木戸を見上げた。

木戸の上には、住人の名前が書かれた札がある。

〈大家　久兵衛〉

〈錠前師　守蔵〉

〈多香〉

〈胡弓弾き　鈴〉

〈笛師　大介〉

〈真一郎〉

多香が貴弥の銘で面を打っていることは秘密で、「矢取り」は札に書くような職ではない。

真一郎の方は「用心棒」とは名乗り難いと思ううちに「なんでも屋」になり、いつしか「矢師」にも戻っていた。肩書をなんとすべきか迷ってそのままになっていたが、これもまた多香と「揃い」と思えば悪くない。

六つ並んだ札へ微笑んでから前を向くと、多香がやはり名札を見上げていた。

己に気付くと多香も微笑む。

「真さん、ゆこう」

「ああ」

皆を追うべく、真一郎は多香と並んで歩き出した。

本書は書下ろしです。

|著者|知野みさき　1972年千葉県生まれ、ミネソタ大学卒業。2012年『鈴の神さま』でデビュー。同年『妖国の剣士』で第4回角川春樹小説賞受賞。『上絵師 律の似面絵帖　落ちぬ椿』を第一巻とする「上絵師律」シリーズが人気を博す。他の作品に『しろとましろ　神田職人町縁《えにし》はじめ』『山手線謎日和』『深川二幸堂　菓子こよみ』などがある。本作は「江戸は浅草」シリーズの第5巻。

江戸《えど》は浅草《あさくさ》5　春《はる》の捕物《とりもの》

知野《ちの》みさき

2023年6月15日第1刷発行

発行者――鈴木章一

発行所――株式会社　講談社

東京都文京区音羽2-12-21　〒112-8001

電話　出版（03）5395-3510

販売（03）5395-5817

業務（03）5395-3615

Printed in Japan

講談社文庫

定価はカバーに表示してあります

KODANSHA

デザイン―菊地信義

本文データ制作―講談社デジタル製作

印刷―――株式会社KPSプロダクツ

製本―――株式会社国宝社

ISBN978-4-06-532228-4

講談社文庫刊行の辞

二十一世紀の到来を目睫に望みながら、われわれはいま、人類史上かつて例を見ない巨大な転換期をむかえようとしている。

世界も、日本も、激動の予兆に対する期待とおののきを内に蔵して、未知の時代に歩み入ろうとしている。このときにあたり、創業の人野間清治の「ナショナル・エデュケイター」への志を現代に甦らせようと意図して、われわれはここに古今の文芸作品はいうまでもなく、ひろく人文・社会・自然の諸科学から東西の名著を網羅する、新しい綜合文庫の発刊を決意した。

激動の転換期はまた断絶の時代である。われわれは戦後二十五年間の出版文化のありかたへの深い反省をこめて、この断絶の時代にあえて人間的な持続を求めようとする。いたずらに浮薄な商業主義のあだ花を追い求めることなく、長期にわたって良書に生命をあたえようとつとめるところにしか、今後の出版文化の真の繁栄はあり得ないと信じるからである。

同時にわれわれはこの綜合文庫の刊行を通じて、人文・社会・自然の諸科学が、結局人間の学にほかならないことを立証しようと願っている。かつて知識とは、「汝自身を知る」ことにつきていた。現代社会の瑣末な情報の氾濫のなかから、力強い知識の源泉を掘り起し、技術文明のただなかに、生きた人間の姿を復活させること。それこそわれわれの切なる希求である。

われわれは権威に盲従せず、俗流に媚びることなく、渾然一体となって日本の「草の根」をかたちづくる若く新しい世代の人々に、心をこめてこの新しい綜合文庫をおくり届けたい。それは知識の泉であるとともに感受性のふるさとであり、もっとも有機的に組織され、社会に開かれた万人のための大学をめざしている。大方の支援と協力を衷心より切望してやまない。

一九七一年七月

野間省一

講談社文芸文庫

加藤典洋

小説の未来

川上弘美、大江健三郎、高橋源一郎、阿部和重、町田康、金井美恵子、吉本ばなな……現代文学の意義と新しさと面白さを読み解いた、本格的で斬新な文芸評論集。

解説＝竹田青嗣　年譜＝著者・編集部

かＰ7

978-4-06-531960-4

李良枝

石の聲　完全版

三十七歳で急逝した芥川賞作家の未完の大作「石の聲」（一〜三章）に編集者への手紙、実妹の回想他を併録する。没後三十余年を経て再注目を浴びる、文学の精華。

解説＝李　栄　年譜＝編集部

い－3

978-4-06-531743-3

橘　もも　著　沖田×華　原作　安達奈緒子　脚本　小説 透明なゆりかご (上)(下)
橘　もも　著　ヤマシタトモコ　原作　相沢友子　脚本　さんかく窓の外側は夜〈映画版ノベライズ〉
橘　もも　脚本　三木　聡　大怪獣のあとしまつ〈映画ノベライズ〉
滝口悠生　高　架　線
髙山文彦　ふ　た　り〈皇后美智子と石牟礼道子〉
高橋弘希　日曜日の人々《サンデー・ピープル》
武田綾乃　青い春を数えて
谷口雅美　殿、恐れながらブラックでござる
谷口雅美　殿、恐れながらリモートでござる
武川　佑　虎　の　牙
武内　涼　謀聖　尼子経久伝〈青雲の章〉
武内　涼　謀聖　尼子経久伝〈風雲の章〉
武内　涼　謀聖　尼子経久伝〈瑞雲の章〉
武内　涼　謀聖　尼子経久伝〈雷雲の章〉
立松和平　すらすら読める奥の細道
陳　舜　臣　中国五千年 (上)(下)
陳　舜　臣　中国の歴史　全七冊
陳　舜　臣　小説十八史略　全六冊
千早　茜　森　の　家

千野隆司　大店の暖簾《のれん》〈下り酒一番〉
千野隆司　分家の始末〈下り酒一番㈡〉
千野隆司　献上の祝酒〈下り酒一番㈢〉
千野隆司　大《おお》酒《ざけ》の合戦〈下り酒一番㈣〉
千野隆司　銘酒の真贋〈下り酒一番㈤〉
千野隆司　追　跡
知《ち》野《の》みさき　江戸は浅草
知野みさき　江戸は浅草2〈盗人探し〉
知野みさき　江戸は浅草3〈桃と桜〉
知野みさき　江戸は浅草4〈冬青《そよご》灯籠《どうろう》〉
崔《チェ》　実《シル》　ジニのパズル
崔　実　pray《プレイ》 human《ヒューマン》
筒井康隆　創作の極意と掟
筒井康隆　読書の極意と掟
筒井康隆　ほか12名　名探偵登場！
都筑道夫　なめくじに聞いてみろ〈新装版〉
辻村深月　冷たい校舎の時は止まる (上)(下)
辻村深月　子どもたちは夜と遊ぶ (上)(下)
辻村深月　凍りのくじら

辻村深月　ぼくのメジャースプーン
辻村深月　スロウハイツの神様 (上)(下)
辻村深月　名前探しの放課後 (上)(下)
辻村深月　ロードムービー
辻村深月　ゼロ、ハチ、ゼロ、ナナ。
辻村深月　V.　T.　R.
辻村深月　光待つ場所へ
辻村深月　ネオカル日和
辻村深月　島はぼくらと
辻村深月　家族シアター
辻村深月　図書室で暮らしたい
辻村深月　噛みあわない会話と、ある過去について
新川直司　漫画　辻村深月　原作　コミック　冷たい校舎の時は止まる (上)(下)
津村記久子　ポトスライムの舟
津村記久子　カソウスキの行方
津村記久子　やりたいことは二度寝だけ
津村記久子　二度寝とは、遠くにありて想うもの
恒川光太郎　竜が最後に帰る場所
月村了衛　神《み》子《こ》上《がみ》典《てん》膳《ぜん》

2023年 3 月 15 日現在